나쓰메 소세키(夏目漱石) 문학과 선경(禪境)

진 명 순

지식과교양

2

서(序)

이 책에 의해 나쓰메 소세키의 한시는 처음으로 정당하게 읽혔다. 그리고 또 이 논문에 의해서 소세키의 선적(禅的)인 경위(境位)가 처음으로 해명(解明)되었다. 읽어 보면 알 수 있겠지만, 여하튼 대량의 대논문(大論文), 그리고, 이 책을 손에 잡으시는 분은, 소세키에게 관심(關心)이 있는 분, 소세키 연구자라고는 해도, 한시(漢詩)에, 더구나 선(禅) 등에 다소라도 소양과 지식이 있거나, 혹은 흥미를 가지고 계시는 분은, 지극히 한정되어 있을 테니까, 어느 정도의 사람이, 이 주도면밀(周到綿密)한 논고(論考)를 정성들여 통속해 주실지, 생각하면 매우 안심이 되지 않는 부분도 있다. 그렇기 때문에 먼저 말해두고 싶은 것은, 요시카와 코지로(吉川幸次郎)씨의 『소세키 시주(漱石詩注)』를 비롯하여, 지금까지의 주석연구감상(注釈研究鑑賞)은 전혀 소세키의 한시를 이해할 수 없었다. 감히 말하기 어려운 일이지만, 오늘날까지 소세키 시는 얼토당토 않는 오해(誤解), 수많은 분반적(噴飯的)인 해석에 엉켜 있다. 소세키 몰후(没後) 100년, 한시는 이 책에 의해 처음으로 올바르게 읽힌 것이다.

　소세키 연구사(研究史)에 있어서 이 논고가 완수한 획기적(画期的)인 공적(功績)에 대해서, 그것을 충분히 해설(解説)하려고 하면 지면(地面)이 아무리 있어도 모자라지만, 여기에 한 가지만 소개해 두고자 한다.

　소세키가 그의 생애(生涯)에 남긴 한시는 모두 208수이지만, 그 중 78수가 최후의 마지막 1년, 1916년(大正 5년)에 집중되어 있다. 이 한시들을 종래는 『명암(明暗)』시대의 한시로서 일괄하여 취급하는 것이 통례였다. 하지만, 본서는 그것을 1916년(大正 5년) 10월 4일까지와 그 이후의 작품으로 구분하여 논하고 있다. 10월 6일의 무제(無題)인 시 「비야비불우비유(非耶非佛又非儒)」에 있어서 소세키가 아연(俄然), 한 경지를 이루어 낸 것, 말하자면 돈오(頓悟)를 이룬 것이 분명하기 때문이다. 그리고 이후, 자신의 선경(禪境)이 하나의 봉우리를 넘었다는 것을 자각한 소세키가, 그 열린 조망(眺望)에 서서 새삼스럽게 세계를 전망하여, 그 자신의 어두운 계곡 사이의 시대를 뒤돌아보고, 그 의미를 읊고 있다. 그러한 변화나 성격이 명확하기 때문이다. 이러한 것을, 진명순(陳明順)의 논문에서 상세(詳細)하고 명확(明確)하게 분석, 논증하고 있다.

　소세키의 한시, 특히 만년(晚年)의 그것은 확실하게 게송(偈頌), 선적(禪的)인 사상시(思想詩)이다. 선종(禪宗)의 수행자(修行者)들이 고칙(古則), 대대로 내려오는 조사(祖師)들의 득도(得道)를 읊고 숙고하는 것을 소중한 수행(修行)으로 해 온 것처럼, 소세키도 게송(偈頌)을 통해서, 그의 생애의 사상적(思想的)인 과제(課題)였던 『본래면목(本來面目)』을 숙고하고 있었다. 그런고로 만년의 소세키 시는 잇큐(一休) 화상(和尙)의 시나 료칸(良寬)의 시와 같은 성격을 가지고 있다. 그런데, 종래의 연구자는 그러한 것에 주의를 해도 그곳에 발을 들여 놓지 않았다. 소세키 산방(漱石山房)에 구비되어 있었던『선문법어집(禪門法語集)』도『벽암록(碧巖錄)』도,『한산시(寒山詩)』마저도 보려고도 하지 않았다. 그리고 전통(傳統)있는, 조금 주의해 보면 누구라도 짐작할 수 있을 것 같은 선어(禪語)를『수호전(水滸傳)』의 어례(語例)에서 읽는 것 같은 해학적 해석을 범하고 있었던 것이 그 실정(實情)이다. 그러나, 소세키 시는 게송(偈頌)인 것이라고 알고 읽어 보면, 종래의 해석(解釋)으로서는 보이지 않았던 소세키의 또 하나의 얼굴, 진정한 본래의 모습을, 진명순은 성실하게, 솔직(率直)하게 나타내고 있다. 그러한 것을, 본서는 훌륭하게 간파해 준다. 다소의 노력도 필요할 것이다. 그러나, 다 읽고 난 뒤 감동(感動), 흥분(興奮)할 것이다.

저자 진명순은 한국 부산시의 대학 및 대학원에서 공부하고, 계속해서 모교의 강사로 강의했지만, 그 동안 일관(一貫)해서「일본불교와 일본인의 사고(日本佛敎と日本人の思考)」를 연구 테마로 해 왔다. 그 과정에서 나쓰메 소세키(夏目漱石)와 만나, 직업을 포기하고 일본에 유학, 다이쇼 대학(大正大學) 대학원에 입학하였다. 한편, 진명순의 한국에서의 학력으로는, 그것에 병행(竝行)해서, 부산의 선원(禪院), 또 불교대학(佛敎大學)에서 십여 년에 걸친 좌선수행(坐禪修行)과 경전(經典) 연구의 실적이 있다.

몰후(歿後) 90년, 목록(目錄)만 있고 실물(實物)은 창고 안 깊숙이 넣어진 채로 있었던 소세키의 시는, 지금 진명순에 의해 창고에서 꺼내어져서, 누구에게나 볼 수 있도록 되었다.

진명순이 동아대학교 시절 은사였던 가와무라 미나토(川村湊)씨로부터 소개받고 나는 저자를 알게 된 것이지만, 이 소세키 연구사(研究史)에 획기적(畵期的)인 한 선을 긋는 논문 탄생의 과정에 입회(立會)할 수가 있었던 것을 참으로 행복하게 생각하고 있다. 그리고 지금은, 이 책이 한 사람이라도 많은 사람에게 읽혀지고, 한 사람이라도 많은 사람에게, 소세키의 시라는 것이 어떠한 것인가에 대해서 올바르게 알려질 것을 기원하고 있다.

도쿄(東京)에서
가쓰마타 히로시(勝又 浩)

| 차례 |

나쓰메 소세키(夏目漱石)
문학과 선경(禪境)

서장

나쓰메 소세키(夏目漱石)와 그의 작품은, 근대문학을 대표하는 것으로서 여러 가지 관점에서 읽혀지고 있다. 하지만, 그 여러 작품의 작의(作意)에서 생각해 보면, 「문학은 인생 그 자체이다.」(『태풍(野分)』)라고 말한 것처럼, 소세키는 인생 그 자체를 문학관으로서 관철하고 있는 것에 주목된다.

일찍이, 「알지 못하고 태어나고, 죽어가는 인간, 어디에서 와서 어딘가로 사라진다.」(1890년(明治 23년) 8월, 마사오카 시키(正岡子規)에게 보낸 서한)라고 한 소세키는, 인생이라고 하는 것은 도대체 어떠한 것일까, 어디에서 와서 어디로 가는 것인지, 라고 하는 문제를 자신의 문학을 통해서 표현하면서, 또 그 의문점을 풀려고 오랜 날들을 선(禪)에 의해 참구한 것이다. 소세키의 소설이나 한시 등의 여러 작품에는 선어나 선화(禪話)가 자주 나온다. 특히 한시의 난해한 부분에는 선어(禪語) 및 선리(禪理)를 포함한 것이 많다.

따라서, 소세키의 작품이나 문장에 나타나 있는 선적사상(禪的思想)의 표현은 많지만, 그 양적인 것 보다, 소세키 자신의 선의 경지가 어떠한 깊이를 가지고 있는 것인지, 또 선이 그의 문학에 미친 영향은 어떠한 것이었는가에 관해서, 소세키의 여러 작품을 둘러싸고 탐구하기로 한다. 그에 따라서 본서에서는, 그 여러 가지 작품의 배경을 고찰함에 있어서 난해한 부분들로 인해 지금까지 그다지 연구되지 않은 소세키의 한시와 선의 사상을 중심으로 논하고자 한다.

소세키의 청소년 시절에는 20여 수의 한시와 수편의 한문(漢文), 거기에 연구적인 것으로서 문과대학 시절에 쓴 「노자의 철학(老子の哲學)」이 있다. 그 점에서 보면 그의 한학적 소산의 중심은 한시(漢詩)이다. 하지만, 한편, 소세키의 한시에는 거의 제목이 없다. 이러한 것은 발표 의도 없이 내면을 솔직하게 표현한 것으로서 소세키 문학 중에서 가장 순수한 것이며, 참된 소세키의 사상을 탐구하는데 중요한 위치에 있는 것으로서 지적하고자 한다.

1878년(明治 11년), 12세일 때의 작문 「정성론(正成論)」을 비롯해서, 17, 8세 때의 한시가, 소위 소세키 문학의 출발점이라고 말할 수 있다. 이후, 한문 문장은, 1886년(明治 19년) 「관국화우기(觀菊花偶記)」, 1889년(明治 22년) 「「칠초집(七艸集)」평」, 「거이기설(居移氣說)」, 「목설록(木屑錄)」 등의 이후는 짓지 않았다. 그러나 한시는 소년시절부터 죽음의 직전까지 남긴 사실에서 생각해 보면, 한시야말로 소세키의 생애와 그의 사상을 이해하는 중요한 단서가 된다고 생각된다. 즉, 한시를 무시하고 소세키의 문학을 파악할 수는 없다. 한시는, 소세키에게 있어서 진혼가(鎭魂歌)이며, 마음 깊은 곳에서 우러나온 표현이라고 생각한다. 한시의 제재(題材)는, 여행, 경관(景觀), 도교(道敎), 유교(儒敎), 그리고 선(禪)에 대한 것 등이 있지만, 본서에서는, 그 중에서 선적(禪的)인 내용의 것, 특히 소세키의 공안(公案)의 하나인「본래면목」에 주목하여, 만년의 사상인「칙천거사(則天去私)」
에 이르기까지, 소세키의 선적 경지를 고찰하고자 한다.

생사의 문제를 초월한 해탈경(解脫境)을 읊은 것이 참된 시라는 것
을 소세키는 늘 의식하고 있었다. 특히 만년에 있어서는, 료칸(良寬)
의 고일(高逸)한 선관(禪觀)에 끌려, 한층 더 선을 향한 참구에 정진
한 것이 역력히 나타나 있다.「인생」이라고 하는 것은 어디에서 와서
어디로 사라지는 것인지, 라고 하는 소세키의 생애에 걸친 이 대문제
(大問題)가, 료칸(良寬)의 시,「아생하처래, 거이하처지(我生何處來,
去而何處之)」[1]의 시구와 일치하고 있는 점에서도, 소세키가 젊었을
때부터 얼마나 료칸(良寬)에게 경도되어 있었는지를 추측할 수 있다.
이러한 소세키의 만년의 시는, 법리(法理)의 묘체(妙諦)를 하나하나
탐구하면서, 선적사색자(禪的思索者), 구도자(求道者)로서의 신중한
태도로, 선정(禪定)을 지니고 선경(禪境)을 유감없이 나타내고 있다.

소세키의 한시가 이와 같이, 속념(俗念)에서 초월하여 절대경(絶對
境)을 표현하려고 한 것을 이해하기 위해서는, 소세키의 시관(詩觀)
인 선지(禪旨)를 이해해야할 것이다. 소세키의 한시를 접할 때, 한어
(漢語)의 숙어적(熟語的)인 해석으로서는, 근본적인 의취(意趣), 표상
하고 있는 진의(眞意)를 파악할 수 없는 경우가 많을 것이라고 생각한
다. 제가(諸家)의 해석으로는, 불교적, 선적인 면보다, 한학자로서, 한
어의 뜻에 준한 것이 많다. 이것에 대해서, 본서에서는, 시어(詩語)의
전거를 소세키가 평소 친근하게 하고 있었던 불전(佛典), 선서(禪書)
를 비롯하여 동양철학의 제서(諸書) 등에 의해 탐구하고 해석과 해설

---

1) 入矢義高(1978)『良寬』「日本の禪語錄」講談社 p.7

을 하기로 한다.

소세키의 한시는 십대의 소년시절부터 만년의 죽음 직전까지 이르고 있지만, 영국유학시절부터 소설 『문(門)』이 발표된 1910년(明治 43년)까지 약 십년의 공백 기간이 있다. 그 한시를 짓지 않았던 공백 시절에는, 소설에 있어서 한시와 동일한 주제를 추구하고 있고, 때로는 한시의 분위기를 그대로 살린 내용이라고 말해도 좋을 정도의 소설까지 있다. 본서에서는 이러한 제작품을 통해서 소세키에게 있어서의 선(禪)의 사상을 고찰해 보고자 한다.

또한, 본서에서 소개한 제작품과 제경전의 일본어 원서 문장 및 한시 등의 한국어 번역은 필자의 번역이며 한시는 운율에 준하지 않고 자유로운 형태로 했음을 밝혀둔다.

초산 (草山) 진 명 순

제1장 청소년시대와 선(禪)

소세키의 사상과 문학을 이해하는 하나의 방법으로서, 초기의 한시와 소설 및 그의 문장과의 관련성에 관해서 먼저 살펴볼 필요가 있을 것이다. 초기라고 하면 일반적으로는 1881년(明治 14년) 경부터 1890년(明治 23년)경으로 구분되고 있다. 소세키가 선(禪)에 관심을 가지게 된 동기로는, 소년시절인 1881년(明治 14년) 15세일 때, 한학교(漢學塾)인 니쇼가쿠샤(二松學舍)에 입학하여 한학(漢學) 및 동양사상에 감화된 것을 들 수가 있다. 소세키 자신도,「내가 어릴 때, 당송(唐宋)의 수천 시를 읽고, 기쁜 마음으로 문장을 지었다.」[1]라고 『목설록(木屑錄)』에서 말하고 있듯이, 당송의 시라고 하면, 먼저 당의 선승(禪僧)인 한산(寒山)의 선시(禪詩)를 바로 들 수 있다. 소세키가 한산의 시집을 애송하고 있었던 것은 그 자신의 한시에서도 분명히 나타나 있음을 볼 수 있다. 1896년(明治 29년)의 한시 중에,「유기핍선심(幽氣逼禪心: 그윽한 기운은 선심을 재촉하고), 시송한산구(時誦寒山

---

1)『木屑錄』『漱石全集』제12권 p.445

句: 때때로 한산의 시구를 읊는다)가 그것이다. 이와 같이, 한시를 통해서 명료하게 자기자신의 사상적 입장을 표명하고 있음을 알 수 있다. 또한 소세키는 한시를 지은 심경에 관해서, 「생각나는 일 등(思ひ出すことなど)」의 제5장에 다음과 같이 적고 있다.

　실생활의 압박을 벗어난 내 마음이 본래의 자유로 돌아가 풍요로운 여유를 얻었을 때, 유연하게 넘쳐날듯 떠오르는 천래(天來)의 채문 같은 것이다. 나 자신뿐만이 아니라 흥겨운 것이 참으로 기쁘다. 그 흥을 잡아서 가로로 씹고 세로로 부수어, 이것을 구(句)로 시(詩)로 짜 맞추어 가는 순서과정이 또한 기쁘다. 잠시 동안의 새벽에는 형태가 없는 정취를 확연히 눈앞에 창조한 것 같은 기분이 들어 더욱 기쁘다.[2]

　이상과 같이 마음의 자유에서 오는 여유를 얻어 지은 한시를 통해서 소세키는 자신의 인생관, 세계관을 솔직하게 표현할 수가 있었고 그 자신의 선수행(禪修行)의 경로를 그때그때 나타낼 수가 있었던 것이다.

　소세키의 한시는 일반적으로 4기(期) 내지는 5기로 구분되고 있다.

　와다 토시오(和田利男)는, 제1기－양행이전(洋行以前), 제2기－수선사대환시대(修善寺大患時代)까지, 제3기－남화취미시대(南畵趣味時代), 제4기－『명암(明暗)』시대로 하여 4기로 구분하고 있고,[3] 사코 쥰이치로(佐古純一郎)는, 제1기－초기습작시대(初期習作時代), 제2기－마쓰야마, 구마모토시대(松山, 熊本時代), 제3기－대환직후시대

---

2) 『思ひ出す事など』(1911) 『漱石全集』 제8권 p.283
3) 和田利男(1974) 『漱石の詩と俳句』 めるくまる社 p.4

(大患直後時代), 제4기-화찬시대(畵贊時代), 제5기-『명암(明暗)』시대로 하여 5기로 나누고 있다.[4]

그러나, 필자는 한시를 소세키의 선적(禪的) 수행(修行)의 단계와 전개에 따라 다음과 같이 4기로 구분해서 고찰해 보고자 한다.

제1기, 소청년시대(少青年時代) : 1880년대(明治 13년대) ~1890
년(明治 23년)

제2기, 참선(參禪)의 체험시대 : 1891년(明治 24년)~1900년
(明治33년)
(한시의 공백(空白)시대 : 1900년(明治 33년)~1909년(明
治 42년)

제3기, 대발심(大發心)시대 : 1910년(明治 43년)~1916년(大
正 5년) 10월 4일

제4기, 칙천거사(則天去私)시대 : 1916년(大正 5년) 10월 6일
~1916년(大正 5년) 11월 20일

이상과 같이 4기로 대별해서 한시에 나타나 있는 선(禪)의 세계를 연구 고찰하여 논하고자 한다.

---

4) 佐古純一郎(1983)『漱石詩集全釋』二松學舍大學出版部 p.14.

1. 소년시대의 한적(漢籍)

한적에 친근감을 가지고 있었던 소세키가 한시의 학습에 관심을 가지게 된 동기로는 일반적으로 소세키의 나이 15세인 1881년(明治 14년)의 4월경부터 1882년(明治 15년) 3월경까지 니쇼가쿠샤에 입학하여 본격적으로 한학을 공부한 것을 꼽을 수 있지만 한문의 문장으로서 남겨져 있는 것은 그 이전 1878년(明治 11년) 2월 , 12세 때에 쓴 「정성론(正成論)」이 이미 있다. 이것은 소세키에게 있어서 가장 초기의 문장으로 3백자 남짓의 작문이다. 그리고 17, 8세 때에 지은 한시 8수는 현재 전해지는 그의 최초의 한시로서 남아 있다. 이후 소세키 자신의 한시문에 대한 관심은 다음 세 종류의 문장에 명료하게 기술되어 있다.

그 하나는, 1889년(明治 22년) 9월, 23세 때에 쓴 『목설록(木屑錄)』[5]에 수록 되어 있는 것으로 여기서는 한문장을 짓는 감개에 대해 처음 기록하고 있음을 볼 수 있다.

내가 어릴 때 당송의 시를 수천 수 읽고 기뻐하며 문장을 지었다.[6]

또, 1906년(明治 39년) 6월 20일, 40세 때의 담화인 「중학시대(中學時代)」의 「낙제(落第)」에는 한학에 열심인 자신에 관해 적고 있다.

---

5) 『木屑綠』 1889년(明治 22년) 9월, 한문 기행문집, 친구 마사오카 시키(正岡子規)에게 보여 평을 받음.
6) 『漱石全集』 제12권 p.445 「餘兒時誦唐宋數千言喜作爲文章」

원래 나는 한학(漢學)을 좋아하여 상당히 흥미를 가지고 한적(漢籍)을 많이 읽었다. 지금은 영문학을 하고 있지만, 그 때는 영어라고 하면 매우 싫어하여 손에 잡는 것조차 싫다는 기분이 들었다.[7]

그리고 1907년(明治 40년) 5월, 41세 때 쓴 『문학론(文學論)』에는

나는 어릴 때 한적(漢籍)을 좋아해서 공부했다. 이것을 공부한 기간이 짧음에도 불구하고, 문학은 이와 같은 것이라는 정의를 막연히 부지불식간(不知不識間)에 좌국사한(左國史漢)에서 얻었다.[8]

라고 회상하고 있으며 한학을 좋아하면서도 영문학과에 들어간 것은 유치하게도 단순한 이유에 지배되어 당시 유행한 학과이기 때문에 선택했다고 곁들여 적고 있다.

이상과 같이 소세키는 소년시절부터 한학을 가까이하고 한시문이 자아내는 동양적인 분위기에 젖는 것을 좋아하고 있었던 것이다. 말하자면 그는 소년시절부터 자신의 감정을 한시에 의해 표현하고 한문학의 세계에서 자신을 키워 온 것이다.

소세키의 한시 중 현재 남아있는 확실한 것은 전부 208수 정도로 그 연대별 작품 수는 다음과 같다.

1880년대(明治 10년대) 십대 : 8수, 1889년(明治 22년) 23세 : 25수, 1890년(明治 23년) 24세 : 16수, 1891년(明治 24년)25세 : 1수,

---

7) 『漱石全集』 제16권 p.449
8) 『文學論』 『漱石全集』 제9권 p.129

1892년(明治 25년)26세 : 0수,　1893년(明治 26년)27세 : 0수,
1894년(明治 27년)28세 : 1수,　1895년(明治 28년)29세 : 수,
1896년(明治 29년)30세 : 6수,　1897년(明治 30년)31세 : 1수,
1898년(明治 31년)32세 : 4수,　1899년(明治 32년)33세 : 4수,
1900년(明治 33년)34세 : 3수,　1901년~1909(明治 34년~42년)
　　　　　　　　　　　35세~43세: 0수,
1910년(明治 43년)44세 : 17수,　1911년(明治 44년)45세 : 0수,
1912년(明治 45년)46세 : 23수,　1913(大正 2년) 47세 : 0수,
1914년(大正 3년) 48세 : 9수,　1915년(大正 4년) 49세 : 4수,
1916년(大正 5년) 50세 : 78수,　연대미상 : 3수

　소세키의 한시에서 특색으로 꼽을 수 있는 것은, 동양철학의 전반적인 것, 다시 말해 불교, 유교, 도교 등의 용어 및 사상이 보이는 점이다. 십대에 남기고 있는 8수 중 소세키의 나이 17, 8세 무렵에 쓴 한시로 추정되는「홍대모효방선비(鴻臺冒曉訪禪扉, 고경침침단속미(孤磬沈沈斷續微)」는 소세키가 남기고 있는 최초의 한시로, 이 시는 소세키의 인생에 있어서 그의 작품세계와 선의 사상을 고찰하는데 매우 중요한 단서가 된다. 이에 따라 본서에서는 이들의 한시가 소설 및 다른 작품에 어떻게 반영되어 있는지, 또 그의 일생에서 중요한 한 사상으로서 자리하고 있었던 선(禪)과 어떠한 연관성을 가지고 어떻게 표현되어 있는지 또 그 깊이는 어떠한지에 관해서 숙고하고자 한다.

2. 불교에 대한 관심

소세키의 작품을 기저(基底)로 하여 소세키의 일생에 있어서 표출되어 있는 사상을 고찰하기 위해서는 소세키가 어떠한 태도로 자기 자신의 참 모습을 구하였으며, 또 인생의 여행을 시작했는지의 관점에서 생각할 필요가 있다. 그 기점을 탐구함에 있어서 초기의 한시는 무엇보다 중요한 위치에 있으며 또 이 초기의 한시에서 소세키의 문학세계를 찾아 볼 수 있기 때문에 이에 중점을 두고 연구해 보기로 한다. 아울러 그의 일생을 걸쳐 관철되어온 사상이 어린 소년시절에 쓴 그의 한시에 이미 나타나 있음에 주의하고자 한다.

홍　대

고노다이의 새벽에 선사를 찾아가니
법당에서는 경(磬)소리가 끊어질 듯 희미하게 들려온다.
그 문을 두드려 보기도 밀어 보기도 하지만 사람의 답은 없고
그 소리에 깜짝 놀란 까마귀들이 문을 스치고 날아간다.

鴻　臺

鴻臺冒曉訪禪扉　홍대모효방선비
孤磬沈沈斷續微　고경침침단속미
一叩一推人不答　일고일추인부답
驚鴉撩亂掠門飛　경아료란량문비

「홍대(鴻臺)」라고 제목을 붙인 이 시는 소세키가 17, 8세 무렵의 작품으로 추정되며, 마쓰오카 유즈루(松岡 讓)의 『소세키의 한시(漱石の漢詩)』중에 「신발견의 소세키 시」[9]에 실려 있는 8수 중의 1수이다.

연대적으로는 1883년(明治 16년)부터 1884년(明治 17년) 세이리쓰가쿠샤(成立學舍)시절의 작품으로, 당시 소세키는 「심운, 면하산방주인(沈雲, 眠霞山房主人)」이라고 호를 붙여 이 한시를 지어서 친구인 오쿠다(奧田必堂)에게 보냈다. 마쓰오카 유즈루의 『소세키의 한시(漱石の漢詩)』에 의하면 오쿠다가 시단의 선자(選者)를 역임하고 있었던 소잡지(小雜誌) 「시운(詩運)」제8호 1906년(明治 39년) 6월에 게재되었던 한시이다.

언급한 바와 같이 위의 시는 17, 8세 무렵에 지은 최초의 한시일 뿐만 아니라, 소세키의 한시 중에서 「선(禪)」이란 단어가 최초로 등장하고 있다는 사실과 함께 소세키의 문학, 사상, 그리고 그의 인생관의 탐구에 있어서 매우 중요한 위치에 있음을 주지하는 바이다.

홍대(鴻臺)는 치바켄(千葉縣)의 고노다이(國府臺)로 동음의 시풍에 맞춘 것이지만, 고노다이에는 조동종의 총녕사(總寧寺)라는 선종(禪宗)의 절이 있다. 소년인 소세키는 일찍이 이 선사(禪寺)를 찾아가서 선승(禪僧)이 출입하는 선사의 문을 두드린 것이다. 이 풍경은 소세키가 자신의 인생의 문을 스스로 두드린 것이고 그의 마음속 깊이 「선」이 자리하게 되어 그의 사상에 깊숙이 새겨진 계기라고 생각한다. 또 이 한시에 대해서는 이후, 소설 『문(門)』을 논할 때 상세히 논하기로 한다.

같은 시기에 지은 다른 시에도 불교, 사찰, 그리고 선적인 정취에 관

9) 松岡讓(1966)『漱石の漢詩』朝日新聞社 p.3

해서 상당한 관심을 가지고 읊은 것을 볼 수가 있다.

무　제

고찰은 하늘을 치솟아 한 물건도 없고
가람은 반쯤 허물어져 장송만 빽빽하네.
당년의 유적 누가 있어 찾을까.
거미는 무슨 심사인지 고불을 저의 처소인양 하구나.

無　題

高利聳天無一物　　고찰용천무일물
伽藍半破長松鬱　　가람반파장송울
當年遺跡有誰探　　당년유적유수탐
蛛網何心床古佛　　주망하심상고불

　이 시 역시 17, 8세에 쓴 것 중 한 수이다. 제1구에 보이는 「무일물
(無一物)」이라고 하는 것은 이후의 소세키의 작품 중에 많이 나오는
단어이기도 하다. 「무일물」은 선의 공안(公案)의 하나로, 중국의 선종
제6조인 혜능선사(慧能禪師: 638~713)의 게송에 나오는 선구(禪句)
로서 그 전거는 다음과 같다.

　보리는 본래 나무가 없고
　밝은 거울은 또한 대가 아니다.
　본래 한 물건도 없거니
　어느 곳에 티끌이 있으리오.

菩提本無樹　　보리본무수
明鏡亦非台　　명경역비대
本來無一物　　본래무일물
何處惹塵埃　　하처야진애[10]

이 게송의 제3구에 보이는「본래 무일물」은 불교에서 본래면목, 법신(法身), 진여(眞如)등의 말로도 표현되는 선가(禪家)의 선어이다. 깨달음은 본래 형상이 없으며 맑은 마음 또한 모양이 없어 본래 무일물인데 먼지가 붙을 곳이 어디 있겠냐는 의미로 해석된다. 따라서 소세키의 시에서 제1구「고찰용천무일물(高刹聳天無一物: 고찰은 하늘을 치솟아 한물건도 없고)」는 눈에 보이는 고찰일 텐데도「무일물」이라고 표현한 작자의 본의를 살필 필요가 있다.

「무일물」이라고 하는 표현은 제4구의「고불」이라고 한 표현과 더불어 이 시에 선적, 불교적인 풍미를 더해주고 있다. 선구(禪句)로서「무일물」이라고 함은 번뇌와 망념(妄念)이 없는 상태로 색즉시공(色卽是空)의 경지를 의미하고 있다.

제4구의「주망하심상고불(蛛網何心床古佛)」에 관해서 나카무라 히로시(中村 宏)는「상(床)자는 부자연스럽다. 대(對)라고 쓴 것을 상(床)이라고 오독했을 가능성이 높다. 대(對)는 쓰는 방법에 따라서는 상(床)과 유사하다」[11]라고 하여,「주망하심대고불(蛛網何心對古佛: 거미줄은 무슨 심사로 고불을 대하는가?)가 아닐까?」라고 하는 의견을 덧붙이고 있다. 그렇다고 하면 고불의 앞에 거미를 대조시키는

10) 伊藤古鑑(1967)『六祖法宝壇経』其中堂 p.36
11) 中村宏(1983)『漱石漢詩の世界』第一書房 p.9

뜻이 되고, 얽혀있는 거미줄은 바로 고불에 대한 번뇌 망상을 의미하고 있는 것 같은 의취를 가지고 있다. 필자도 시의 분위기로서는 「상(床)」보다 「대(對)」가 적절하지 않을까 하고 생각한다.

「고불」이라는 표현은 이 시에서는 오래된 불상을 지칭하고 있는 것 같지만, 단순히 색상분으로서의 불상만을 의미하고 있는 것이 아니라고 생각된다. 원래 「고불」이란 색상분(色相分)과 법성분(法性分) 두 가지 의미가 있으므로 단순히 옛 부터 존재하고 있는 불상 그 자체를 가리키고 있다고 단정적으로 해석할 수는 없다. 소세키 나이 50세 되던 해, 1916년(大正 5년) 10월 9일의 한시에 쓰여 있는 구 「고사심래무고불(古寺尋來無古佛: 옛 절을 찾아오니 고불이 없구나.)」에서는 오랜 옛날부터 있어온 불상이라고 하는 색상분의 의미가 아니고, 법성분으로서 무형무색의 법신불을 가리키는 의미로 표현되어 있다.

하지만, 십대에 지은 「주망하심상고불(蛛網何心床古佛: 거미는 무슨 심사인지 고불을 저의 처소인양 하구나.)」에서는 당시 소세키의 선력(禪歷)에서 생각해 본다면 아마 색상분으로서 불상을 의미하고 있을 것이라고 생각되지만, 일찍이 당송(唐宋)의 선시를 애송하고 있었던 점을 고려해 보면 어느 정도의 선취를 느껴, 선적인 분위기에 끌려 있는 심경을 읊고 있다고도 생각된다. 「무일물」, 「고불」, 어느 것이나 본래면목(本來面目)을 의미하는 선어(禪語)의 일종으로서, 소세키는 그에 대한 의취를 표현한 것이라고 생각된다.

이와 같이 십대의 한시에서도 느낄 수 있는 소세키의 불교관 및 선에 대한 관심과 시정은 20대 이후에도 계속 연결되고 있는 것을 볼 수 있으므로 십대의 한시가 단순한 습작으로 끝난 것이 아님을 알 수 있다. 20대의 소세키는 영문학 전공을 결정하고 나서도 영문학뿐만 아니라 한학(漢學)도 평행하고 있었던 것이다.

한시를 쓰기 시작한 소세키가 한층 더 의욕적으로 한시를 짓게 된 것은, 마사오카 시키(正岡子規)를 만나고 나서 부터이다. 당시 마사오카 시키는 제일고등중학교 재학 중인 1888년(明治 21년)의 여름에 강동 무코지마(江東 向島)의 장명사(長命寺) 경내에 있는 월향루(月香樓)에서 3개월 체재하면서『무하유주칠초집(無何有州七艸集)』[12]을 집필했다.「무하유주」는 무코지마이고,『칠초집(七艸集)』의 내용은 여름휴가의 감흥을 표현한 것으로 7편의 한시와 한문, 와카(和歌), 하이쿠(俳句), 요쿄쿠(謠曲), 논문, 의고문(擬古文)소설로 분류하여 쓰여 있다. 마사오카 시키는 이것을 1889년(明治 22년) 5월, 친구에게 회람하여 비평을 구했다. 그에 응해서 소세키는 한문으로『칠초집평(七艸集評)』을 쓰면서 그 끝부분에 한시 9수도 첨부했다.『칠초집평』[13]에는 한시문, 와카, 하이쿠 등의 제편에 관해서는 상세하게 평하지는 않았다. 단지 반드시 많은 설명을 요하는 것이 아니고, 마음으로 이해하는 것이 중요하다고 적고 있다. 여기에서 주의해야 할 것은 마사오카 시키의 문장에서 초탈의 정취를 느껴서 세속의 때와 티끌을 없애고 풍류운사(風流韻事)를 읊고자 하는[14] 솔직한 자신의 감정을 나타내고 있는 점이다.

이와 같이, 소세키에게 시키가 직접적인 도화선이 되어 한동안 짓

---

12) 『子規全集』(1977) 제9권「初期文集」講談社
13) 詞兄之文情優而辭寡淸秀超脫以神韻勝憾間有蕪句鄙言然昆玉微暇何須凡工下手且先輩評論備至故不敢贅至若韻語僕所不解只覺首首皆實況讀之身如起臥墨江耳
14) 『子規全集』(1977) 제9권「初期文集」講談社 p.47 不知吾兄校課之余何暇綽綽能知此僕天資陋劣加疎懶爲風醒醉沒于紅塵裡風流韻 事蕩然一掃愧于吾兄者多矣

지 않고 있던 한시문에 대한 열의가 다시 살아나게 된다. 일상의 번잡
함 속에 묻혀있던 풍류운사(風流韻事)로서의 선풍(禪風), 선취(禪趣)
도 잊어버리고 있었던 것이 시키의 『칠초집』의 자극으로 세속 번뇌를
초월하는 풍광을 강한 창작욕과 함께 유감없이 발휘하게 된 것이다.

『칠초집평』에 첨부된 9수의 칠언절구(七言絶句)는 대부분 시키에
게 쓴 평에 준하고 있지만, 그 중에서 소세키 자신의 심경을 읊은 유일
한 시가 있는 점에 주목된다. 1889년(明治 22년) 5월 25일의 한시이
다.

무 제

세진을 모두 씻어 아(我)도 없고 물(物)도 없어
단지 볼 것은 창밖 고송의 울창함 뿐이니
천지는 심야에 이르러 소리 하나 없고
빈방에 묵좌하고 있으니 고불과 같구나.

無 題

洗盡塵懷忘我物　세진진회망아물
只看窓外古松鬱　지간창외고송울
乾坤深夜闃無聲　건곤심야격무성
默坐空房如古佛　묵좌공방여고불

이 시의 제1구에 보이는 「망아물(忘我物)」은 다음 달인 6월에 쓴 한
문 『거이기설(居移氣說)』에도 「글을 읽고 시를 읊으매 유연하여 물아

를 잊는구나(書ヲ讀ミ詩ヲ賦シ, 悠然トシテ物我ヲ忘ル)」[15]라고 적고
있다.

　여기서의 「아(我)」는 세속 안에서의 일상적인 아(我)를 의미하고
있다고 이해할 수 있다. 즉, 「물(物)」은 객관이고, 「아(我)」는 주관이
면서 진아(眞我)의 대어(代語)로서 망아(妄我)를 가리키고 있는 것으
로 물(物)과 아(我)로부터 벗어난 초속(超俗)의 세계를 말하고 있다
고 볼 수 있다. 이와 같은 「망아물(忘我物)」의 경지는 만년(晩年)까지
계속해서 추구한 절대경(絶對境)에 이어지는 개념이다. 절대경에 관
해서는 거의 같은 시기의 『목설록(木屑錄)』에도 그것을 나타내고 있
는 선구(禪句)를 사용하고 있는 것에 주목된다. 다음과 같다.

　　대우산인(大愚山人)은 내 동창인 친구이다.......산인은 일찍이 나에
　게 말하기를, 심야결가(深夜結跏).....함을 잊지 말라고. 내가 평범하고
　속되어서 노지의 백우(露地의 白牛)를 보는 것을 게을리 하고, 무근의
　서초(無根의 瑞草)를 돌아보지 아니한다. 이것을 산인에게 보여지는
　것은 많이 부끄러운 일이다.[16]

　라고 적고 있다. 여기서 말하고 있는 대우산인은 소세키의 친구인
요네야마 야스사부로(米山保三郎: 1869~1897, 철학자, 천연거사(天
然居士), 대우산인(大愚山人)이란 호를 가지고 있음)이다. 「노지의 백
우(露地의 白牛)」, 「무근의 서초(無根의 瑞草)」는 선의 공안으로서 절
대경을 가리키는 선어(禪語)이다. 절대경이라는 것은 깨달음의 경지

---

15) 『漱石全集』 제12권 p.289
16) 佐古純一郎(1983) 『漱石詩集全釋』 明德出版社 p.273

(悟境)에 들어가 참된 경계를 접하여 관(觀)하지 않으면 해득할 수 없는 것이다.

제2구의 「고송(古松)」도 선가의 선어에서 찾아 볼 수 있다. 「고송담반야(古松談般若(고송, 반야를 말한다)」[17]라고 하여, 불성의 진리가 숨어 있는 것이 아니고 현현해 있는 것을 말하는 선구의 하나이다.

즉 이 시의 분위기로서는 세속으로부터 초탈하여 세정(世情)을 말끔히 씻어내고 무심의 경지에 들어가 창밖의 울창한 고송을 바라보며, 천지우주에 편재해 있는 부처님의 세계를 느끼면서 인기척이 없는 텅 빈 방에 묵좌(默坐)하고 있는 자기 자신이 마치 고불과 같다, 라고 하는 의취를 소세키는 읊고 있다. 참으로 일찍부터 접한 선경(禪境)에 대한 열망과 오경(悟境)의 체득을 간절히 바라고 있는 소세키가 느껴진다. 제1구의 「세진진회망아물(洗盡塵懷忘我物: 세진을 모두 씻어 아(我)도 없고 물(物)도 없어)」은 무아, 무심의 경지를 말하는 구로서 소세키가 만년에 제기하고 있는 사상인 「칙천거사(則天去私)」의 의취에까지 일관하고 있다고 할 수 있는 표현이다. 1906년(明治 39년)에 쓴 소설 『초침(草枕)』에서도 다음과 같이 나타내고 있다.

내가 얻고자 하는 시(詩)는 그런 세간적인 인정(人情)을 고무하는 것 같은 것이 아니다. 속념(俗念)을 버리고, 잠깐만이라도 진계(塵界)를 벗어난 마음상태가 될 수 있는 시이다.[18]

여기에서 소세키는 자기의 한시관을 명확하게 나타내고 있으며, 아

---

17) 佐橋法龍(1980) 『禪』 「公案と坐禪の世界」 實業之日本社 p.209
18) 『草枕』 『漱石全集』 제2권 p.393

울러 그의 인생관도 시사하고 있음을 알 수 있다. 따라서 앞에 거론한 시는 소세키의 일생에 있어서 끊임없이 마음속에 품고 있던 사상과 그의 문학작품의 기저세계를 펼쳐 보인 것이며, 그의 삶의 방도를 천명하고 있는 것이기도 한 내용이다.

소세키와 시키가 1889년(明治 22년) 1월에 만나, 시키의 『칠초집』, 소세키의 『목설록』을 각각 읽고 서로 비평하는 일을 계기로 하여 동창생으로서 친하게 교류하게 된다. 이러한 인연으로 두 사람이 한시를 본격적으로 교환하기 시작한 시기는 같은 해 여름 무렵부터이다.

이런 계기로 시키와 소세키의 개인적이고 사적인 감정을 솔직하게 표현한 한시의 교환은 그때그때의 심경을 솔직하게 묘사하고 있는 것으로 그 의미는 더욱 중요하다. 청년 소세키는 영문학 전공을 정하고 나서도 영문학뿐만 아니라 풍류운사(風流韻事)도 평행하고 있었으며, 대중을 위한 발표 예정 없이 지은 한시는 소세키와 그의 작품에 있어서 가장 소중한 위치를 점하게 되었다. 이러한 점에서 시키는 소세키의 문학 형성에 있어서 커다란 역할을 한 인물 중 한 사람임에 분명하다고 할 수 있을 것이다. 이와 같이해서 청소년 소세키는 한시에 자신의 인생 내면을 계속 표현하고 있었고 구도의 염원은 이미 이 시기부터 시작되어 그 진지한 걸음걸음이 만년까지 끊임없이 계속 진행되게 된다.

3. 선(禪)에 대한 초발심(初發心)

대학시절의 소세키는 미래에 대한 불안과 고독이 저변에 자리하고 있었다고 짐작되며 그 불안과 고독은 보다 참된 인생을 엮어나가기 위한 자아의 갈등에서 생기는 것으로 이것을 해결하는 것이 무엇보다 우선이라고 생각한다. 1915년(大正 4년) 3월 22일의 『보인회잡지(輔仁會雜誌)』에 실린 「나의 개인주의(私の個人主義)」에, 대학시절 자신의 사고에 관해서 소세키는 다음과 같이 회고(回顧)하고 있다.

나는 이 세상에 태어난 이상 무언가 하지 않으면 안 된다, 라고 해도 무엇을 해야 좋을지 조금도 짐작이 가지 않았습니다. 나는 마치 안개 속에 갇혀버린 고독한 인간처럼 그 자리에서 꼼짝 못하고 말았던 것입니다. 그래서 어디서부턴가 한 줄기의 햇살이 비칠지도 모른다는 희망보다도, 내 쪽에서 탐조등을 사용하여 한 가닥이라도 좋으니까 앞을 분명히 보고 싶다고 하는 기분이 들었습니다.[19]

하지만 소세키는 불행하게도 자신이 나아가야 할 방향을 확실하게 정할 수가 없어, 마치 자루 속에 갇혀 아무런 일도 할 수 없는 무능한 인간처럼 느껴져서 견딜 수가 없는 심정으로 초조해 하고 있었다. 소세키는 그와 같은 상황에서 벗어나기 위해 「나는 나의 손에 단지 한 자루의 송곳만이라도 있다면......」[20]이라고 하는 표현으로 「나의 개인주의」에 그 당시의 심정을 계속해서 토로하고 있다. 갇혀 있는 자루를 찢어버리고 뚫고 나오려고 끊임없이 여러 방법을 강구하고 있었을 것이다.

그러나 그 송곳은 자신 스스로가 구하지 않으면 안 됨에도 불구하

---

19) 『漱石全集』 제11권 p.441
20) 전게서 p.441

고 그 일 자체를 할 수 없었다. 타인으로부터 구할 수 있는 것도 아닌
것을 잘 알면서도, 소세키는 견디기 어려운 초조함과 불안감을 지니
고 음울한 청년시절을 스스로 책망하고 있었을 것이다.

그러면 당시 소세키가 희망하고 있는「한 가닥」의 빛,「한 자루의 송
곳」이란 무엇을 의미하고 있는 것일까를 생각해 보는 것이 청년 소세
키를 이해하는데 도움이 될 것이다. 그것은「인생」이라고 하는 문제를
해결하는 열쇠가 되는 길잡이가 되겠지만, 아직 그 실체를 잡지 못하
고 있는 자신에게 그 힌트만이라도 부여되게 된다면 좋겠다는 희구로
서 표현한 단어라고 생각한다. 다시 말하자면, 그는 이 세상에 무엇을
하려고 태어난 것인지, 과연 무엇을 해야 하는 것인지 라고 골몰한 나
머지 깊이 고민하며 고독한 나날들을 보내고 있었다고 할 수 있다.

그 하나의 이유로서 생각되는 것은 십대부터 익힌 동양사상과 한학
의 영향에서 온 선적(禪的)인 사고방식으로서「인생」이란 도대체 무
언가 라고 하는 문제 즉, 선에 대한 초발심으로서 소세키는 이에 관해
심각하게 생각하고 있었기 때문이라고 추측된다.

이러한 고민을 안고 있던 시기에 시키를 만난 소세키는 앞에서 언
급한 바와 같이 재차 이들의 순수한 감정을 한시를 통해 표현하게 된
것이다. 그 과정에서 1889년(明治 22년) 8월 7일부터 네 명의 친구들
과 함께 보소(房總), 가즈사(上總), 시모사(下總)를 여행하고 기행문
『목설록』을 완성시킨다. 같은 해 9월 9일이고, 시키에게『칠초집평』을
전한 5월 25일부터 3개월 남짓 후의 일이다.『목설록(木屑錄)』에 적
힌 14수라고 하는 한시의 수만 보더라도, 시키에게 자극 받고 나서 한
시 짓기에 대한 열의를 짐작할 수가 있다. 또한 시키와의 만남은 소세
키에게 있어서「한 가닥」의 빛,「한 자루의 송곳」이었던 것은 아닐까

하고 생각한다. 소세키는 『목설록』을 친구 시키에게 보이고 한문 실력
및 자신의 사고에 대한 평가를 구한 다. 그 한 수를 보자.

무 제

진회를 탈각하니 모든 일이 한가로워
단지 벽수백운의 천지에 노닐고 있을 뿐인저.
선향에는 원래 문자가 없으니
서적을 읽지 아니하고 그냥 산만 바라보노라.

無 題

脫却塵懷百事閑　　탈각진회백사한
儘遊碧水白雲間　　진유벽수백운간
仙鄕自古無文字　　선향자고무문자
不見靑編只見山[21]　불견청편지견산

이 시에 대해 『목설록』에서 「부작시자위(復作詩自慰: 다시 시를 지
어 스스로 위로한다.)」[22]라고 한시를 읊은 심경을 표명하고 친구 시키

---

21) 이 시는 『木屑錄』 이전의 시, 「鹹氣射顏顏欲黃, 醜容對鏡易悲傷, 馬齡今日廿三歲,
　始被佳人呼我郎」에 대한 시키(子規)의 차운(次韻)의 시 「羨君房海醉鵝, 鹹水医痾
　若藥傷, 黃卷靑編時讀鞍罷, 淸風明月伴漁郎」의 전구(轉句)에 대한 답시로 지은 것
　이다.
22) 『漱石全集』 제12권, p.445
　부작시자위(復作詩自慰) 이에 대해 『木屑錄』에서 다음과 같이 기록하고 있다.
　詩佳則佳矣而非實也余心神衰昏不手黃卷久矣獺祭固識余慵懶而何爲此言复作詩
　自慰曰詩佳は則ち佳なり.

에게 그 마음을 고백하고 있다. 두 사람은 한시로 서로의 마음을 표현
함에 따라 고상한 친교를 돈독히 하면서 소세키는 자신의 내면세계를
연마해 나간다.

이 시의 제1구에 보이는 「탈각진회백사한(脫却塵懷百事閑: 진회
를 탈각하니 모든 일이 한가로워)」는, 앞에서 언급한 『칠초집평』에 쓴
시의 제1구 「세진진회망아물(洗盡塵懷忘我物: 세진을 모두 씻어 아
(我)도 없고 물(物)도 없어)」와 그 의취가 흡사하다. 세상의 티끌 번
뇌를 탈각하여 모든 일이 한가롭게 된다는 것에는 참으로 속정을 떠
나서 무위, 무욕의 경계를 버리고 있다는 것이 느껴진다. 1892년(明治
25년) 6월, 소세키는 「노자(老子)의 철학(哲學)」[23]이라고 하는 논문
을 썼다. 이 중에서 『노자(老子)』에서 인용하고 있는 부분을 보면 「무
위(無爲)」에 관한 관심표명을 알 수가 있다. 「도상무위(道常無爲)」[24]
를 보면, 무위자연에 대한 소세키의 동경이 여념 없이 반영되어 자신
의 작품에 끊임없이 그 세계를 채워 간다. 제2구의 「백운(白雲)」은 뒤
에 지은 한시에서도 많이 사용되고 있는 단어이다. 「백운간」은 문자대
로 흰 구름이 걸린 곳으로 이해해도 좋겠지만 한학을 익힌 사람이 「백
운」이라고 하면 우선 장자의 외편천지십이(外篇天地十二)의 「승피백
운지천제향(乘彼白雲至千帝鄕)」[25]을 상기하는 것이 일반적일 것이
다. 여기에서 「백운」이라고 하는 것은 천제(天帝)가 거주하는 곳을 표
상하기도 하고, 또 선에서는 한산시에 많이 나오는 말로 선정(禪定)에

---

23) 『漱石全集』 제12권 『老子の哲學』 p.80
　　道常無爲, 而無不爲, 侯王若能守之, 万物將自化, 化而欲作, 吾將鎭之以無名之樸,
　　無名之樸, 夫亦將無欲不欲以靜, 天下將自定.
24) 木村英一譯・野村茂夫補 『老子』 講談社學術文庫 37章.
25) 小川環樹(1968) 『老子・莊子』 「世界の名著・4」中央公論社

든 탈속의 경계를 의미하기도 한다. 소세키가 일찍이 한산시를 애송하여 그 영향을 받아 그의 소설, 한시 등에도 자주 사용하고 있기 때문에 관련지어 해석할 수도 있을 것이다. 이에 대해서는 이후 1896년(明治 29년) 한시의 제2구와 3구 「유기핍선심(幽氣逼禪心: 그윽한 기운은 선심을 재촉하고), 시송한산구(時誦寒山句: 때때로 한산의 시구를 읊는다)」에서 고찰해 보고자 한다.

「선심(禪心)」으로 속진(俗塵)을 떠나 한적한 기분으로 한산의 시를 읊는다 라고 하는 내용에서는 선경에 대한 동경을 보이고 있다. 한산시는 중국 당대(唐代)의 대표적인 선시로 그 작자인 한산(寒山)은 그의 도반인 습득(拾得)과 함께 전설적인 인물이며, 그가 남긴 시는 선의 최고 경지를 노래한 것으로서 선가(禪家)에서 대대로 이어져 내려오고 있다. 소세키가 이러한 한산시를 애송하고 있었다고 하는 사실에서 보더라도 선경에 강하게 끌려있었음은 당연하다고 생각된다.

제3구의 「선향(仙鄕)」이라고 하는 것은 선인(仙人)이 사는 곳, 속계를 벗어난 청정한 곳으로 이상향을 의미하고 있다. 그 선향에는 문자가 필요 없는 것은 물론 말할 필요가 없다. 단지 그 선향 속에서 유유히 무위(無爲)를 즐겨 자연을 벗할 뿐이다. 「선향」이라고 하는 말은 소세키가 애용한 시어로서 한시에 독특한 분위기를 자아내고 있는 단어중 하나라고 말해도 좋을 것이다. 1914년(大正 3년)의 한시 제4구에는 「무아시선향(無我是仙鄕: 무아 이것이 선향이로다)」라고 하는 표현으로 특이한 심경을 나타내고 있는 것을 볼 수 있고, 선향에 대한 특별한 관심을 가지고 있는 것도 감지된다.

속세의 정을 떠나서 모든 번뇌로부터 벗어나 단지 벽수백운(碧水白雲)의 천지에 몸을 의탁하여 세간의 서적 등은 읽지 않은 채 유유히 지내고 있는 풍경이다.

   불안과 고통으로부터 탈피하여 자연과 더불어 하는 초속의 심경을
읊고 있는 내용은『목설록』에 수록 되어 있는 다른 한수의 시에도 잘
나타나 있다.

   자조서목설록후

   스스로 세상 등지고 세간으로부터 소외되듯 하여
   광기어린 바보짓으로 명예도 구하지도 않고
   동시대를 비난하여 시세에 반대하기도 하고
   고인을 나무라면서 고서를 대한다.
   재능이라 해도 둔마처럼 둔하고 또한 형편없으니
   지식은 빈 껍질과 같아 얇고 또한 허황하다
   단지 하나 여행을 좋아하는 버릇 있어
   산수를 평하면서 초로에 누워 만족함이라.

   自嘲書木屑錄後

   白眼甘期興世疏   백안감기흥세소
   狂愚亦懶買嘉譽   광우역라매가예
   爲譏時輩背時勢   위기시배배시세
   欲罵古人對古書   욕매고인대고서
   才似老駘驚且駭   재사로태경차애
   識如秋蛻簿兼虛   식여추태부겸허
   唯嬴一片烟霞癖   유영일편연하벽

品水評山臥草廬   품수평산와초려

　이 시는 『목설록』의 말미에 「자조서목설록후(自嘲書木屑錄後: 자
조, 목설록의 뒤에 적는다)」라고 하는 제목을 붙이고 있다. 시의 제1구
와 2구에서 세간의 명예도 세속적인 평판도 바라는 마음이 없는 무욕
(無慾)을 나타내고 있으며 시류(時流)에 거슬러 고사와 고인을 나무
라며 고서를 읽기도 하지만 재능이나 지식에 있어서는 나이 들어 늙
은 말처럼 어리석고 가을의 매미 허물처럼 텅 비어 있지만 자연을 사
랑하는 마음은 그대로 간직하고 있다고 토로하고 있다.
　이 시에 관해서 시키는 고서에 통달해 있는 일과 자연을 사랑하고
있는 소세키의 시심(詩心)을 높이 평하고 있다.[26] 또 와다 토시오(和
田利男)는 당시의 소세키의 염세관을 지적하여 「제3구, 제4구 두 구
는 이상할 정도로 반항심이 불타고 있다.」[27]라고 평하고 있다. 하지만
십대부터 보이고 있는 초속에 대한 염원, 「노자의 철학」에 쓰고 있는
무위자연관, 그리고 선적사상에서 추측해 보더라도 염세관이라고 하
기보다 무욕, 무집착, 초월에 대한 소세키의 소원, 아울러 그에 반대되
는 것들에 대한 강한 혐오가 표출되어 있는 시라고 생각한다. 물욕에
가득 차서 분별망상에 빠져있는 인간은 되고 싶지 않은 의지가 느껴
지는 시이기도 하다.
　이 시는 『목설록』의 표지 안에 「1889년(明治 22년) 9월 9일 탈고 목
설록 소세키 완부(明治廿2年9月9日脫稿木屑錄漱石頑夫)」라고 적혀
있다. 소세키라고 하는 호는 1889년(明治 22년) 5월, 시키의 『칠초집』

---

26) 第3句 備員耳第4句斯中趣只吾兄与余得之後聯恐不成詩
27) 和田利男(1974)『漱石の詩と俳句』めるくまる社 p.282

평의 말미에 「욕지소세키망비(辱知漱石妄批)」라고 서명한 것에서 처음 보이는 예이다. 이 「소세키」라고 하는 아호(雅號)에 관해서 에토 준(江藤淳)은 「과연 긴노스케(金之助)가 깊이 생각해서 이 아호를 선택한 것인지 아닌지에 관해서는 의문의 여지가 있다.」[28]라고 말하고 있다. 그러나 「소세키(漱石)」라고 하는 아호의 출전을 뒷받침하고 있는『담연거사문집(湛然居士文集)』에 의하면 저자인 야율초재(耶律楚材)[29]가 선문을 두드렸을 때, 스승 만송행수(萬松行秀)[30]가 내린 공안은 「어떠하냐. 이 산하국토를 전득하여 자신으로 돌아오게 하려면」이었다. 현상계와 자기 자신이 둘이 아님을 깨달아 산하국토의 대자연에 유유자적 하는 것이 대자유의 경지이다.

이 전거를 참고로 해도 에토 준이 말하고 있는 의문에는 의문이 생긴다. 일찍이 한학, 특히 불교경전, 선서에 조해가 깊었던 소세키가 자신의 아호에 대해서 신중히 생각하지 않고 단순하게 선택했다고는 생각하기 어렵다. 단지 이상한 것은 「소세키(漱石)」이라고 하는 호가 친구인 시키가 이미 생각하고 있었던 아호중 하나라고 하는 것이다. 우연일까, 두 사람의 만남의 필연일까, 는 이 아호를 둘러싸고 생각하지 않을 수 없다. 소세키는 시키와 만나기 이전부터 「소세키(漱石)」이란 단어에 관해서 알고 있었다고 생각 된다. 1881년(明治 14년) 4월부터 1882년(明治 15년) 3월에 걸쳐, 니쇼가쿠샤에서 공부한 과목 중에 하나인『몽구(蒙求)』[31]에 「소세키침류(漱石枕流)」의 고사가 있기 때문

---

28) 江藤淳(1983)『漱石とその時代』제1부 新潮社 p.183
29) 중국 원(元)나라 사람으로 담연거사문집(湛然居士文集)을 남기고 있다.
30) 중국 원(元)나라 사람으로 야율초재(耶律楚材)의 스승임
31) 니쇼가쿠샤(二松學舍) 당시의 교과과정에, 삼급제이과(三級第二課) 정헌유언(靖獻遺言), 몽구(蒙求), 문장궤범(文章軌範)으로 되어 있다.

이다.

시로 되돌아가서 앞에 서술한 시에 계속되는 심정은 1889년(明治 22년) 9월 20일부의 시키에게 보낸 서한에도 한 수 적고 있다.

무 제

검을 안고 혼자 용명을 듣고
서적을 읽고 오히려 유생을 나무랐지만
지금은 덧없이 세정을 초월하여
꿈속에서 듣는 미인의 목소리

無 題

抱劍聽龍鳴   포검청룡명
讀書罵儒生   독서매유생
如今空高逸   여금공고일
入夢美人聲   입몽미인성

이 시의 앞부분에 「오절 일수(五絶 一首) 소생의 근황」에 관한 것이 라고 쓰고 있듯이 스무 세살이 된 청년 소세키의 당시 근황을 적고 있 다. 또, 시의 자해(自解) 후기에는 「제1구는 성동(成童)일 때의 일, 2 구는 16세 때의 일, 전결은 현재의 상태」라고 첨가하고 있다. 성동은 8 세 이상 또는 15세 이상의 소년을 가리키지만, 아마 여기서는 전자를 말하고 있을 것이다. 1881년(明治 14년)이후, 소세키가 니쇼가쿠샤에 적을 두고 있을 때를 말한다.

　　제2구의 「독서매유생(讀書罵儒生: 서적을 읽고 오히려 유생을 나
무랐지만)」은 16, 17세 때라고 서한에도 적혀있는 대로지만, 이때는
니쇼가쿠샤에서 많은 유서(儒書)를 읽으면서 공부하고 있던 시기이
다.[32] 유생을 나무란다고 하는 것은 앞에서 논한 시의 제4구,「욕매고
인대고서(欲罵古人對古書: 고인을 나무라면서 고서를 대한다)」와 같
은 의취다. 이것은 소세키가 유학에 대한 관심과 이해가 상당한 수준
에 도달해 있다는 것을 반증할 수 있는 부분이라고도 볼 수가 있다. 즉
소세키는 평생 유학(儒學)을 비롯하여, 한학에 대한 관심 및 연구를
끊임없이 하고 있었기에 이 시구가 단순히 유학을 비판한다고 단정하
는 것은 무리일 것이다. 따라서 유생을 나무라는 것은 문자의 의미를
탐구하는 이치, 문장의 형식, 사고방식 등에 관한 것이라고 생각된다.
이러한 것들보다 중요한 것은 이 모든 것을 초월하는 경지라는 것을
설하고자 했을 것이다.

　　제3구의 「고일(高逸)」의 뜻은 세속의 분별에서 초월하는 것으로 제
4구의 「미인(美人)」과의 조화를 이루고 있음에 주의해야 할 것이다.
「미인」은 아름다운 사람을 지칭하는 경우와, 현인군자 등을 지칭하는

---

32) 二松学舎의 当時의 교과과정은 다음과 같다.
　　三級第三課　日本外史, 日本政記, 十八史略, 国史略, 小学
　　三級第二課　靖献遺言, 蒙求, 文章軌範
　　三級第一課　唐詩選, 皇朝史略, 古文真宝, 复文
　　二級第三課　孟子, 史記, 文章軌範, 三体詩, 論語
　　二級第二課　論語, 唐宋八家文, 前後漢書
　　二級第一課　春秋左氏伝, 考経, 大学
　　一級第三課　漢非子, 国語, 戦国策, 中庸, 荘子
　　一級第二課　詩経, 孫子, 文選, 荘子, 書経, 近思録, 荀子
　　一級第一課　周易, 老子, 墨子, 明律, 令義解

경우로 대별할 수가 있지만, 시의 내용, 시심, 소세키의 사상에서 생각하면, 단순히 외면적인 미의 의미로서는 이해하기 어렵다. 즉, 고일의 경지, 그 경지에 들어가서 미인을 꿈꾼다고 하는 것으로 「미인」이란 초속(超俗)의 경지에서 접할 수가 있는 마음의 본체, 법신을 비유한 것이라고 생각한다. 이 미인에 관해서는 1894년(明治 27년) 3월 9일의 한시에도 나타내고 있으므로 후에 다시 논하기로 한다.

이 시의 내용을 보면, 청년이 된 소세키는 지금까지 의욕적으로 서적을 읽고 자기 나름대로의 자신을 가지고 있었지만 유생을 나무랐을 때보다 오히려 지금은 세정(世情)을 초월하여 이 세상의 번잡한 일들로부터 벗어나서 이상(理想)으로 하고 있는 절대의 경지를 꿈에서라도 실현하고 싶다는 당시의 심경을 읊고 있다.

속계를 떠나 인간의 욕심, 명예 등의 세진(世塵)에서 탈피하는 「도(道)」로서 대자연에 접해 그것에 심신을 의탁하려고 하는 생각을 항상 간직하고 있던 소세키는 1890년(明治 23년) 8월말, 시키에게 보내는 서한에 그러한 내용을 쓴 28구의 장시(長詩) 「선인타속계(仙人墮俗界: 선인 속계에 떨어지고)…」를 짓고 있다. 시키에 대한 우정과 소세키 자신의 인생관을 잘 피력한 시이다. 그 시의 제19구 「소지함산정(笑指函山頂: 웃으며 가리키는 함산의 정상)」은, 시키에게 세상사에서 벗어나 하코네(箱根)의 산정상이라도 가자, 라고 하여 자연을 향한 마음을 노래하고 있다. 장시인 관계로 제21구 이하만 소개하면,

무 제

웃으며 가리키는 함산의 정상

(중략)

세월 본래부터 유구하여

우주 홀로 끝이 없네

하루살이 연못위에 나르니

대붕은 그 보잘 것 없는 날개 짓을 비웃지만

비웃는 자 또한 멸하고 말진대

득과 실 모두 한순간의 일인 것을

한마디 하겠노라 공명의 객에게

아등바등 고생함은 무얼 하려 함인고.

無 題

笑指函山頂　　소지함산정

(中略)

歲月固悠久　　세월고유구

宇宙獨無涯　　우주독무애

蜉蝣飛湫上　　부유비추상

大鵬嗤其卑　　대붕치기비

嗤者亦泯滅　　치자역민멸

得喪皆一時　　득상개일시

寄語功名客　　기어공명객

役役欲何爲　　역역욕하위

　　라고 읊어 세간사의 허무함, 제행무상(諸行無常), 무집착의 심경을
나타내고 있다.

이렇게 하여 세간의 모든 집착으로부터 벗어나서 자연 속에 그 마음을 의탁하고 있다. 그리고 1890년(明治 23년) 초가을인 9월에 소세키는 약 20일간의 하코네(箱根)의 여행을 한다. 그리고 13수의 시를 얻는다. 당시의 심정을 다음과 같이 표현하고 있다.

함산잡영

지난 밤 여행준비 갖추어서
오늘아침 산 깊숙이 들었다
구름 짙어 산의 모습 분명치는 않지만
하늘에는 새들이 쉬임 없이 날고 있네.
역마의 방울소리 멀리서 들려오고
행인은 말없이 걷고 있을 뿐
적적하여 길고 긴 발걸음에
고독한 객은 벌써 돌아갈까 하노라.

函山雜咏

昨夜着征衣	작야착정의
今朝入翠微	금조입취미
雲深山欲滅	운심산욕멸
天闊鳥頻飛	천활조빈비
驛馬鈴聲遠	역마령성원
行人笑語稀	행인소어희
簫簫三千里	소소삼천리

孤客已思歸   고객이사귀

이것은 「함산잡영팔수(函山雜咏八首)」 중의 1수이다. 소세키는 2
여년 전인 1887년(明治 20년)에도 하코네를 찾아 간 적이 있지만 그
때는 아직 시키를 만나기 이전이었기 때문에 본격적으로 시를 쓰고
있지 않았지만 3년 후의 하코네행은 자연에 묻혀 시작(詩作)의 희망
을 안고 떠난 여행이었다고 생각된다.

세속을 버리고 자연과 함께 현실에 대한 불안과 우울을 스스로 위
로하는 말로서 소세키 자신을 「행인(行人)」, 「고객(孤客)」이라는 표현
을 하고 있다고 보아진다. 도대체 인간이라는 실체는 어디에서 왔는
지 또 어디로 가는 것인지, 라는 문제를 골몰히 생각하고 있었던 소세
키에게는 「행인」즉 인생 그 자체가 여행자로서의 행인임을 뜻하는 것
일 것이다. 그러한 인생행로를 거쳐 가야만 하는 행인, 그것을 「고객」
이라고 표현한 것으로 이해할 수 있다. 또 그 인생의 정체(正体)를 잡
으려고 계속 고민하고 있는 고독한 객(客)일 것이다.

이러한 소세키의 당시 심리상태는 1890년(明治 23년) 8월 9일의
편지에도 솔직하게 적고 있다. 시키에게 보낸 편지이다.

생전(生前)도 잠이고 사후(死後)도 잠이며 생중(生中)의 동작은 꿈
이라고 마음속으로는 알고 있어도 그렇게 느껴지지 않는 것이 한심하
다. 아무 것도 모르고 태어나서 죽어가는 인간, 어디에서 와서 어디로
가는지 역시 모른다. 덧없는 세상 누구를 위하여 마음을 괴롭히고 무엇
에 기인해서 눈을 즐겁게 하는가라는 초메이(長明)의 깨달음의 말귀는
기억하지만, 깨달음의 결실은 흔적이 없다. 이것도 마음이라고 하는 정

체를 알 수 없는 놈이 오척(五尺)의 몸에 칩거하는 까닭이라고 생각하
면 기분이 언짢다.[33]

   이와 같이 마음속 깊이 자리하고 있던 자아의 문제, 그것은 「인생」
이라고 하는 문제에 귀착하고 있음을 명확하게 서술하고 있다. 인간
은 어디에서 왔는지, 또 어디로 사라지는지의 의문을 가모노 초메이
(鴨長明)의 깨달음의 말을 빌려 고심하고, 그리고 정체를 모르는 「마
음」을 알려고 하는 의지를 표명하고 있다. 이 「마음(心)의 정체(正
体)」는, 선어로 표현하면 법신 여래 등등으로 말 할 수 있는 것이다.
이 대문제는 변함없이 만년까지 지속되어 끊임없이 그 정체 참구를
위한 정진을 행하게 된다. 이러한 소세키가 만년에 자신의 심중을 꿰
뚫는 것 같은 시문(詩文)을 대하게 된다. 료칸선사(良寛禪師)이다. 소
세키가 어느만큼 료칸선사에게 경도해 있었느냐는 만년의 시에서도
찾아 볼 수가 있다.
   여기서 료칸선사에게 경도된 계기가 되었다고 생각되는 「인생」의
문제와 관련된 료칸선사의 시 한수를 들어 보면 다음과 같다.

   무 제

   나의 생 어딘가로 부터 와
   사라져 어딘가에 가버린다
   홀로 봉창 밑에 앉아
   곰곰 조용히 생각에 접어든다.

---

33) 『漱石全集』 제14권 p.20

생각 생각해도 그 시작을 모르니
어찌 그 끝을 알겠는가.
현재도 또한 그러하니
이리저리 둘러 봐도 모두가 공(空)이러니.
공(空)가운데 잠시 내가 있을 뿐인데
하물며 시(是)와 비(非)가 있을까보냐.
약간의 수용을 알지 못하는구나.
인연에 따라 잠시 종용함이거늘.

無 題

我生何處來	아생하처래
去而何處之	거이하처지
獨坐蓬窓下	독좌봉창하
兀々靜尋思	올올정심사
尋思不知始	심사부지시
焉能知其終	언능지기종
現在亦復然	현재역복연
展轉總是空	전전총시공
空中且有我	공중차유아
況有是與非	황유시여비
不知容些子	부지용사자
隨緣且從容	수연차종용.[34]

34) 入矢義高(1978)『良寬』「日本の禪語錄」20 講談社 p.281

이 시에 보이는 「아생하처래(我生何處來: 나의 생 어딘가로부터 와,
거이하처지(去而何處之): 사라져 어딘가에 가버린다)」의 시구야말
로, 소세키가 죽을 때까지 마음속 깊이 품고 있던 문제와 완전히 그 뜻
을 같이하고 있음을 알 수 있다. 인간의 정체에 대해서 가장 근원적인
차원에서 묻고 있는 이 시속에서 료칸선사는 「공(空) 가운데 잠시 내
(我)가 있을 뿐인데(空中且有我)」이라고 하여 시비(是非)와 인간의
번뇌가 끊어진 경계에서 오경(悟境)의 법을 설하고 있다.

소세키는 생사와 희노애락 그 자체가 일시적인 허망한 꿈이라는 것
은 머리로는 알고 있으면서도 미래에 대한 불안감을 안고 고독한 행
인으로서, 불투명한 자기 자신의 인생에 있어서 그 마음의 정체를 계
속 구하고 있었던 것이다.

제2장 참선(參禪)의 체험

　「마음의 정체」을 밝히는 문제, 이것은 인간이란 무엇인가, 나라는
존재는 무엇인가를 참구하는 것으로, 소세키는 결코 피해 갈 수 없
는 문제라고 생각 했을 것이다. 이와 같은 심경을 지니고 있던 소세키
는 그 해결의 방도로서 「깨달음」을 향하게 되고, 그것을 실행하기 위
해 1893년(明治 26년)의 봄, 그리고 1894년(明治 27년) 12월 23일부
터 다음 해 1월 7일까지 가마쿠라(鎌倉)에 있는 원각사(圓覺寺)의 귀
원원(歸源院)에 투숙하면서 관장 샤쿠 소엔(釋宗演: 1859~1919)에
게서 참선하게 된다. 여기서 샤쿠 소엔으로 부터 받은 공안중 하나가
「부모미생이전(父母未生以前)의 본래면목(本來面目)」이란 어떠한 것
이냐?」이다. 공안의 참구에 매진했지만 샤쿠 소엔으로부터 명쾌한 인
정을 받지 못한다. 이 일에 관해서 종래의 소세키 연구가 중, 마사무
네 햐쿠조(正宗白鳥)는 「이 참선은 소설에서 부자연하며 실패로 끝
났다.[1]고 평하고 있다. 그것은 소설 『문(門)』의 주인공 소스케(宗助)

---

1) 正宗白鳥(1928) 「夏目漱石論」 『中央公論』 6月号 『日本文學研究資料叢書』 有精堂 p.1

에 준한 평이면서 작자 소세키에 대한 평이기도 하다. 하지만 단순히 이러한 평에 동조하기에는 안타까운 점이 있기 때문에 본론에서는 이 문제를 고찰해 보고자 한다.

1. 선사(禪師)의 인연

참선의 체험은 소설 『문(門)』에 당시의 상태와 심경을 상세하게 적고 있다. 『문』의 주인공 소스케(宗助)는 매일 만원 전차에 시달리면서 그의 직장에 다닌다. 근대 지식인의 한사람으로서 하급관리 신분인 소스케는 근무처에서는 양복을 입고 하루 종일 의자에 앉기도 하고 서기도 하면서 집무(執務)를 한다. 그리고 해가 질 때면 변함없이 집으로 돌아와서 일본 기모노로 바꾸어 입은 후에는 화로 앞에 쭈그리고 앉는다. 이처럼 소스케의 생활은 서양풍의 근무처와 일본풍의 집을 왕복하지 않으면 안 되는 현실을 연결시켜 묘사되고 있다.

영국유학의 고생스러웠던 경험은 소세키에게 있어서 동양적인 사상위에 자신의 입장을 굳히려는 생각이 더해진 것 같다. 『문』의 주인공 소스케에게도 이와 같은 과정이 부여되어 서양풍의 근대 지식인이면서도 자신의 고뇌에 대한 해결로 동양적인 방법 즉, 선에 의지하기로 한 것은 아닐까하고 생각된다. 그리고 소세키 자신의 참선 체험을 반영한 것으로 소설의 후반부에서 그것을 강조하고 있다.

소세키는 이러한 소스케를 통해서 근대 일본인의 운명과 그 자신의 삶의 모습과 관련지어 그려 내고 그것에서 다시 자아의 확립을 지향하고자 했을 것이다.

또 소세키가 『문』의 주인공 소스케를 통해 자신의 운명을 적확(的
確)하게 상징할 수 있었던 것은 그의 생애를 관철하고 있는 선에 기
대하고 있는 마음가짐 때문이다. 『문』의 제13장에 한해가 저물어가는
날, 이발소에서 느낀 점을 다음과 같이 적고 있다.

　　소스케는 더 한층 이 망막한 공포에 대한 생각에 엄습 당했다. 될 수
　있는 일이라면 자신만은 음기스러운 어둠속에 혼자 남아 있고 싶은 생
　각마저 들었다. 잠시 자신의 차례가 되어 그는 차가운 거울 속에 자신
　의 비친 모습을 발견했을 때, 문득 이 비친 모습은 본래 무엇일까, 하고
　바라보았다. 목에서부터 아래는 새하얀 천으로 감싸져서 자신이 입고
　있는 기모노의 색도 줄무늬도 전혀 보이지 않았다.[2]

「문득 이 비친 모습은 본래 무엇일까」라고 하는 문구는 소세키가
평생 안고 있던 공안인 「부모미생이전본래면목(父母未生以前本來面
目)」과 그 의미가 일치하고 있다. 즉, 그의 인생을 좌우하게 된 중요한
문제로서 이 공안의 참구를 향한 정진에 대한 일심(一心)을 소설을 통
해 나타내고 있는 것이다.

전술한 바와 같이 소세키는 소년시절부터 한적에 밝았고 특히 선이
문인세계를 풍미한 당송시대의 시문(詩文)을 애송했다. 그런 까닭으
로 스스로 선적인 분위기에 몰입한 것은 당연한 일이며 가마쿠라까지
참선하러 갔던 일도 자연스럽다고 생각한다.

다시 말하면, 그의 선에 대한 관심은 가마쿠라의 원각사에 가기 전

---

2) 『漱石全集』 제4권 p.757

부터 계속되고 있었던 것이 분명하다는 점이다.

원각사에서의 참선하기 이전인 1890년(明治 23년) 이래 3, 4년간의 여행에서 소세키는 깨달음, 견성(見性)에 대한 소망을 품고 마쓰시마(松島)의 서암사란 절에서 좌선을 한 적이 있다. 이에 관해서는 1894년(明治 27년) 9월 4일의 시키에게 보낸 서한에 다음과 같이 적혀 있다.

> 원래 소생(小生)의 표박(漂泊)은 근래 3, 4년 동안 들끓고 있는 뇌장(腦漿)을 냉각하여 척촌(尺寸)의 공부심을 진흥시키기 위함 뿐이라네.(중략)서암사(瑞巖寺)에서 인사드릴 때 남천봉(南天棒)의 일봉(一棒)을 맞고 근래 몇 년의 묵은 때를 일소(一掃)하려고 했으나 원래 못난 탓에 도저히 견성(見性)의 그릇은 되지 못했다네.[3]

라고 하여 견성에 대한 소세키의 열망을 친구에게 토로하고 있다. 공부심이란 물론 학문 학습의 뜻도 있겠지만, 선가(禪家)에서는 공안을 참구하여 깨달음을 향한 정진의 뜻으로 말하고 있다. 때 묻은 속계를 떠나 자연을 벗 삼은 여행이라는 점, 서암사에서 남천봉의 법문에 접한 것 등을 본다면 당시 소세키의 여행 목적을 충분히 알 수 있다.

하코네 여행을 마치고 난 뒤 하코네를 떠날 때의 감상에도 다음과 같이 밝히고 있다.

무 제

학문은 할수록 근심이 많아짐을

---

3) 『漱石全集』 제14권 p.61

잠시 산관에 머물며 근심을 털어내노라
가련한 한 조각의 공명심마저도
또한 운연에 말살시켜 버렸네그려.

無　題

漫識讀書涕淚多　　만식독서체루다
暫留山館拂愁魔　　잠류산관불수마
可憐一片功名念　　가련일편공명념
亦被雲烟抹殺過　　역피운연말살과

　이 시는 2수 합해서 「귀도구호(歸途口號)」라고 묶어서 제목을 붙이
고 있는 한시 중에서 한 수이다. 제목이 의미하고 있듯이 마음에 떠오
르는 대로 읊은 내용이다. 서적이라고 하는 것은 읽으면 읽을수록 분
별심만 생겨서 오히려 근심이 많아지고 고뇌만 늘어날 뿐이다. 자연
속에서는 세간적인 공명의 욕심도 한 조각의 뜬 구름처럼 허망한 것
이다. 라고 세속을 떠난 여행을 통해 느낀 절실(切實)한 감성을 나타
내고 있다.
　이 한시 역시 시키에게 건네고 있지만 같은 제목의 다른 한 수의 시
구 「자칭선인다속루(自稱仙人多俗累: 스스로 선인이라고 칭하는 것
도 세속의 때가 많음이라.)」에 대하여 시키는 「선중(仙中)에 속(俗)이
있으매, 선(仙)은 아직 반드시 선(仙)이 아닐진대. 소세키 역시 이 속
계(俗界)의 사람이니. 껄껄.」하고 평하고 있다. 시키의 이와 같은 담대
한 근기(根氣)에 대하여 소세키는 점점 마음속으로부터 깊이 끌리고
있었을 것이다.

소설 『문』에 제시하고 있는 「이 비친 모습은 본래 무엇일까?」라고
하는 문제는, 소세키의 마음을 항상 점령하고 있던 그의 선에 대한 참
구로서 인생관 확립과 그 체험에 대한 강렬한 소망을 대변하고 있음에
틀림없다고 생각한다. 그리고 이 소망을 실천하려고 생각하여 실제로
선사(禪寺)까지 찾아가서 참선을 시도했을 것이다. 소세키가 처음 가
마쿠라까지 찾아가서 참선한 것은 1893년(明治 26년)의 일이다. 1910
년(明治 43년) 4월에 쓴 「색기를 버려라(色氣を去れよ)」에 의하면,

> 메이지(明治) 26년 고양이도 처마 끝에서 사랑을 하는 봄이었다. 나
> 도 뭔가 하고 싶다는 욕구가 발동해서 일부러 상주(相州) 가마쿠라의
> 원각사까지 간 적이 있지.(중략)어찌된 기연(機緣)인지, 전좌료(典座
> 寮)의 소카쓰(宗活))라고 하는 승려와 사이좋게 되어, 친절하게 여러
> 가지 가르침을 받았다. 자, 내일부터 접심(接心)이다, 라고 해서 일주일
> 은 정신을 투철히 하여 만사(萬事)를 접어두고 좌선(坐禪) 공부를 해야
> 한다.[4]

라고 기술하고 있다.

이러한 인연은, 친구인 요네야마 야스사부로(米山保三郎)가 이마
키타 코센(今北洪川: 1816~1892, 승려(僧侶), 당시 가마쿠라의 원각
사(圓覺寺) 관장에게 사사받고 있었던 인연에 의한 것이라고 생각된
다. 일본 근대의 선장(禪匠)중에서 가장 걸출했던 한 사람인 이마키타
코센과는 직접적인 사제관계는 아니었지만, 소세키에게 선적인 영향
을 주었다고 말할 수 있는 요네야마 야스사부로가 코센 노사(老師)의

---

4) 『漱石全集』 제16권 p.681

회하에 있었던 연고로, 요네야마 야스사부로를 통하여 일찍부터 코센 노사의 높은 선의 경지에 접해 있었다고 생각한다.

요네야마는, 일고(一高)입학 이래, 일찌기 코센 노사의 회하에 참선하여, 천연거사(天然居士)란 거사호(居士號)를 코센 노사로부터 부여받았다. 1892년(明治 25년)부터 1893년(明治 26년)도, 당시 문과대학에서는 종래의 『철학회잡지(哲學會雜誌)』를 『철학잡지(哲學雜誌)』로 확대 개조하여 널리 철학과 문학 및 동양사상 연구를 위한 지도적인 역할을 하려고 하고 있었다. 이에 요네야마와 소세키는 잡지의 기획편집을 추진하여, 거의 매호마다 기고하였다. 요네야마의 철학연구와 소세키의 문학연구에 있어서 그 의지가 사상적으로 공명(共鳴)했기 때문일 것이다. 소세키는, 1890년(明治 23년) 1월, 시키에게 보낸 서한에 요네야마의 선수행의 모습에 관해서 적고 있다.

> 요네야마(米山)는 당시 선(禪)에 몰두하여 휴가 중에도 가마쿠라에 수행하러 가곤 했다. 여전히 학교에는 나오지 않아 전날 열시 경 잠깐 방문했으나 아직 자고 있었다, 운운[5]

시키에게 요네야마의 참선 수행을 말하는 것은, 당시의 분위기와 소세키 자신의 선에 대한 관심과 경도를 나타내고 있음을 말해주고 있다고 할 수 있다. 그와 같은 요네야마가, 소세키에게 어떠한 영향을 주었는가는 요네야마의 논문 「헤겔의 변증법(Dialektik)과 동양철학(東洋哲學)」[6]에서 보면 추측할 수 있다. 이 논문에 쓴 「심경론(心經

---

5) 『漱石全集』 제14권 p.14
6) 1892년(明治 25년) 11월 『철학잡지』에 게재

論)」에서 요네야마는 「제법자공(諸法自空)」이라고 하는 심공(心空)
의 공관(空觀)을 논하고 있다. 이러한 요네야마의 존재는 학부시절 부
터 대학원시절까지 소세키에게 상당한 영향을 끼쳤으리라 생각된다.
또, 소세키에게 반야계(般若系)의 불전에 친근하게 한 계기가 되었을
것이라고도 사료된다. 그 영향을 볼 수 있는 한 예로는 1907년(明治
40년) 11월의 『「계두(鷄頭)」서(序)』를 들 수 있다.

> 원래 나는 무엇일까 하고 생각하기 시작하면 그만 절체절명(絶體絶
> 命)으로 종잡을 수 없게 된다. 그것을 무리하게 계속해서 생각하면 돌
> 연 폭발하여 자신을 분명히 알 수 있게 된다. 알게 되면 이렇게 된다. 자
> 신은 원래 태어난 것도 아니다. 또 죽는 것도 아니다, 늘지도 않고 줄지
> 도 않는다. 참으로 알 수 없는 놈이다.[7]

이 내용에서 「자신은 원래 태어난 것도 아니다. 또 죽는 것도 아니
다, 늘지도 않고 줄지도 않는다.」라고 하는 것은, 「반야심경(般若心
經)」의 「불생불멸, 불구부정, 부증불감(不生不滅, 不垢不淨, 不增不減:
태어나지도 않고 죽지도 않고, 더럽지도 않고 깨끗하지도 않고, 늘지
도 않고 줄지도 않고)」에서 기인된 것임은 말할 필요도 없다.

이와 같이 요네야마에게서 사상적 감화를 받았다고 보이는 소세키
가 일부러 선사(禪寺)까지 찾아가 처음 실행한 정식적인 참선은 1892
년(明治 25년), 요네야마의 스승 코센 노사가 서거한 후의 일이 된다.

이 때부터 소세키의 선에 대한 열의는 상당한 것으로 원각사와 인

---

7) 『漱石全集』 제11권 p.558

연을 깊이하고 있었음을 알 수 있다. 1893년(明治 26년) 7월 대학을 졸업하고 대학원에 남아 있을 때, 샤쿠 소엔(釋宗演)이 9월 시카고에 서 개최되는 세계종교회의(世界宗教會議)에서 강연할 원고 「불교소 사(佛教小史)」의 영역(英譯)에 스즈키 다이세쓰(鈴木大拙: 1870~ 1966, 불교철학자, 선사상가)의 의뢰로 소세키가 주필을 가했다고 하 는 일 등을 보더라도, 소세키와 귀원원과는 일반적인 관계가 아니었 음을 알 수 있다.

이러한 선사의 참선 경험에서 소세키가 얻은 것은 평소 수행의 필 요성으로, 「색기를 버려라」의 문말에 다음과 같이 시사하고 있다.

> 평소의 수행(修行)만 충분히 하면, 어떠한 것이라도 될 수 있다. 하고 자 하는 욕구(慾求)로 일부러 가마쿠라까지 온 것은 내 마음가짐이 틀 렸을지도 모른다. 문학도 사람을 감복시킬 수 있는 것을 쓰고자 한다면 우선 욕구를 없애지 않으면 안 된다. 하고자 하는 욕구만 많고 중요한 참뜻을 빠뜨리면 쓸모없는 작품이 될 수 있다는 것이다.[8]

즉 선사까지 일부러 가지 않아도, 장소가 어디라도 상관없이, 평소 「중요한 참뜻」을 가지고 성실하게 충분히 수행하면 성취할 수 있음 과 동시에 「마음의 정체」를 깨닫는 도(道)에 달하는 것은 결코 불가능 하지 않다. 문학 역시 욕심을 없앤 경지에서 비로소 사람의 마음을 감 복시킬 수 있는 작품을 표출할 수 있음을 말하고 있다. 이렇게 시사한 것을 소세키 스스로 실행하고 있었음을 알 수 있는 것은 1894년(明治

---

8) 『漱石全集』 제16권 p.682

27년) 3월 9일의 한시 제4구에서 볼 수 있다.

무 제

꽃은 붉고 버드나무 푸른 봄을 무시해버리면
강루에 올라 향술에 취함도 부질없는 도리거늘
더 한층 가련해지니 병자의 다정한 마음
홀로 선경에 들어 미인을 꿈꾸네.

無　題

閑却花紅柳綠春　　한각화홍류록춘
江樓何暇醉芳醇　　강루하가취방순
猶憐病子多情意　　유련병자다정의
獨倚禪牀夢美人　　독의선상몽미인

이 시는 도쿄제국대학 기숙사에서 야마쿠치현(山口縣) 야마쿠치고
등중학교에 있는 기쿠치(菊池謙二郎)에게 보낸 서한에 적은 시로 기
쿠치로부터 받은 시에 대해 차운(次韻)한 것이다. 이 시기, 소세키는
의사로부터 폐병이라는 말을 듣고, 죽음을 생각하며 「인간은 이 세상
에 나올 때부터 매일 매일 죽음을 준비하는 자」[9]라고 적고 있다. 그리
고 「한 편으로는 한 번 이 병에 걸린 이상은 공명심(功名心)도 정욕
(情慾)도 모두 사라져 없어져 염담과욕(恬淡寡慾)의 군자(君子)가 되

---

9) 전게서, 제14권 p.56

지 않겠나하고 조금은 희망을 안고 있다」¹⁰⁾라고 하는 내용을 적고 위의 시를 읊고 있다.

「삶(生)」과 「죽음(死)」의 문제에 냉담하게 말하고 있는 소세키는 「한각화홍류록춘(閑却花紅柳綠春)」이라고 하는 선구(禪句)를 제1구에서 읊기 시작하여, 제4구에 「독의선상몽미인(獨倚禪牀夢美人)」이라는 표현으로 선을 도입하여 시를 매듭짓고 있다. 이 시를 보더라도 생사(生死)의 문제를 두고 소세키는 선에 의지하는 심경을 표현하면서 스스로 마음을 다스리는 것을 나타내고 있다.

제1구의 화홍류록(花紅柳綠)은, 선가에서 여여(如如)한 경지를 표현하는 말로서 종종 사용되고 있는 선어이다. 그리고 제4구에 보이는 「독의선상(獨倚禪牀)」이라고 하는 구에서는 당시의 소세키가 좌선을 실행하고 있던 선수행을 엿볼 수가 있다. 혼자 조용히 앉아「좌선관법(坐禪觀法)」을 실천하고 있던 일은 1890년(明治 23년) 8월 9일에 시키에게 보낸 편지에도 적고 있다.

아직 못 둑에 방초(芳草)도 나지 않고 소나무도 나지 않아 이것이다, 라고 말할 만한 진귀한 이야기도 없는 요즘에는 이 소한법(消閑法)도 거의 심심할 지경이오. 그렇다고 해도 좌선관법(坐禪觀法)은 더더욱 되지 않고 윤명수수(淪茗漱水)의 풍류기도 없어 도리 없이 그냥 「누워 지내는 사람도 있구나, 꿈의 세상에」 같은 구를 읊조리며 혼자 제멋인 양 하며 아만에서 나온 풍아심(風雅心)이라고 웃음 지을 뿐이오.……¹¹⁾

---

10) 전게서, p.56.
11) 전게서 제14권 p.20

이 내용에서 도 알 수 있듯이 「좌선관법」은 생각한대로 되지 않기 때문에 혼자 누워서 속세를 떠나 꿈속에서라도 선미(禪味)를 느끼고자 하는 마음을 표현한 것으로 위의 시 제4구의 시구와 같은 의취로 연결된다.

이 시에 이어서 또, 「홀로 선경에 들어 미인을 꿈꾸네(獨倚禪牀夢美人)」에 보이는 「미인」이라고 하는 단어에 관해서 생각해 보아야 할 것이다. 이 「미인」이라는 단어는 이미 전술한 1889년(明治 22년) 9월 20일의 한시 제4구 「입몽미인성(入夢美人聲: 꿈속에서 듣는 미인의 목소리)」에도 등장하고 있지만, 이것은 앞에서 말한 「좌선관법……누워 지내는 사람도 있구나, 꿈의 세상에」라고 써서 시키에게 보낸 편지보다 1년 전의 시이다. 그리고 1894년(明治 27년)의 시에 재차 등장하고 있는 점에 주목된다. 이 시구에 대해 생각해야 할 것은 청년 소세키와 인생이라고 하는 대문제와의 관계이다. 전술한 바와 같이 1890년(明治 23년) 8월 9일 마사오카 시키에게 보낸 편지에 「생전(生前)도 잠이고 사후(死後)도 잠이다. 생중(生中)의 동작은 꿈이라고 마음속으로는 알고 있어도 그렇게 느껴지지 않는 것이 한심하다.」[12]라고 적고 있듯이, 1889년(明治 22년)부터 1894년(明治 27년) 동안 소세키는 참된 자아(自我)의 탐구에 당면해 있었다. 「나는 이 세상에 태어난 이상 무언가 하지 않으면 안 된다」라고 「나의 개인주의(私の個人主義)」에 서술한 것처럼, 그는 고독한 한 인간으로서 계속 번민하고 있었던 시기였던 것이다. 그리고 이러한 청년시절의 답답하고 괴로운 문제를 해결하기 위해 탈각진계(脫却塵界)의 세계를 희구하여, 여행

12) 『漱石全集』제14권 p.20

을 떠나 자연에 소요(逍遙)하기도 하고, 선을 통해 세속 초월의 경지
에서 참된 나를 참구하려고도 했을 것이다. 앞에서 언급한 1894년(明
治 27년) 9월 4일 시키에게 보낸 편지 내용 중에 「원래 소생의 표박
(漂迫)은 근래 3, 4년 동안 들끓고 있는 뇌장(腦漿)을 냉각하여 척촌
(尺寸)의 공부심을 진흥시키기 위함 뿐이라네.」라고 말한 것도 역시
이 문제에 관한 것임에 틀림없다고 생각된다.

「미인」이라는 단어에 관해서도 이들의 배경에서 그 진의(眞意)를
살펴보아야 할 것이다. 이 「미인」이라는 말은 일반적으로는 용자상
(容姿上)의 미인이라는 의미와 함께 현인군자(賢人君子) 등을 가리키
는 일도 적지 않지만, 소세키의 한시에 사용되고 있는 「미인」에 대해
서는 여러 설이 있다.

에토 쥰(江藤淳)의 설에 의하면, 「이 「미인」이 형수인 도세(登世)라
는 것은 거의 의심할 여지가 없다」[13]라고 말하고 있다. 하지만, 사이토
쥰지(齋藤順二)는, 「소세키의 한시의 「미인」은 형수 도세(登世)는 아
닐 것이다. 1889년(明治 22년)에 말한 그것은 시키(子規)이며, 1890
년(明治 23년) 여름의 작품은 어느 것이나, 소위 문학청년이 수사법으
로서 사용했음에 지나지 않는다.」[14]라고 하여 「미인」이 친우 마사오카
시키, 수사법 등이라고 해설하고 있다. 에토 쥰과 사이토 쥰지는 각각
1889년, 1890년(明治 22, 23년)의 이시기에 맞추어 서술하고 있다. 하
지만 이와 같은 설에 따르면, 1894년(明治 27년)의 한시구, 「독의선상
몽미인(獨倚禪牀夢美人)」의 이해에 문제가 있다고 생각된다.

---

13) 江藤淳(1912)『漱石とその時代』第一部「登世という名の嫂」新潮社 p.183
14) 齋藤順二(1984)『夏目漱石漢詩考』教育出版センタ p.122

이 시구와 깊은 관계가 있다고 생각되는 다른 한 통의 편지에서 찾아 볼 수가 있기 때문에 예를 들어 보겠다. 위에 거론한 「좌선관법……」의 편지를 쓴 10일 전인 1809년(明治 23년) 7월 20일, 역시 마사오카 시키에게 쓴 편지이다.

　낮잠의 이로움을 이제 와서 안다고 하는 것은 어리석지만 소생 따위는 아침에 한 번 점심 지나서 한 번, 24시간 동안 합해서 세 번의 수면을 한다오. 낮에 누워서 꿈에 미인을 해후(邂逅)할 때의 즐거움이라고 하는 것은 언어로 다 말할 수 없오. 낮잠도 이 경지(境地)에 달하지 않으면 그 절정(絕頂)에 이르지 못 하지요. 귀군은 이미 낮잠의 경지에 올라 곧잘 그 방(室)에 들어가 공안에 관해 깊이 궁리를 하겠군요.[15]

이 문장에서 그 방(室)에 들어가 공안에 관해 깊이 궁리를 한다는 것은 선사에서 참선을 목적으로 선방에 입실하는 것을 말한다.

이 시에 있어서 「미인」의 문제는 1889년(明治 22년) 9월 20일의 한시의 제4구 「입몽미인성(入夢美人聲)」과 함께 생각해야할 문제이기에 1890년(明治 23년) 의 편지 내용에서 살펴보아야 할 것이다. 만약, 에토 준이 말하고 있는 것처럼 「미인」이 형수인 도세를 가리킨다면, 시키에게 「이 경지에 달하지 않으면 그 절정에 이르지 못한다.」고 하여 「낮잠의 경지에 올라 곧잘 그 방(室)에 들어가 공안에 관해 깊이 궁리를 하겠군요.」라고 한 부분에 대한 이해에 난점(難點)이 생긴다. 좌선은 초심자에게는 특히 수면의 유혹을 받는 것이라서 이 「낮잠(晝

---

15) 『漱石全集』제14권 p.20

寢)」은 좌선관법을 자조적(自嘲的)으로 말하고 있다고 봐도 좋을 것이다. 따라서 「이 경지에 달한」다는 것은 선경(禪境)일 것이고, 「미인」의 진의(眞意)는 선에 의해 해석해야 할 것이다.

「독의선상(獨倚禪牀)」이라고 하는 것은 당시, 소세키의 좌선수행이 계속되고 있었다고 하는 면을 느낄 수 있는 시구이기도 하다. 「이 경지에 달하지 않으면 그 절정에 이르지 못한다」, 「좌선관법……누워 지내는 사람도 있구나, 꿈의 세상에」 등의 편지 내용으로부터 생각해 봐도 「독의선상」의 의미는 당연히 해석할 수가 있을 것이고, 「미인」의 의미도 단순히 아름다운 사람으로서의 현실적인 인물에 한해서 말하고 있지 않다고 판단된다.

이 「미인」의 시구를 읊은 시기에 관해서는 전술한 시키에게 보낸 서한에서, 1890년~ 1891(明治 23년~24년) 이래 「들끓고 있는 뇌장(腦漿)을 냉각하여」공부심의 진흥을 위한 여행을 했다고 라고 쓴 내용에서도 알 수 있듯이 앞에서 거론한 바대로 소세키는, 그 자신의 인생관에 있어서 커다란 문제에 직면한 시기였다. 인간이라고 하는 것, 학문이라고 하는 것, 명예(名譽)라고 하는 것, 모두가 세속적이고, 허망한 것이라는 것을 알게 되어 이 모든 것들로부터 초탈(超脫)하여 견성하겠다는 것을 목표로 한 시기였다. 그 이상으로 하고 있던 경지, 즉, 세속으로부터 초월한 높은 경지에 도달하려고 했을 것이다. 그러한 공부를 하기 위해 한적(閑寂)한 자연을 벗 삼아 함께한 것이다. 그와 같은 정진을 위해 혼자 좌선관법을 실행하면서 간절하게 바라고 있는 「초탈(超脫)의 경지」, 「깨달음의 경지」를 꿈꾸고 있었다고 해도 좋지 않을까. 아직 견성(見性)의 도(道)에 이르지 않았던 시기였으니 꿈에서라도 그 경지에 들어가 소요(逍遙)하고 싶었을 것이라고 생각한다.

「여금공고일(如今空高逸) 입몽미인성(入夢美人聲)」의 고일(高逸)
의 뜻이 초속(超俗)의 경지이며, 또 무위(無爲)의 경지이기도 하여
「공(空)」이라고 하는 감개(感慨)도 생겨난다. 「홀로 선경(禪境)에 들
어 미인을 꿈꾸네」와 함께 선을 향한 소세키의 열의를 음미할 수 있고
견성에 대한 강열한 회구를 나타내고 있다. 따라서 소세키는 그 고일
의 경지에 달했다는 상징어로서 「미인」이라는 단어를 설정했을 것이
다. 따라서 「미인」은 「불성(佛性)」그 자체인 것이다.

이러한 「미인」에 관해서 소세키는 또, 단편(短篇)소설 『일야(一夜)』
에도 도입하여 상징적으로 선의 세계를 묘출하고 있다. 『일야』는 소세
키가 1906년(明治 39년)에 쓴 첫 단편집(短篇集)인 『양허집(漾虛集)』
에 수록한 것으로 특히 난해한 소설로 알려져 있지만 한 작품으로서
단편집의 이름을 『양허집』이라고 이름 붙인 점에서도 그것을 풀어나
갈 힌트가 있다고 생각된다. 당시 소세키 자신의 당호(堂號)인 「양허
벽당(漾虛碧堂)」에서 가져온 것이겠지만 그 당호의 유래에 관해서는
1896년(明治 29년) 11월 15일 시키에게 보낸 서한에 다음과 같은 내
용으로 적고 있다.

「소생 근래에 장서(藏書)의 석인(石印)을 새긴 것을 하나 받았소. 이
른바 양허벽당(漾虛碧堂) 도서(圖書). 양허벽당이라고 하는 것은 교시
(虛子)와 벽오동(碧梧桐)을 합한 것 같은 당호이지만 이것은 춘산첩란
청춘수양허벽(春山疊亂靑春水漾虛碧)이라고 말하는 구(句)에서 가져
온 것이라오.[16]

---

16) 『漱石全集』 제14권, p.128

이 「양허」의 의미는 원래 선가에서 사용하는 말로, 그 전거로서는 설두중현(雪竇重顯)의 상당(上堂)으로서 전해지는 송(頌)에서 찾아볼 수가 있다.

춘산은 난청을 첩하고
춘수는 허벽을 넘치게 하네.
요요한 하늘과 땅 사이에
홀로 서서 무엇을 그리 바라나.

春山疊亂靑   춘산첩란청
春水漾虛碧   춘수양허벽
寥寥天地間   요요천지간
獨立望何極   독립망하극

이와 같이, 「허벽을 넘치게 하네」라고 하는 선적인 의미의 단어를 제목으로 하고 있는 것에서 생각해 보아도, 『일야』의 그 기저에도 소세키의 선적 사상이 나타나 있다고 추측할 수 있다. 허벽은 선에서 말하는 허공(虛空)으로서, 초속의 경지, 절대의 경지를 나타내는 말이다. 그러므로 『일야』 속에 등장하는 미인이라는 의미도, 소세키의 이상 경지인 법신의 상징어로 사용되고 있는 것으로 주목하고자 한다. 다음은 『일야』에 나오는 문장이다.

「본 적도 들은 적도 없는데, 이것이다 라고 인식하는 것이 신기하다」라며 꼼꼼히 수염을 꼰다. 「나는 우타마로(歌麻呂)가 그린 미인을 인식했지만, 정말 그림을 살릴 방안은 없을까」라고 하며 또 여자 쪽을 향한다. 「나에게는—인식한 본인이 아니고는」이라며 부채의 술을 가냘픈 손가락으로 휘감는다. 「꿈에서 하면 바로 살아난다」라고 그 수염 있는 남자가 아무렇게나 답한다.

여기서 수염있는 남자는, 미인의 그림을 살리는 데는 꿈에서 하면 바로 살아난다고 말한다. 이는 앞의 한시에 보이는 「몽미인(夢美人)」과 동일한 것을 말하고 있다고 해석된다. 여자가 그 답으로 「인식한 본인이 아니고는」이라고 말한다. 이 대답은 참으로 중요하다. 종래, 선가에서는, 「법신(法身)」, 「본래 면목」에 대한 깨달음은 본인이 체득하지 않으면 아무리 말, 그림 등으로 형용하려고 해도 형용할 수 없는 경지로 전해지고 있기 때문이다. 「마하반야바라밀다심경(摩訶般若波羅蜜多心経)」에 법신의 형용에 관해서 다음과 같은 말이 있다.

是諸法空相不生不滅(시제법공상불생불멸), 不垢不浄不増不減(불구불정불증불감), 是故空中無色無受想行識(시고공중무색무수상행식), 無眼耳鼻舌身意(무안이비설신의), 無色声香味触法(무색성향미촉법)

이 모든 줄의 빈 모습은 생김도 아니고 꺼짐도 아니며, 더러움도 아니고 깨끗함도 아니며 더함도 아니고 덜함도 아니니라. 이런고로 빈 가운데는 것이 없으며, 느낌 새김 거님과 알이도 없으며 눈 귀 코 혀 몸과 뜻도 없으며 빛깔 소리 냄새 맛 닿질림과 요량도 없으며,

위의 내용에서 알 수 있듯이 법신은, 이와 같이 무형무색이기 때문에, 깨달음의 세계는 그림으로 그릴 수 없다. 오로지 본인이 체득하는

것 밖에 달리 방법이 없다. 그래서 『일야』의 수염 있는 남자는, 미인을 그림 속에서가 아니라, 꿈을 통해서라면 살릴 수 있다고 말하고 있는 것이다. 아직, 견성에 이르지 않아서, 법신을 접할 수 없음을 암시적으로 묘사하고 있다고 생각된다. 또, 소세키는 이 『일야』의 문말에, 「인생을 썼기 때문에 소설을 쓴 건 아니니까 어쩔 수 없다.」[17] 라고 적고 있다. 이에 따르면, 소세키의 인생에서 자리하고 있던 선의 세계에 준해 생각하지 않을 수 없다. 이상으로, 미인은, 초속(超俗)의 경지에서 접할 수 있는 「마음의 본체」이며, 「법신」이라고 감히 주지하고자 한다. 즉, 「미인」은, 소세키가 만년까지 추구한 「본래 면목」을 상징한 특유의 표현일 것이라고 필자는 생각하는 바이다.

2. 공안(公案) 참구(參究)

소세키가 견성의 뜻을 지니고 이미 혼자 떠난 여행에서 선사(禪寺)를 찾아가기도 하고 좌선관법을 하기도 했던 것은 앞에서 논한 바 대로이다. 그러나 이 시기에 그에게 주어진 공안에 대해서는 아직 납득할 수 없는 채 있었을 것이다. 이 사실은 소세키에게 있어서 평생의 숙제로 강한 자극이 되었다. 다시 말하면 그의 인생의 방향이 정해진 하나의 동기가 된 것이 아닌가하고 생각한다. 스무 여섯 살 때 가마쿠라(鎌倉) 원각사(円覺寺)에서 처음에 주어진 「조주의 무자(趙州의 無字)」 공안, 그것은 이론이나 이치로는 풀리지 않는 문제였기 때문에,

---

17) 전게서 p.137

소세키는 한층 분발하였는지도 모른다. 「색기를 버려라」에 당시 「조
주의 무자」 공안에 대한 회상이 다음과 같이 쓰여 있다.

> 「나쓰메씨 개정(開靜)입니다! 문득 잠을 깨니 소카쓰(宗活)가 나를
> 흔들어 깨우고 있었다. 시계를 보니 아직 오전 두시 미명(未明). 둥! 하
> 고 대종(大鐘)이 울린다. 선당(禪堂)에서는 인경(引磬)의 시끄러운 소
> 리가 난다 목판이 딱딱 울린다. 반종(半鐘)이 울린다. 웅성웅성 독경
> (讀經) 소리가 난다. 그 다음에 울려 퍼지는 종소리를 따라 우리들은 선
> 방으로 갔다. 환종(喚鐘)을 치고 노승의 앞에 나오자 소엔(宗演)은 미
> 소를 짓고 간단한 선(禪)의 마음가짐을 말하고 끝으로 조주(趙州)의 무
> 자(無字)를 공안으로 부여했다. 선방으로 돌아와서 일향전념(一向專
> 念) 무(無)? 무? 무? 무? 무?[18]」(중략)이리하여 다시 참선이 시작
> 된다. 내 차례가 되어 새벽에 부여받은 공안에 대한 견해를 말하니 일
> 언지하에 기각되고 만다. 이번에는 철학적 이치를 말하자 더더욱 안 된
> 다고 받아주지 않는다.[19]

소세키는 위의 내용과 같이 조주(趙州)의 무자(無字) 화두를 깨우
치지 못하고 내려온다. 그리고 1894년(明治 27년)에 알려진 대로 다
시 원각사로 간다. 이치로서가 아니라, 진심(眞心)을 알 수 있는 견성
의 분수에서 해결해야 한다고 생각하고 본격적인 참선을 결행하게 된
다. 그리고 절대(絶對)의 경지를 목표로 정진했을 것이다. 소설『문』
의 제17장에 이런 심경에 관해서 다음과 같이 묘사하고 있다.

18)『漱石全集』제16권 p.683
19) 전게서 p.682

그는 검은 밤 속을 걸으면서, 다만 어떻게든 해서 이 마음(心)으로부터 벗어나고 싶다고 생각했다. 그 마음은 참으로 약해서 침착하지 못하고 불안하고 부정(不定)하여 배짱이 너무 없어 보였다. 그는 가슴을 누르는 일종의 압박(壓迫) 아래에 어찌하면 지금의 자신을 구할 수가 있을까 하는 실제 방법만을 생각하고, 그 압박의 원인(原因)이 된 자신의 죄(罪)와 과실(過失)은 완전히 이 결과로부터 따로 떼어 내버렸다. 그때의 그는 다른 일을 생각할 여유를 잃고 모두 자기본위(自己本位)로 되어 있었다. 지금까지는 인내로써 세상을 지내왔다. 이제부터는 적극적으로 인세관(人世觀)을 만들지 않으면 안 되었다. 그렇게 그 세상관은 입으로 말하는 것, 머리로 듣는 것이어서는 안 되었다. 마음의 실질(實質)이 두터워지지 않고서는 안 되었다.[20]

일상생활에서 생기는 고민으로부터 초탈하고, 진정한 나로서 설 수 있는 적극적인 인생관을 만들어야 한다는 것이다. 그렇지 않으면 언제나처럼 이 세상의 괴로움 투성이 속에서 일생을 보내야 하도록 정해져 있음에 틀림없다고 생각한 것이다.

여기서 「이 마음으로부터 벗어나고 싶다」라고 하는 것은 이른바 고민, 일상생활에서 오는 속세(俗世)의 번뇌와 분별 망상에서 벗어나고 싶다는 뜻일 것이다. 즉 위에서 말하는 「이 마음」이라는 것은 분별 망상의 주체로서 불교에서 말하는 「망심(妄心)」에 상당하는 것이라고 할 수 있다. 「어찌하면 지금의 자신을 구할 수 있을까」하는 문제의 해결 방안으로, 「마음의 실질이 두터워지지 않고는 안 된다」고 말하고 있다. 여기서 「마음의 실질」이란 표현은 「이 마음」에 대응시키고 있다

---

20) 『門』『漱石全集』 제4권 p.822

고 볼 수 있다. 「마음의 실질」이라고 하는 것은 「진심(眞心)」이라고 바꾸어 말할 수 있는 것으로 「망심」의 대어(對語)라고 할 수 있으며, 「일상(日常)의 나(我)」로부터 초월한 경지에서 얻을 수 있는 「본래면목(本來面目)」과 이어진다. 즉, 「망심」으로부터 벗어나서 「진심」을 구하는 선적(禪的) 경지의 희구(希求)를 의미하는 것이다.

소세키는 한 인간으로서 이 세상에서 지극히 우범(愚凡)한 존재인 중생으로서의 자기 자신에 대해 결코 만족하지 못했기 때문에 「마음의 실질」을 찾아, 그것들을 소설 『문』의 주인공 소스케(宗助)에게 인생에서 생기는 번뇌 망상의 체험을 절실하게 부여하여 묘사할 수 있었다. 그리고 일상의 나로부터 벗어나 절대 진아(眞我)에 이르려고 하여 참선의 길을 택하게 설정했을 것이다.

다시 찾아간 선사(禪寺)의 노승에게서 소세키가 부여받은 공안은 「부모미생이전본래의 면목(父母未生以前本來面目)은 뭔가」이다. 원래 「본래면목」이라고 하는 것은 중국 선종(禪宗)의 6대 조사인 혜능선사(慧能禪師)가 사용한 선어로서, 육조대사 이후 많은 선사(禪師)들이 「마음의 본체」, 「마음의 실질」을 표현할 때 이 말을 곧잘 도입해서 사용해 온 것이다.

『육조법보단경(六祖法宝壇経)』에 따르면 혜능(慧能)이 혜명(慧明)에게 교시(敎示)하는 자리에서 「본래면목」에 관해서 언급하고 있다.

不思善不思惡正与麼時　불사선불사악정여마시
那箇是明上座本來面目[21]　나개시명상좌본래면목

---

21) 伊藤古鑑(1909) 『六祖法宝壇経』 其中堂 p.43

선도 생각하지 말고 악도 생각하지 마라
그럴 때 그 어떤 것이 그대의 본래면목이냐.

이것을 듣고 혜명이 일언지하에 대오한 것으로 알려지고 있다.

이 육조 혜능이 말한 「본래면목」은 사람들이 갖고 있는 본래의 자기(自己), 진실의 나, 본디부터 회로애락(喜怒哀樂)의 정(情)에 움직이지 않는 자신의 진짜 모습, 인위적(人爲的)이지 않은 본연 그대로의 면목으로서의 본지풍광(本地風光)을 말한다.

즉, 「색신(色身)」인 개인의 육체를 말하고 있는 것이 아니라 「법신(法身)」인 「마음의 본체」를 말하고 있는 것이다. 또 『육조법보단경』에 다음과 같이 기록되어 있는 것에 주의하고자 한다.

皮肉是色身　피육시색신
色身是宅舍　색신시택사
不言歸依也　불언귀의야
但悟自性三身　단오자성삼신
卽識自性仏[22]　즉식자성불

피육은 이 육신이고
육신은 이 버려야 할 집이니
귀의한다고 말할 수 없구나
단지 자성의 삼신을 깨달으면
바로 자성불을 아는 것이러니.

---

22) 전게서 p.43

또, 법신에 관해서 설하고 있는 것을 보면 「마음」과의 관련을 숙고할 수 있다고 생각한다. 마찬가지로 『육조법보단경』에 찾을 수 있다.

須從自性中起(수종자성중기)　　於一切時(어일체시)

念念自淨其心(염념자정기심)　　自修自行(자수자행)

見自己法身(견자기법신)　　見自心仏(견자심불)

自度自戒始得(자도자계시득)[23]

모름지기 자기 성품가운데로부터 일어나는 것이니,

언제 어느 때라도

생각 생각에 스스로 그 마음을 깨끗이 하라.

스스로 닦고 스스로 행하여

자기의 법신을 보는 것이니, 자기 마음이 부처인 것을 보고,

스스로 제도하고 스스로 경계하면 비로소 얻는다.

이상과 같이 말하고, 혜능(慧能)은 색신과 법신을 분명히 설명하면서 법신과 본래면목을 같은 의미로 사용하고 있다. 이러한 것이 뒤에 선종에서는 일반적으로 통념화(通念化)되고 있는 것이다. 소세키는 이런 「마음의 실질」인 「본래면목」을 구하려고 하여 선(禪)이라는 것과 자기 자신과의 고독한 고투에 그의 일생을 건 것은 아닐까?

원각사의 참선 때 주어진 공안, 「부모미생이전본래면목」에 대해서 소세키는 샤쿠 소엔(釋宗演)에게 견해를 보인다.

「『문학론』을 위한 노트(「『文學論』のためのノート」)」에 의하면 그

23) 전게서 p.43

때, 소세키는「사물을 떠나 마음 없고 마음을 떠나 사물 없다. 달리 말
할 수 있는 것을 보지 못한다.」[24]라고 말하자, 샤쿠 소엔은「그것은 이
치상으로 말한 것이다. 이치로 추량하는 천하의 모든 학자가 그렇게
말한다.」[25]라고 말하고 다시 바른 답을 구해오라고 꾸짖었다고 적고
있다.

소세키는 이러한 샤쿠 소엔의 비평을 받아들일 뿐 아니라 당시의
일을 원각사의 참선이 끝난 지 사흘째인 1895년(明治 28년) 1월 10
일, 사이토 아구(齋藤阿具)에게 보낸 서한에 다음과 같이 솔직하게 쓰
고 있다.

소자 지난 겨울부터 가마쿠라의 능가굴(楞伽窟)에 참선하기 위해 귀
원원(歸源院)이라고 하는 곳에 유숙했습니다. 열흘 동안 가부좌를 하
고 죽으로 배를 채우고서 겨우 엊그제 하산 후 귀경했습니다. 오백생
(五百生)의 야호선(野狐禪) 끝내 본래의 면목(本來面目)을 발출하지
못했습니다.[26]

이 편지에서는 참선에 임하였으나 깨우치지 못한 공안에 대한 아쉬
움이 엿보인다. 그러나 이 원각사의 참선 체험은 소세키와 선이 가장
밀착해 있는 의미에서 결정적인 성과가 있었다고 봐야 한다. 이 참선
에서는「본래면목」에 대한 견성(見性)을 하지 못했다고 해도, 그것은
그 후 평생을 걸만큼 절실한 것으로서 그의 가슴 속에 남게 되었다. 그

---

24) 村岡勇編(1976)『漱石資料—文學論ノート』岩波書店 p.14
25) 전게서 p.14
26)『漱石全集』제14권 p.64

리고 반드시 공안을 타파해 보겠다는 강렬한 연소력(燃燒力)의 근간
이 된 것은 소세키의 만년 사상까지 살펴보면 분명하게 알 수 있다.
　원각사의 참선이 끝난 뒤의 한시를 보면 그런 절박감을 쉽게 인정
할 수 있을 것이다.

무　제

심중의 두 머리 뱀을 한 칼로 절단함에
세간에서 어찌 말하든 돌아볼 바 아니거늘.
인간의 득과 실 죽음과 더불어 흙에 묻혀버리지만
하늘은 영원히 현명함과 사악함을 비추이고 있구나
물속의 달그림자는 미풍에 흐트러지기 쉽고
가지 위의 꽃은 가랑비에도 지탱하기 어렵구나
덧없는 세간사 각성하여 돌이켜 보니 추위가 뼈에 사무쳐
여생을 한적한 산가에서 지내볼까 하노라.

快刀切斷兩頭蛇	쾌도절단양두사
不顧人間笑語譁	불고인간소어화
黃土千秋埋得失	황토천추매득실
蒼天万古照賢邪	창천만고조현사
微風易碎水中月	미풍이쇄수중월
片雨難留枝上花	편우난류지상화
大醉醒來寒徹骨	대취성래한철골
余生養得在山家	여생양득재산가

이 시는 1895년(明治 28년) 5월 28일, 시코쿠(四國)의 마쓰야마(松山)중학교에 부임하여, 고베현립(神戶縣立) 병원에 있는 마사오카 시키(正岡子規)에게 보낸 서한에 기재되어 있는 한시 4수중의 한 수이다. 원각사 참선 후에 지은 것으로 분위기가 참선 전의 한시와 달라져 있는 것을 느낄 수 있다.

제1구의 「쾌도절단양두사(快刀切斷兩頭蛇)」와, 제2구의 「불고인간소어화(不顧人間笑語譁)」는 쌍두의 뱀처럼 자신의 심중에 공명심(功名心)과 탈속(脫俗)의 생각이 상극으로 갈등(葛藤)하고 있었지만 그것들을 버리고 인간 세계의 모든 번뇌 망상에서 초탈하여 양쪽에 헤매지 않고 결단하여 대각대오(大覺大悟)의 길로 나아가야 할 것을 읊고 있다.

제3구와 제4구는 「득실(得失)」, 「현사(賢邪)」와 같은 시시비비(是是非非)의 분별에서 벗어나 「황토(黃土)」와 「창천(蒼天)」, 즉 천지 무심(無心)의 경지를 읊은 것으로 천지와 동체(同體)인 여여(如如)한 경지인 마음의 본체, 본래의 면목을 나타내고 있다. 제5구, 제6구에서의 「수중월(水中月)」, 「지상화(枝上花)」는 색상세계 속의 법신을 상징한 표현이지만, 그것도 「미풍(微風)」, 「편우(片雨)」와 같은 번뇌와 분별이 생겨서 좀처럼 그 진리를 잡을 수 없는 것을 깊이 한탄하는 심정을 나타내고 있다.

「수중월」은 『대지도론(大智度論)』의 제 6권에 제법(諸法)을 비유하여 열 가지 예를 들고 있는 내용에서 찾아 볼 수 있다.

解了 諸法如幻如焰 如水中月如虛空(해료 제법여환여염 여수중월여허공)

如響如闥婆城如夢如影 如中像如化(여향여달파성여몽여영여경중상
여화)²⁷⁾

모든 법은 허깨비 같고, 아지랑이 같고, 물속의 달과 같고, 허공 같고,
메아리 같고, 건달바의 성 같고, 꿈 같고, 그림자 같고, 거울 속의 형상
같고, 화한 것 같다는 것을 알았다.

이처럼 「수중월(水中月)」은 제법(諸法)이 무아(無我)인 실체가 없
음을 비유한 것으로 불가(佛家)에서 자주 사용되는 언어다.

제7구, 제8구의 「대취(大醉)」는 취생몽사(醉生夢死)하는 중생(衆
生)을 가리키고 「성래(醒來)」는 본래면목을 깨달아 생사를 초월했을
때를 가리키고 있다. 「한철골(寒徹骨)」은 중국의 황벽희운선사(黃檗
希運禪師:847~860)의 게송인 「불시일번한철골, 쟁득매화박비향(不
是一番寒徹骨, 爭得梅花撲鼻香: 뼛속에 사무치는 매서운 추위 한번
겪지 아니하면 어찌 코를 찌르는 매화향기를 얻을 수 있겠는가)」가 그
전거로, 공안을 타파하기 위해서 목숨 걸고 용맹정진(勇猛精進)하는
것을 의미하고 있지만 위의 시에서는 오도(悟道)했을 때의 심경을 나
타내는 데 인용했을 것이다.

제8구의 「여생양득(余生養得)」은 여생에 성태(聖胎)를 장양(長養)
한다는 의미로 본래면목을 분명히 깨달은 자가 깨닫고 난 후에 성인
(聖人)의 길을 향해 무심행(無心行)을 수행하는 것을 말하고 있고,
「산가(山家)」는 세속을 떠나서 조용한 은가(隱家)에서 수행에 전념

---

27) 『大正新脩大藏経』 제25권 『大智度初品十喩釋論』 제6권 p.101

하는 장소로서 표현했다고 보인다. 속세의 분별 망상을 모두 끊고 깨
달음의 도를 이루어 마음의 실질, 즉「본래면목」을 감득(感得)하고 여
생을 산가에서 유유히 지내고 싶다는 당시 소세키의 의취를 표출하고
있다. 그러나 이것은 소세키 자신이 이해한 선의(禪意)를 해설한 것으
로 이른바 지견해(知見解)에 불과하다고 하지 않을 수 없다.

　이 시기의 소세키의 견해는 문자의 해설을 통한 지식에서 벗어나지
못했지만 본래면목의 정체를 향한 구도심(求道心)은 끊임없이 계속
되고 있음을 알 수 있다.

　소세키는 깨달음의 도를 얻으려고 하여『벽암록』을 비롯하여 다수
의 선학서(禪學書)를 읽고 있었던 것으로 보이지만, 1895년(明治 28
년) 5월 28일의 한시에는 그러한 책에 의한 공부에 대해 스스로의 반
성도 보인다.

무 제

　이경의 뽕나무 밭 경작할 수 있는 날 언제일까
　서생의 옷도 모두 찢어버리고 낙향하여
　천도도 가벼이 하고 늠름한 의기를 품고 있지만
　막막한 어리석은 마음으로 세상 인정도 멀리 하고
　문필로 재사의 칭찬을 구함에도 게을리 하건만
　시를 지어 헛되이 명성을 얻었을 뿐이로고.
　인생 오십의 반을 지나온 지금
　독서에 의해 일생을 그르친 부끄러움 금할 길 없구나.

無 題

二頃桑田何日耕　이경상전하일경
靑袍敝盡出京城　청포폐진출경성
稜稜逸氣輕天道　능릉일기경천도
漠漠痴心負世情　막막치심부세정
弄筆慵求才子譽　농필용구재자예
作詩空博冶郎名　작시공박야랑명
人間五十今過半　인간오십금과반
愧爲讀書誤一生　괴위독서오일생

　제1구의 「이경상전(二頃桑田)」은 『사기(史記)』의 소진전(蘇秦伝)에 나오는 고사에 의한다. 전국 시대(戰國時代)에 여섯 국가를 연합시킨 소진(蘇秦)은 「부각이경지전(負郭二頃之田)」이라고 하여 세상의 영달과 명예보다 전원생활을 원했다는 내용에서 볼 수 있다.

　이 구에 대한 제설에는 세속적인 재산에 초점을 두고 경제적인 면으로 해석하고 있는 부분이 많다. 이이다 토시유키(飯田利行)는 「이백 이랑이라고 하는 광대한 논밭을 가진 자산가로 출세하여 그러한 곳을 경작할 수 있는 신분이 언제쯤이면 될 수 있는 것일까.」[28]라고 말하고 있고, 사코 준이치로(佐古純一郎)도 거의 같은 의견으로 「이백 이랑의 뽕밭을 가지고 경작한다고 하는, 자신이 생각하는 대로의 나날을 보낼 수 있는 것은 언제쯤일까.」[29]라고 해석하고 있다. 어느 쪽

---

28) 飯田利行(1994)『漱石詩集』柏書房株式會社 p.87
29) 佐古純一郎(1983)『漱石詩集全釋』明德出版社 p.76

도 모두 물질적 풍요(豐饒)를 구하고 있는 소세키로 보고 있다. 하지만, 소세키의 시구에서 느낄 수 있는 것은 그저 물질적인 여유를 즐기려고 하는 희망보다는 정신적 여유를 읊고 있다고 생각한다. 이백 이랑의 상전(桑田)은 세속적인 토지의 경지에 머물지 않고 마음의 경지, 즉 심전(心田)이라고 필자는 주목하고자 한다.

그러나 벌써 스물아홉 살이 되어 인생 오십년의 반이 지난 지금도 세속의 생활 때문에 책을 가까이 하며 시골 중학교 교사를 하고 있다. 소세키는 그와 같은 세월만 보내고 있는 자신에 대한 공허함을 깊이 느끼면서 인생에 있어서 큰 과제인 본래의 면목도 아직 구하지 못하고 있다고 뉘우치고 그 마음을 시에 비추고 있는 것이다. 심전을 갈고 마음의 정체를 해득(解得)하여 한시라도 빨리 안심입명(安心立命)의 경지에 이르고 싶다고 하는 간절한 깨달음에 대한 바람이 느껴지는 시정(詩情)이다.

이 시의 제3구의 「천도(天道)」라는 말은, 소세키의 한시 중에서 처음 보이지만 천도를 가벼이 한다는 뜻을 가지고 있으므로, 아직 이 시점까지는 만년의 사상 「칙천거사(則天去私)」에서 의미하는 하늘(天)의 의취까지는 이르지 못하고 있는 듯하다.

제8구에서는, 오십년의 인생을 벌써 반 넘었지만 아직 깨우치지 못한 「본래면목」에 관해 한탄하고 있는 소세키, 서적과 학문을 통해서 진리를 깨달아 선의 경지에 이르려고 했으나 오히려 서적이라는 것은 인생의 일생을 그르칠 우려가 있다고 한탄하고 있다. 지금까지 서적을 의지하고 요령을 얻으려고 했던 자기 자신의 우범(愚凡)함을 자책하고 있는 시구이다. 이는 1890년(明治 23년)의 한시, 「만식독서체루다(慢識讀書涕淚多: 학문을 하면 오히려 근심이 많아지니」라고 읊은 것과 그 의취가 비슷하다. 소동파(蘇東坡)의 시구, 「인생식자우환시(人生識字憂患始: 인생 글을 아는 것이 우환의 시작」, 두보(杜甫)의 시구, 「유관다오신(儒冠多誤身: 유관 쓴 선비는 몸을 그르치는 사람 많다오」등에도 보이는 바와 같이 인생에서 그 진실을 파악하려면 서적에 의한 학문에 의존해서는 풀 수 없다는 것이다. 즉 자신의 마음의 정체를 서적 등에 의존하지 않고 자신의 힘으로 깨우칠 수 있어야 한다고 하는 근본적인 문제로서 시사했을 것이다.

참선의 체험으로부터 약 다섯 달 후에 지은 이 시는 서적을 통해 간접적인 경험을 하는 것보다 실제로 깨달아 직접적인 실감(實感)을 체득하는 중요성을 강조하는 내용이다. 제8구의 「괴위독서오일생(愧爲讀書誤一生: 독서에 의해 일생을 그르친 부끄러움 금할 길 없구나.」의 구에 관한 인용문(引用文)의 근거가 되는 문장으로 살펴보면 다음과 같다.

조주(趙州)의 무자(無字)가 마음에 걸려있는데 좀처럼 소엔(宗演) 씨는 받아 주지 않는다. 어느 날 소카쓰(宗活) 씨는 가마 밑에 불을 지피면서 손에 책 한권을 가지고 읽고 있었다.
「뭐라고 하는 책입니까?」
「벽암집(碧巖集), 하지만 책을 그다지 읽는 것은 아닙니다. 아무리 읽는다 해도 자신의 수행 정도밖에 알지 못하기 때문이니까요.」[30]

이 한마디는 참으로 소중한 말이다.

---

30) 『門』『漱石全集』제4권 p.836

소세키에게 이 경험은 상당히 인상이 강했던 일로, 소설『문』에도 자세하게 활용되고 있다. 다음은 『문』의 제18장에서 선승인 기도(宜道)가 한 말이다.

> 기도(宜道)는 두 말 없이 소스케(宗助)의 생각을 배척(排斥)했다. 「책을 읽는 것은 극히 좋지 않습니다. 사실대로 말하면 독서만큼 수행에 방해되는 것은 없는 것 같습니다. 저희들도 이렇게 벽암(碧巖) 따위를 읽습니다만 자신의 수행정도 이상의 경우가 되면 전혀 짐작할 수가 없습니다. 그것을 적당히 좋을 대로 마음으로 헤아리는 버릇이 붙으면, 그것이 참선할 때 방해가 되어 자신 이상의 경계를 기대해 보거나, 깨달음을 기대해 보거나 하여, 충분히 철저하게 파고들어야 할 경우에 좌절을 초래할 수가 있습니다. 아주 독(毒)이 되니까 그만 두시는 편이 좋겠지요. 만약 군이 뭔가 읽으시고 싶으시면 선관책진(禪關策進)이라고 하는 것 같은, 사람의 용기를 고무(鼓舞)하거나 격려(激勵)하거나 하는 것이 좋으시겠지요. 그것이라면 단지 자극(刺戟)의 방편(方便)으로서 읽을 뿐으로, 도(道) 그 자체와는 무관합니다.」[31]

기도는 서적은 그냥 자극의 방편으로 읽을 뿐이고 깨달음의 도에 이르는 방법으로서는 적합하지 않다는 것을 설득(說得)한다. 소세키는 이러한 일을 염두에 두고 앞의 시에 도입하여 자신이 경험하고 인식한 것을 나타내고 있다.

하지만 실제로는 선서(禪書) 등을 통하여 익힌 견해가 그의 한시에 많은 영향을 주고 있는 것은 간과할 수는 없는 일이다.

---

31)『漱石全集』제16권 p.683.

무 제

나와 같은 둔재는 산골에 있는 것이 어울리거늘
공명심은 일찍이 불속에 던져 버렸기에
마음은 철우와도 같아 아무리 채찍질해도 움직이지 않지만
근심만은 마치 장마철 비처럼 쉬임 없이 오가네.
시인의 분노는 오직 하늘만이 알 뿐
속계의 인간에게는 웃음거리가 될 뿐이로고.
저녁이 되면 모기들이 맹렬히 공격해 들어오니,
부채로 물리치며 일어나 서서 홀로 산을 바라보고 있노라.

無 題

駑才恰好臥山隈　　노재흡호와산외
夙託功名投火灰　　숙탁공명투화회
心似鐵牛鞭不動　　심사철우편부동
憂如梅雨去還來　　우여매우거환래
靑天獨解詩人憤　　청천독해시인분
白眼空招俗士哈　　백안공초속사해
日暮蚊軍將滿室　　일모문군장만실
起揮紈扇對崔鬼　　기휘환선대최외

이 시는 1895년(明治 28년) 5월 28일에 시키에게 보낸 무제(無題)
4수중의 한 수이다.

제1구와 제2구에 보이는 것은 초속(超俗)의 마음이 되어 세상의 공

명심(功名心)을 극복한다는 내용으로 앞의 시와 같은 의취를 가지고
있다. 자신의 심중(心中)에 공명을 구하려고 하는 마음과 이를 초탈하
려고 하는 마음인 「양두사(兩頭蛇)」인 것 같았지만, 여기에서는 「공명
심은 일찍이 불속에 던져 버린」 의지를 보이고 있는 구라고 생각한다.
마음의 본체는 철우(鐵牛)처럼 아무리 채찍질해도 조금도 움직이지
않지만 분별 망상은 사라지기도 하고 생기기도 해서 완전하게 소멸되
지 않는다고 읊고 있다.

하지만, 소세키는 이 한 구가 참으로 중요하다고 생각하면서도 『벽
암록(碧巖錄)』을 읽을 수밖에 없었을 것이다. 제3구 「철우(鐵牛)」의
전거도 『벽암록』에서 찾을 수 있다.

『벽암록』의 제38칙 「풍혈조사심인(風穴祖師心印)」의 본칙에 「철
우」에 관한 것이 다음과 같이 기록되어 있다.

【本則】거(擧). 풍혈재영주아내상당운(風穴在郢州衙內上堂云)[의공
설선. 도심마거(倚公說禪. 道什麼據)] 조사심인 상사철우지기(祖師心
印 狀似鐵牛之機)[천인만인감부동(千人万人撼不動). 효와절각재심마
거(誵訛節角在什麼據) 삼요인개불범봉망(三要印開不犯鋒鋩)][32]

---

32) 山田無文(1986)『碧巖錄全提唱』제4권 財団法人禪文化研究所 p.359풍혈연소선
사(風穴延沼禪師 : 896~973)는 임제선사(臨濟禪師 : ? ~867)로부터 4대 째 법손
(法孫)에 해당한다. 조사의 심인, 증거(證據)된 깨달음이라고 하는 것은, 철우의
기와 비슷하다고 하는 뜻으로 「체(体)」는 부동(不動)이고 「용(用)」은 자재로운 대
기용(大機用)이다. 따라서, 심인의 예로서의 「철우」 그 자체는, 움직이지도 않으며
움직임도 없지만, 무상(無相)의 불심인(仏心印)의 형용을 나타내고 있다고 설하
고 있다. 「삼요(三要)」는 체(体), 상(相), 용(用)으로 「철우」의 기(機)에도 삼요가
있겠지만, 조사의 심인에도 체, 상, 용의 삼요가 나타나 있을 것이다. 체, 상, 용이
라고 분명히 보이면서, 그곳에 아무런 모순(矛盾)도 나타나지 않는다. 칼끝에 다
치지 않는구나. 체와 상과 용이 잘 용합(溶合)되어 그곳에 조금의 구별도 나타나

풍혈 (896~973)스님이 영주(郢州) 관아(官衙)에서 설법을 하였
다. [조사 기관의 공식적인 초청을 받아 선(禪)을 설한다. 무슨 말을 할
까?], 조사의 심인(心印)은 마치 무쇠소(鐵牛)와도 같다. [모든 사람이
흔들어도 꼼짝하지 않는다. 삼가야할 잘못된 곳이 어디에 있을까? 삼
요인(三要印)을 열면서 칼끝에 다치지 않는구나].

이상의 내용에서 그 의미를 소세키는 앞의 한시, 제3구에「심사철
우편부동(心似鐵牛鞭不動)」으로 인용하여 읊은 것임을 알 수 있다.
「조사심인 상철우지기(祖師心印 狀似鐵牛之機: 조사의 심인(心印)은
무쇠소(鐵牛)의 기봉과 비슷하다.」는 오늘날까지 선가에 전해지고 있
는 선어로서 알려져 있다. 즉,「철우」는「불변의 진심」,「분별망상이
없는 직심(直心)」의 의미를 갖고 있지만 이 시에서는「불변의 진심」
의 뜻으로「마음의 본체」를 가리켜 인용하고 있다고 생각한다.

이「철우」는 소설『나는 고양이로소이다(吾輩は猫である)』중에서
도「철우면의 철우심, 우철면의 우철심(鐵牛面の鐵牛心, 牛鐵面の牛
鐵心)」[33]이라고 씌어 있다. 이것을 봐도 소세키가, 심인(心印)으로서
의「철우」, 그 선리(禪理)에 깊이 동감하고 있었던 것이 입증된다.

제4구의「장마(梅雨)」는 심체상(心體上)에 기멸(起滅)하는 망상을
비유하고 있다고 할 수 있으므로, 그런 망상을 멸할 수 없는 자신을 관
조(觀照)하여 읊었을 것이다. 제1구「노재(駑才)」라는 것은 이처럼 세
상의 분별 망상을 초월하여 깨달음에 이르지 못하는 자기 자신에 대
해서 자책하는 말로 이해된다. 그리하여 제6구에「백안공초속사해(白

지 않는다고 하는 대의(大意)를 설하고 있다.
33)『漱石全集』제1권 p.102

眼空招俗士咍: 속계의 인간에게는 웃음거리가 될 뿐이로고」라고 읊고 있는 것이다. 「백안(白眼)」은 『목설록(木屑錄)』에 부치고 있는 한시, 「자조서목설록후(自嘲書木屑錄後)」의 제1구에도 보이는 단어로 속인(俗人)은 눈을 치뜨고 무시하며 웃음거리(白眼)로 대하고, 마음에 든 사람에게는 환영하는 마음을 나타내는 눈매(靑眼)로 정시(正視)했다고 하는 중국 진(晉)나라의 완적(阮籍)의 고사에 따른 것으로 이해된다. 제6구는 혼자 완적을 흉내 내어 주위를 백안시해 보지만, 오히려 정작 그 상대의 비웃음을 살 뿐이라는 뜻으로, 소세키는 스스로 속인을 벗어날 수 없는 자신을 나무라고 그리고 선서(禪書)뿐만이 아니라 유가서(儒家書), 도가서(道家書) 등의 사서오경(四書五經)을 통해서 인간의 근본적인 진리의 합치점을 이해하고 찾으려고 했음을 그의 문장 곳곳에 나타내고 있다.

3. 동양사상적인 접점

소세키의 한시에 나타난 어휘는 물론 선과 관계된 것뿐만이 아니다. 선적(禪的)인 단어와 발상이 시종 일관하고 있다고 생각하지만, 이른바 일본의 한학 전통에 도가적(道家的), 유가적(儒家的)인 어구 등, 다양한 폭을 구사하고 있다. 여기에서는 그러한 측면, 다시 말하면 소세키의 동양 사상 일반에 대한 지식과 선적(禪的) 사상과의 관계에 주목하면서 구체적인 예를 고찰해 보고자 한다.

무   제

해남 천리 길 멀리
헤어지려하니 하늘도 어둡고 차구나
기적은 홍설을 내뿜고
기선은 파도의 물거품을 가른다.
군(君)을 위해 나라를 걱정하는 것은 어렵지 않으나
객이 되어 집에 이르는 것은 어려우니
삼십에 손(巽)으로 하여 다시 감(坎)
공명에 대한 꿈은 반 정도 남아 있으니.

無 題

海南千里遠	해남천리원
欲別暮天寒	욕별모천한
鐵笛吹紅雪	철적취홍설
火輪沸紫瀾	화륜비자란
爲君憂國易	위군우국역
作客到家難	작객도가난
三十巽還坎	삼십손환감
功名夢半殘	공명몽반잔

이시는 1895년(明治 28년) 12월 말 상경하여 쿄코(鏡子)와 맞선을
보고 1896년(明治 29년) 1월 7일 다시 마쓰야마로 돌아 올 때 마사오
카 시키(正岡子規)로부터 받은 송별의 시 「나쓰메 소세키가 이요로

가는 것을 배웅하며(夏目漱石の伊予に之くを送る)」에 대한 답장에 적은 시이다. 소세키와 시키 두 사람의 격의 없는 우정을 알 수 있는 내용이기도 하다. 소세키는 위의 시 제1구, 제2구에는 우선 상식적으로 친구와의 이별을 통감하는 뜻을 나타내고 있지만, 제3구에는 「철적(鐵笛)」,「홍설(紅雪)」이라는 말을 사용하여 당시의 안타까운 자신의 내면의 심경을 표하고 있다.

이 「홍설」에 관해서, 요시카와 코지로(吉川幸次郎)는, 「피리의 곡명일까, 미상」[34]이라고 해설하고 있고, 「철적」에 관해서 나카무라 히로시(中村宏)는 「철적은 철제 피리지만, 여기서는 아마 기차의 기적일 것이다」[35]라고 해설하고 있다. 또 사코 준이치로(佐古純一郎)는 「홍설」에 관해서 「증기선의 불티가, 붉은 눈송이가 춤추는 것처럼 보이는 모양」[36]으로 해석하고 있다. 그러나 당시 배를 타고 돌아온 것이므로 배의 불티와 기적(汽笛)의 풍경이라 해도 좋겠지만, 소세키는 그런 풍경 속에서 이미 기억하고 있던 선어로「철적」,「홍설」을 도입하여, 제5구와 제6구에 그 선취(禪趣)를 부여한 것은 아닐까하고 생각한다. 단지 배에서 내 뿜는 불티와 기적으로 해석하면 시의 전반적인 의미가 난해하게 된다.

그 근거로 생각할 수 있는 것은 『벽암록』의 제69칙, 「남천일원상(南泉一圓相)」중에서 찾을 수 있다.

祖師心印(조사심인). 狀似鐵牛之機(상사철우지기).

---

34) 吉川幸次郎(1967)『漱石詩注』岩波新書 p.23
35) 中村宏(1983)『漱石漢詩の世界』第一書房 p.95
36) 佐古純一郎『漱石詩集全釋』전게서 p.79

透荊棘林(투형극림). 衲僧家(납승가).

如紅爐上一点雪(여홍로상일점설).

平地上七穿八穴則止(평지상칠천팔혈칙지).

不落寅緣(불락인연). 又作麽生(우작마생).[37]

조사의 심인은 마치 무쇠소와도 같다. 가시덤불을 헤치고 나온 납승
은 붉은 화로에 떨어지는 눈처럼 흔적을 남기지 않으면서도, 평탄한 대
지 위에 종횡으로 관통한다. 그러난 이런 것은 제쳐두고 말이나 글에
얽매이지 않으려면 어떻게 해야 하겠느냐.

「홍로상일점설(紅爐上一点雪)」의 사전적 의미로는 「불 위에 한 점
의 눈을 두면, 바로 녹는다. 도를 깨달아, 마음속에 지장이 없는 것을
비유한다.[38]라고 기재되어 있다. 그러므로 소세키는 「홍설」을 선가의
선어에서 그 선지(禪旨)를 인용하고 있는 것은 아닐까하고 추측된다.

제5구와 제6구가, 충신열사(忠臣烈士)가 되는 것은 용이하지만, 이
세상의 손님인 인생이 「본래면목」을 깨달아서 본래의 집인 심체(心
體)에 이르는 것은 어려운 일이라는 것을 읊고 있기 때문에 이 구와
관련해서 보면 「철적」과 「홍설」은 선어에 보이는 목인(木人), 석녀(石
女)와 같은 선어로서 읊고 있다고 생각된다.

제7구의 「손(巽)」과 「감(坎)」은 인생의 굴곡이 많다는 의미로 『주
역(周易)』의 팔괘명 중에 나오는 말로 삼십손환감(三十巽還坎)에서
『주역』에 나오는 괘를 찾아 볼 수 있다. 여기에 쓰고 있는 '손(巽)'과

---

37) 朝比奈宗源譯注(1976)『碧巖錄』中 岩波書店 p.302
38) 尾崎雄二郎(1992)『角川大字源』角川書店 p.1355

'감(坎)'은 『주역』의 팔괘명 중에 있는 것으로, 손위풍(巽爲風)의 손과 감위산(坎爲山)의 감으로 순조롭고 험난한 것을 나타내는 괘로 인생의 굴곡이 많은 것을 의미하고 있다. 이러한 불교서적 이외의 동양철학 관련의 한적에 대한 소세키의 지식은 일찍이 익힌 한학에서 비롯된 것임을 충분히 짐작할 수 있다. 이에 대한 구체적인 것은 필자의 논문[39]에서 논한바 있어 본서에서는 생략하고자 한다. 앞의 시 제8구는 1895년(明治 28년) 5월 28일의 한시의 「양두사(兩頭蛇)」에서 읊고 있는 것처럼 벌써 서른이 되어도 아직 인간 본래의 도를 못 만나서 고심(苦心)하고 있는 자기 자신의 한탄을 나타내는 내용으로 이해된다. 결혼 때문에 상경한 일 등, 속계의 잡사(雜事)와 잡념(雜念)을 떨칠 수 없는 자기 자신에 대해서 힐책이라도 하듯이 표명하고 있다.

소세키는 이러한 자신으로부터 벗어나 진정한 나를 찾으려는 마음이 나날이 강해진다. 1896년(明治 29년) 11월 15일에 지은 한시 5수 중 네 번째 시와 다섯 번 째의 시에서 그러한 의지를 볼 수 있다. 먼저 네 번째의 시이다.

무 제

복령 지금 캐기에는 마음이 내키지 않은데
돌솥에 어찌 선단을 끓일소냐.
밝은 날에 영지를 대하고 앉으니
도심은 천고에 차구나.

---

39) 陳明順(2005)「나쓰메 소세키와 중국」『한국일본 근대문학회-연구와 비평-』한국일본근대문학회 p.31

無 題

茯苓今懶採　복령금라채
石鼎那烹丹　석정나팽단
日對靈芝坐　일대령지좌
道心千古寒　도심천고한

　이 시는 소세키의 직장 동료가 뜰 앞에 영지(靈芝)가 난 것을 보고
이를 기념하여 소세키에게 작시(作詩)를 의뢰한 것 중의 한 수이다.
그러나 이 시는 단순히 부탁에 응한 것이라기보다는, 소세키 자신의
감회를 노래하고 있다고 볼 수 있다.

　제1구의 「복령금라채(茯苓今懶採)」는 도교(道敎)에서 옛 부터 선
약(仙藥)으로 취급하는 복령으로, 단을 삶아 선인(仙人)이 될 마음은
없다고 읊고 나서 제4구의 「도심천고한(道心千古寒)」에서는 불교적
깨달음에 대한 뜻을 품고 있음을 표현하고 있다. 요컨대 도가(道家)의
도력에 의하지 않고 오직 불교적인 깨달음을 구하고자 하는 뜻을 나
타내고 있다. 도심(道心)은 소세키의 마음 속 깊이 안고 있는 진정한
나(眞我)에 대한 선적인 추구를 말하며, 그것은 원래 시공(時空)을 초
월한 도를 대상으로 천년만년이 되어도 변함없이, 때때로 새롭게 느
껴진다는 의미로 해석된다.

　소세키가 간절하게 구하고자 하는 이러한 「도심」은 앞에서 언급한
시와 그 의취를 같이 하면서 다음 시의 「선심(禪心)」에 이어지고 있
다. 이어서 다섯 수 째의 한시를 보자.

무 제

갈라진 돌 틈에서 피어오르는
조용한 마음은 선심에 닿아
때로는 한산의 구를 읊으며
대나무 아래에 앉아 영지를 보고 있네.

無 題

氤氳出石罅	인온출석하
幽氣逼禪心	유기핍선심
時誦寒山句	시송한산구
看芝坐竹陰	간지좌죽음

이 「선심(禪心)」은 속진을 떠나 깨달음을 향한 마음을 일컫는다.
그러한 마음으로 한산의 시를 읊는다고 하는 깨달음의 간절함을 보이
고 있다. 말할 필요도 없이 한산시(寒山詩)는 중국 당대(唐代)의 대표
적인 선시로 그 작자인 한산자(寒山子)는 그의 도우(道友)인 습득(拾
得)과 함께 전설적 인물로 꼽히고 있다. 그들이 남긴 시는 선의 최고
의 경지를 읊은 것으로서 대대로 전해져 내려오고 있다.
  소세키가 이러한 한산의 시를 애송하고 있었다는 사실에서 보더라
도 선경(禪境)에 주력하고 있었음은 당연한 것으로 인식된다.
  평소 소세키는 그의 문장과 한시 등에서 찾아볼 수 있듯이 혼자 좌
선의 필요성을 느끼고 또 그것을 실천하고 있었다. 그것은 소세키가

소장하고 있는 책 중의 하나인 『선문법어집(禪門法語集)』의 「정삼, 록초분(正三, 麓草分)」[40]의 글에 다음과 같은 예에서 알 수 있다.

이 정도의 일은 승속(僧俗)에 한하지 않고 모두 깨달아야 한다. 단 이 경계(境界)에 상주(常住)해서 활기 넘치는(活潑潑地) 활용을 하는 것이 곤란하다. 이 곤란을 배제하기 위하여 좌선(坐禪)의 수행이 반드시 필요하다. 그렇지 않다면 무엇 때문에 좌선하며 무엇 때문에 고민하고 무엇 때문에 고려하는지를 깨달아야 할 것이다.[41]

「이 경계에 상주」할 수 있기 때문에 좌선이 필요하다고 소세키는 인식했다. 그렇기 때문에 반드시 깨달음을 얻어야 한다고 적고 있다. 이러한 깨달음에 대한 염원을 1899년(明治 32년) 3월의 한시에 나타내고 있는데 그것은 드물게 「춘일정좌(春日靜坐)」라는 제목을 붙이고 있다.

춘일정좌

청춘 이월과 삼월
수심은 방초의 무성함과 같이 끝이 없네.
꽃은 조용히 빈 뜰에 낙화하고
인적 없는 방에 가로놓인 소박한 거문고 하나
거미줄 위에서 움직이지 않는 거미

---

40) 『禪門法語集』麓草分 2권. 정삼(正三)이 단후(丹後 : 京都府) 서암사(瑞巖寺)에서 만안(万安)의 요청에 따라 저술한 것.
41) 『漱石全集』(1966) 제16권 p.270

대나무 대들보를 감도는 향의 연기
이러한 정적 속에 독좌하고 있으니
마음에 희미한 빛이 비쳐오네.
인간 공연히 다사하지만
이 경지는 잊을 수가 없으니
일일의 고요함(靜)을 회득하면
참으로 알 수 있는 백년의 분주함.
세속을 떠나 아득한 어딘가에서
멀고 먼 백운의 선향 다가오구나.

春日靜坐

靑春二三月	청춘이삼월
愁隨芳草長	수수방초장
閑花落空庭	한화락공정
素琴橫虛堂	소금횡허당
蟬蛸挂不動	소소괘부동
篆烟繞竹梁	전연요죽량
獨坐無隻語	독좌무척어
方寸認微光	방촌인미광
人間徒多事	인간도다사
此境孰可忘	차경숙가망
會得一日靜	회득일일정
正知百年忙	정지백년망
遐懷寄何處	하회기하처

緬邈白雲鄉　　면막백운향

이 시는 소세키가 상당히 마음에 들었는지 소설 『풀베개(草枕)』에도 그대로 인용하고 있고 『일야(一夜)』에서는 수염 있는 남자를 통해 제5구 제6구를 「소초현불요(蠨硝懸不搖), 전연요죽량(篆烟遶竹梁)」으로 조금 바꾸어 다시 도입하고 있다.[42]

제3구, 제4구에 「공(空)」과 「허(虛)」를 도입하고 있는 점에 주목된다. 소세키의 한시에 처음 보이는 이 「허」의 말은 선가에서 참으로 중요하게 사용되는 단어이다. 「허당(虛堂)」이란 우주의 전 존재, 즉 일체제법(一切諸法), 온갖 것을 고수하고 있는 절대의 진리인 「법성(法性)」의 이명(異名)으로 일컬어지고 있으며, 다른 이름으로서 진여(眞如), 법계(法界), 불허망성(不虛妄性), 불변이성(不變異性), 평등성(平等性), 실제(實際), 허공계(虛空界), 무아성(無我性), 공성(空性), 무상(無相), 자성청정심(自性淸淨心), 불성(佛性), 법신(法身), 여래장(如來藏) 등으로 불교 일반에서 말하고 있다. 선에서는 마음, 일심(一心), 심성(心性), 본래면목(本來面目), 본래자기(本來自己) 등이라고도 한다.

제7구와 제8구는 실로 혼자 좌선하는 소세키가 상상되는 구이다. 다만 아무 말 없이 좌선에 들어가서 마음속에 빛이 어렴풋이 비치는 것을 느끼는 선세계의 묘미를 읊고 있다. 여기서 「방촌(方寸)」은 「마음(心)」을 가리키는 선어로 소설 『풀베개』의 첫머리에도 「영대방촌(靈台方寸)의 카메라에 혼탁한 속계(俗界)를 밝고 깨끗하게 거둬들일 수 있다면 족하다.」⁴³⁾라고 표현하고 있다. 즉 좌선하는 중에 진심(眞心)의 미광(微光)을 인정하고 번뇌 망상이 없어지는 것을 느낄 수 있으면서 평안한 상태가 된 좌선삼매(坐禪三昧)의 경지를 체감한다는 것이다.

1889년(明治 22년)의 시 「묵좌공방여고불(默坐空房如古仏: 빈방에 묵좌하고 있으니 마치 고불과 같구나.)」의 구에 쓴 「묵좌(默坐)」는 있지만 「독좌(獨坐)」는 여기에 처음으로 등장하고 있다. 이 「독좌」에 관해서 단순히 정좌(靜坐)라고 해석하는 사람이 많지만, 깨달음을 향한 내면을 솔직하게 표현하고 있는 소세키 한시의 성격을 생각하면 여기서는 혼자 좌선을 하고 있었다라고 읽으면 틀림이 없을 것이다. 예를 들면 무라카미 세이게쓰(村上霽月)의 「소세키 군을 그리워하다」에서 다음과 같은 증언을 찾아 볼 수 있다.

군(君)은 시구(詩句)를 지을 때는 항상 결가부좌(結跏趺坐)로 기모노의 뒷자락을 무릎 아래에서 앞으로 끌어내어 가부좌를 한 무릎을 완전히 감싸고 앉는 것이었다. 이 사람은 참선에 익숙해져 있다고 생각하고 있었는데, 그 후 거사(居士)의 책상 위에 백은선사부(白隱禪師傳)⁴⁴⁾가 놓여 있던 것을 봤을 때 거사는 이것은 소세키가 읽어라, 라고 해서 가지고 온 것이라고 말했다. 그리고 나쓰메(夏目)는 그이후로 가마쿠라(鎌倉)에 가서 좌선을 했었다네, 라며 덧붙여 말하는 것을 들었다.⁴⁵⁾

---

43) 『草枕』 전게서 p.388
44) 백은선사 白隱慧鶴(はくいん えかく, 1686-1769)는 임제종(臨濟宗) 중흥의 종조라고 칭해지는 에도(江戸) 중기의 선승이다. (諡)神機獨妙禪師, 正宗國師.
45) 平岡敏夫編(1991) 『夏目漱石研究資料集成』 제3권 日本図書センター p.276(『澁柿』 제30호 1916년 2월)

여기서 말하는 거사(居士)는 시키(子規)이며 1887년(明治 20년)대 시절에 있었던 에피소드라고 한다. 시키를 통해 소세키가 선승(禪僧) 백은선사에 대해 읽고 있었던 사실과 가마쿠라 선사(禪寺)에 가서 참선한 사실을 알 수 있는 내용이다.

앞의 시 제9구, 제10구에서 세속으로부터 초탈한 경계에 있으면 「백년망(百年忙)을 알게 되어 적정(寂靜)한 이상(理想) 세계를 얻을 수 있다고 하는 내용을 다음의 제11구와 제12구에 읊고 있다. 이 「회득일일정(會得一日靜: 일일의 고요함(靜)을 회득하면, 정지백년망(正知百年忙: 참으로 알 수 있는 백년의 분주함)」의 시구도 『일야』의 결말에서 다음과 같이 바꾸어 응용되고 있다.

백년은 일 년과 같고, 일 년은 일각(一刻)과 같고, 일각을 알면 바로 인생을 알게 된다.[46]

찰나(刹那) 즉 영원한 불교의 진리를 말하면서 순간 「깨달음」을 얻으면 인생의 모든 희로애락과 생로병사로부터 벗어날 수 있음을 말한다. 이 시의 끝 구절에서도 그러한 해탈(解脫)의 경지인 선향(仙鄕)인 백운향(白雲鄕)에 소요하고 싶은 심경을 읊고 있다.

이러한 심경은 다음 1899년(明治 32년)에 지은 봄의 한시에도 묘사되어 있어서 깨달음에 이르고자 하는 희망을 변함없이 나타내고 있는 것을 알 수 있다.

---

46) 전게서 『一夜』 p.137

무 제

(전략)
정좌하고 복괘와 박괘를 보노라니
허회가 강유를 부리네.
새가 날아도 구름에 그 흔적이 없고
물고기가 지나가도 물은 그대로 흐르니
인간 원래 무사한 것을
흰 구름은 저 홀로 유유할진저

靜坐觀復剝	정좌관복박
虛懷役剛柔	허회역강유
鳥入雲無迹	조입운무적
魚行水自流	어행수자류
人間固無事	인간고무사
白雲自悠悠	백운자유유

   이 시는 1898년(明治 31년) 앞에서 언급한 봄의 시와 같은 분위기
에서 읊은 것이다. 이 시에 보이는 「허회(虛懷)」는 『경덕전등록(景德
伝灯錄)』에 찾아볼 수 있는 말로,

   其上善略以虛懷爲本不著爲宗亡相爲因涅槃爲果(기상선략이허회위
   본불저위종망상위인열반위과).[47]

---

47) 『大正新脩大藏経』(1973) 제51권 『景德伝灯録』 제30권 大正新脩大藏経刊行會
   p.456

선(善)은 거의 허회(虛懷)를 본(本)으로 하고, 불선(不善)을 종(宗)으로 하고, 망상(亡相)을 인(因)으로 하고, 열반(涅槃)을 과(果)로 한다.

라고 하여 형상(形相)이 없는 마음의 본체, 무심을 이르고 있다. 소세키는 시에서 보이는 것과 같이 허회가 강유를 부리다 변화를 일으키는 이치와 더불어 구름은 새가 날아간 흔적을 남기지 않고, 물은 물고기가 지나가도 그대로 흘러갈 뿐인 것을 알게 됐다. 이는 불법(佛法)의 진리, 본래의 면목을 말하는 것으로 인간도 본래 오고 감이 없는 것, 이것을 깨닫고 보면 흰 구름처럼 유유(悠悠)할 수가 있을 터이다.

이런 도리를 해득하여 정좌(靜坐)하고 선의 경지에 들어 「허회(虛懷)」, 즉 무심(無心)하게 되면 무아(無我)의 경계에서 자유롭게 관조할 수가 있는 것이다.

시의 제 5구 「정좌관복박(靜坐觀復剝)」과 제 6구 「허회역강유(虛懷役剛柔)」에 『주역』의 어구 복박(復剝)과 강유(剛柔)가 도입되어 있다. 시의 내용으로는 지나간 30년의 세월을 혼탁하게 살아온 것을 부끄럽게 생각하여 잠시 회고하여 반성하는 것, 정좌해서 박괘(剝卦) 다음에 복괘(復卦)가 오는 것을 보고 음양소장(陰陽消長)과 사계(四季)의 왕래를 깨닫게 된 것, 그리고 허회가 강유를 역하여 변화를 일으키는 이치를 파악하게 된 일 등을 표현하고 있다. 이처럼 복박(復剝)과 강유(剛柔)라고 하는 단어를 사용하여 『주역』에서 말하고 있는 음양사상을 피력하고 있음을 알 수 있다. 박(剝)은 산지박(山地剝)의 박으로 이 괘가 지닌 의미인 「소인이 세력을 얻고, 굳건히 스스로 지켜나갈 것」에서, 복(復)은 지뢰복(地雷復)의 복으로 이 괘가 지닌 의미인 「양기(陽氣)가 다시 오고 천지가 생생하게 무궁함」으로 옮겨지는 이치와 도리를 말하고 있다. 그리고 강유는, 건강곤유(乾剛坤柔)로 강은 양(陽), 유는 음(陰)의 의미를 지니고 있기 때문에 위의 시를 이해하기 위해『주역』의 도리에 대한 지식적 소양이 요구되기도 한다.[48]

이상에서 보면, 1898년, 1899년(明治 31년 32년)경, 소세키는 동양 사상의 근본이 되고 있는 불교, 유교, 도교와의 접점을 이루면서 그 중심에 좌선 정진을 참구함에 있어서 수행의 결실을 어느 정도 꾀했다고 해도 좋을 것이다.

4. 자기본위(自己本位)

1900년(明治 33년) 9월 8일, 소세키는 요코하마(橫浜)를 출항하여 영국 유학의 길에 오른다. 영국 유학의 의지는 마쓰야마로 왔을 때부터 품고 있었지만, 당시 서른 세 살이 된 소세키에게는 단순히 좋아할 수도 없었을 것이다. 자기본위라는 문제를 안고 있던 소세키는 위험과 어려움을 예측하면서, 그것을 어떻게 극복해야 하는지 등에 대해 새삼 각오를 다졌을 것이다.

당시, 소세키에게 있어서 자기본위의 확립이라고 하는 것은. 인간이란 무엇인가, 인생의 목적이 무엇인가라고 하는 문제로부터 모두, 즉 학문, 문예, 그리고 일상생활까지 의미를 명백히 하려 했다고 생각한다.

---

48) 陳明順(2005)「나쓰메 소세키와 중국」『한국일본 근대문학회-연구와 비평-』한국일본근대문학회 p.33

살아 있는 것도 「나」이며 죽어도 「나」가 죽어 간다고 하는 엄연(嚴
然)한 현실을 직시하고 그리고 모든 생활이 「나」가 중심이 되고 있으
며 아무도 나대신 살아 줄 수 없을 뿐만 아니라 나대신 죽어 줄 수도
없다 점을 소세키는 절감했을 것이다. 이는 참으로 중요한 문제이다.

하지만, 소세키는 자신의 그런 문제 해결에 있어서도 선적(禪的)인
사고(思考)는 그의 내적 문제를 해결하는 근본이 되어 있었다. 젊은
그의 현실은 그를 영국 유학까지 결정할 수 있도록 인도되었고, 1900
년(明治 33년) 영국 유학을 떠나기 전에 지은 한시에 이때의 심정을
표현하여 세상의 인연과 현실을 인정하지 않을 수 없음을 토로하고
있다.

무 제

생사의 인연은 끝이 나는 일 없고
사바세계의 인간은 광태를 보인다
마치 발에 고랑을 찬 듯 세진 속에 갇혀 있었네만
이제 위의를 바로하고 멀리 양행의 차비를 하게 되었구나
득실이해를 잊어버리면 참으로 이 부처이거늘
가는 곳 강산 모두 나의 스승이려니
전도는 아득히 팔 천리 저편이지만
가서 문학의 길을 연구하려 한다.

無 題

生死因緣無了期　생사인연무료기

色相世界現狂痴　　색상세계현광치
迍邅校履塵中滞　　둔전교리진중체
迢遞正冠天外之　　초체정관천외지
得失忘懐当是仏　　득실망회당시불
江山滿目悉吾師　　강산만목실오사
前程浩蕩八千里　　전정호탕팔천리
欲學葛藤文字技　　욕학갈등문자기

여기서 생사를 포함하는 모든 인연은 종료될 때가 없으며, 물질로 이루어진 색상세계(色相世界)는 전도(轉倒)된 광치(狂痴)가 나타난 것이라고 읊고 있다.「색상세계현광치(色相世界現狂痴)」는 색상으로 되어 있는 이 세계는 우리의 진심이 무명(無明)이라는 것에 의해, 잘못하여 광치를 만들어 내기 때문에 그림자처럼 나타나는 것이다. 일체유심조(一切唯心造)의 다른 해석이기도 하지만 여기서「광치(狂痴)」는「망심(妄心)」을 표현하는 말로서 불교적인 세계관 내지 인생관에서 거론되는 윤회(輪廻)의 사상을 볼 수 있다. 이 시구의 이면에는 생사의 윤회를 벗어나서 해탈에 이르려고 하는 소원(所願)이 내포되어 있다고 생각된다.

제5구의 득실(得失)을 망각(忘却)한 마음이 참으로 깨달음의 자리 즉 부처라고 관조하면서 제6구에서 강산의 모든 것을 나의 스승으로 생각한다고 하는 것은 자연과 인간을 평등하게 보는 동양적 사고와 자연 모두가 선 수행의 대상이라고 하는 사고(思考)이다. 그래서 기대와 불안감을 가지면서도 8천리나 떨어져 있는 영국으로 갈등(葛藤)문자인 영문학을 배우러 가는 자기 자신에게 스스로 희망과 위안과 각오의 마음을 나타내 보이고 있는 시로 이해할 수 있다.

　소세키는 인간의 마음이라고 하는 것이 무엇일까, 에 대해 숙고하고 그 마음의 정체를 깨달으면 생사를 초월하고 세속 인연의 경계에서 벗어날 수 있다고 믿고 평소 선 수행과 정진을 게을리 하지 않았음은 앞에서 거론한 바와 같이 그의 문장들을 통해 잘 알 수 있다. 하지만 선사(禪寺)에 가서 참선을 하고 오랜 세월 정진을 해 본 결론으로 그 마음의 본체를 체득한다는 것은 쉽지 않은 일임을 시간이 흐를수록 통감(痛感)하게 된다. 그리고 이 문제를 기사구명(己事究明)하고 싶다고 하는 갈망을 품는다. 소설 『문(門)』의 제20장에는 「몽창국사(夢窓国師)의 유계(遺誡)를 읊기 시작했다.(중략) '나에게 삼등의 제자가 있다. 이른바 맹열(猛烈)히 수행하여 제연(諸緣)을 방하(放下)하고, 전념으로 기사(己事)를 구명(究明)하면, 이를 상등(上等)이라고 명명한다. 순수한 수행을 하지 않고 잡학(雜學)을 좋아하면, 이를 중등(中等)이라고 한다.'라고 말한다.」[49]라고 적고 있다. 소세키는 세속의 제연을 방하하고 기사구명 할 수 있는 상등이 되고자 했을 것임에 틀림없다.

　1899년, 1900년(明治 32, 33년)경의 「단편(斷片)」에는 「마음 모두 희로애락(喜怒哀樂)의 무대, 무대의 뒤에 무엇인가 있다. 번뇌(煩惱)와 진여(眞如)는 종이의 앞면과 뒷면 같다. 둘 그 하나, 하나 그 둘. 동시(同時)에 선(善)이고 동시에 악(惡)이다.」[50]라고 기록하고 이어서 또 이 시기까지 사색(思索)한 흔적을 나타낸 내용으로 다음과 같이

49) 『漱石全集』 제4권 p.848
50) 『漱石全集』 제13권 p.5

「단편」에 적고 있다.

　　불변(不變) 이미 즐겁지 않고 변(變) 역시 즐겁지 않다. 까다로운 것
　은 인간이다.
　　변(變)으로 하여 불변(不變), 불변으로 하여 변(變)한 것을 구하라.
　　그러면 바다는 시종 매우 안락(安樂)할 것이다.
　　무의미(無意味)와 무의미는 충돌(衝突)하는 일 없다.[51]

　이 문장은 소세키의 나이 서른 서너 살 때의 글로 구마모토(熊本)
시대 말경이나 영국 유학의 전후의 것으로 보인다. 번뇌와 진여(眞
如), 선(善)과 악(惡), 변(變)과 불변(不變) 등을 별개의 것으로 보는
것이 아니라 동시적(同時的)이라는 생각을 했다는 것은 무엇을 의미
하고 있을까. 실로 이것은 그 모든 것이 둘이 아니라 하나라는 진리
를 말하고 있는 불이법문(不二法門)을 일컫는다고 이해할 수 있다. 깨
달음의 경지에는 이르지 않았다고 하더라도 그 지견(知見)은 상당히
진행된 증거로 볼 수 있는 기록이다. 번뇌가 곧 보리(煩惱卽菩提)라
는 진리, 즉 깨달음을 이루지 못해 미혹한 것과 깨달음의 지혜를 이룬
경계가 둘이 아니고 그 본체는 하나라는 뜻으로, 불변하는 체(体)에
서 변하는 용(用)을 구한다는 내용이다. 체와 용에 대해서는 소세키가
「마음의 용(用)은 현상세계에 의해 나타난다. 그 나타나는 방법이 전
광(電光)도 석화(石火)도 미치지 못할 정도로 빠르다. 마음의 체(体)
와 용(用)이 이동할 때의 작용을 기(機)라고 한다. 「어이」라고 부르면

─────────────
51) 전게서 p.6

「예」하고 대답하는 사이에 용과 체가 현전한다.」[52]라고 명기한 부분에서 체용의 도리를 소세키는 익히 간파하고 있었음을 알 수 있다. 따라서 위의 인용문은 깨달음의 지혜를 얻고자 하는 표현으로 간주된다.

물결치는 바다는 원래 조용한 안락의 본체인 것과 같이 모든 묘용(妙用)을 초월해 보면 「진여」를 볼 수 있다는 견해로 소세키가 당시 「기사구명」에 대해 참구한 것을 잘 나타내 보이고 있는 내용이다.

이러한 선(禪)에 관한 마음가짐은 영국 유학 중에도 변함없이 계속되고 있다. 다음의 1901년(明治 34년) 5월 15일의 일기에는 소세키의 그런 일상이 보인다.

이케다(池田) 씨와 세계관의 이야기, 선학(禪學)의 이야기 등을 하다. 이케다씨로부터 철학(哲學)의 이야기를 듣다.[53]

하지만, 소세키는 유학 시절부터 자기의 입각지(立脚地)를 세우는 하나의 방법으로서 저술을 구상했다. 유학 중인 1901년(明治 34년) 9월 22일자로 부인에게 보낸 편지에서 그 저서에 관한 뜻을 표명하고 있다.

현지에서 재료를 모아 귀국 후 한권의 저서(著書)를 쓸 작정이지만 내 일이라서 믿지는 않는다.[54]

이 편지에서는 문학서(文學書)는 싫어하기 때문에 과학책을 읽는

---

52)『漱石全集』제9권 p.270
53) 전게서 p.63
54)『漱石全集』제14권 p.189

다고 쓰고 있지만, 귀국 후에는 실제 알려진 대로『문학론(文學論)』과 다수의 문학 작품을 썼다. 유학의 길에 오른 1900년(明治 33년)부터 1910년(明治 43년) 소설『문』을 쓸 때까지 십년 동안의 소설을 비롯한 작품 활동은 주목할 만하다. 그 덕분에 불행하게도 한시는 십년 동안 한 수도 남기지 않았다.

1901년(明治 34년) 11월 20일자로 데라다 토라히코(寺田寅彦)에게 쓴 편지에서 그 내용을 볼 수 있다.

소생 변함없이 제대로 국가를 위해 이것이다, 라고 할 만한 봉사를 하기 어려운 것 같아서 참으로 죄송하오.
지금부터 십년 뒤면 뭔가 될 것 같이 생각하지만 이 십년이 옛날부터의 일이니까 매우 믿을 수가 없어요.[55]

무엇이라고는 정하지는 않았지만 문부성 국비 유학생으로서 국가를 위해 유익한 일을 해야 한다고 하는 소세키다운 의무와 책임감이 강했을 것이었고 그것이 저술 활동이었을 것이다. 이듬해 1902년(明治 35년) 2월 16일자로 스가 토라오(菅虎雄)에게 보낸 편지에도「무슨 저서를 쓸 것이라고 생각은 하지만 나의 일이니 흘려 넘길지도 모르겠습니다.」[56]라고 해서 같은 기분을 나타내고 있다. 이 편지의 내용에는 교사로 되돌아가는 것이 싫다고 하는 고민도 함께 적혀 있다.

대학 시절부터 미래에 대한 불안감을 갖고 있던 소세키는 중년에 가까워진 지금이야말로 뭔가 입신양명이 되는 일을 해야 한다는 생

---

55)『漱石全集』제14권 p.192
56) 전게서 p.196

각이 강했던 나머지 저작(著作)에 귀결한 것 같다. 그것이 뒤에 『문학론』으로서 결실을 거두게 된다.

소세키는 지금까지 타인본위(他人本位)의 생활 태도에서, 「나」를 본위로 하는 주체적인 삶으로 향한 것이다. 이 심적(心的) 변화는 한 인간으로서 중년인 소세키의 인생관, 세계관의 입지가 변했다고 볼 수 있다. 이런 주체성의 확립은 거시적(巨視的)으로는 서양 대 일본, 미시적(微視的)으로는 타인에 대한 「자기(自己)」라는 문제, 즉 「나라는 것은 무엇일까?」라는 인간의 근본적인 문제로서, 본래면목과 관련하여 이러한 입지, 각오로 되었다고 생각된다.

「나의 개인주의」에는 다음과 같은 고백이 기술되어 있다.

근본적으로 자력(自力)으로 만드는 것 이외에, 나를 구하는 길은 없다는 것이라고 깨달았습니다. 지금까지는 완전히 타인본위(他人本位)로 뿌리 없는 부평초처럼, 그 주변을 마구 표류하고 있었으니까, 안 된다는 것을 가까스로 깨달은 것입니다.[57]

세상 사람들이 선호하는 행복이 아니라 「나」의 주체, 소세키 자신이 구하는 행복이 무엇인지를 찾기 시작하면서 「자기본위」적인 사색이 일어나고 마침내 이런 욕망의 주체인 나는 무엇일까 하는 것을 탐구하는 것이 근본적인 문제라고 깨닫게 되어 다시 「본래면목」의 추구에 몰두하게 되었을 것이다.

---

57) 『漱石全集』제11권 p.442

제3장 대발심(大發心)

1. 만년(晚年)의 불도(佛道)

소세키는 1903년(明治 36년) 1월 영국 유학을 마치고 도쿄(東京)로 돌아오게 된다. 그리고 유학의 정신적 부담이 치유되기도 전에 그의 도쿄생활은 도쿄대학(東京大學), 일고(一高)의 강의와 저작활동 등으로 바쁜 나날을 보내게 되어 그가 좋아하고 하고자 하는 불교적 수행이나 한시작(漢詩作) 등에는 전혀 눈을 돌릴 여유가 없었던 것 같다. 영국 유학에서 돌아온 이후의 생활은 국비유학생(國費留學生)으로서 일종의 책임감에 쫓기는 상태였을 것이다. 하지만 소세키의 마음속에는 해결되지 않는 인생에 대한 근본 문제가 계속 남아 있었고 공안(公案) 본래면목(本來面目)의 추구(追求)에 대한 깊은 소망은 변함없이 있었다고 생각한다.

소세키는 10년 동안 한시를 쓰지 않는 상태가 계속되었지만, 한시야말로 진계(塵界)를 떠나 이해(利害) 손득(損得)을 잊을 수 있는 출세간적(出世間的)인 것이라고 하는 생각은 변함없었다고 생각한다.

그 한 예로 1906년(明治 39년)에 쓴 소설 『풀베개(草枕)』에는 그러한 소세키의 생각을 볼 수가 있다.

> 괴롭거나, 화나거나, 허둥대거나, 울거나 하는 것은 인간 세상에 으레 있기 마련이다. 나도 30년 간 그렇게 해왔기 때문에 싫증이 난다. 싫증이 난데다가 다시 연극과 소설에서 같은 자극을 되풀이 한다는 것은 큰일이다. 내가 바라는 시(詩)는 그런 세속적인 인정을 고무하는 것 같은 것은 아니다. 속념(俗念)을 포기하고, 잠깐 동안이라도 속세(俗世)를 벗어난 마음이 될 수 있는 시다.[1]

라고 한 내용에서도 알 수 있다. 이처럼 소세키에게 한시는 세상의 속념을 잊고 떨칠 수 있는 초속(超俗)의 세계라고 말하고 있다. 짧은 어구 중에 건곤(乾坤)을 건립할 수 있고 번잡한 세상으로부터 해탈할 수 있다는 것이다.

그리고 청년시절 참선의 경험을 한 이후 더욱 더 인간의 집착심(執着心)에서 오는 욕심과 갈등, 그것으로부터 야기되는 어리석음을 타파하고자 좌선을 지속하면서 견성(見性)에 대한 의지를 품고 만년(晩年)까지 정진의 자세를 보이고 있다. 그러한 수행의 흔적으로 살필 수 있는 것은 인간사회에서 일어나는 여러 번민(煩悶)과 분별상(分別相)에 대해 그 순간순간 느끼고 깨달은 점을 나타내고 있는 소설과 한시 등에서이다. 소세키의 근본적인 사고는 인생 즉 생사(生死)의 문제를 해결하기 위해 적극적인 인생관을 정립하고 인간이 지니고 있는 모든

---

1) 『草枕』 『漱石全集』(1966) 제2권 p.39

고뇌(苦惱)로부터 해탈(解脫)해야 한다는 것으로 이에 대한 방안으로서 도(道)를 직시하고 깨달음을 이루기 위한 정진을 시사하고 있다.

  이러한 내용에 기인한 소세키의 만년과 불교에 대한 선행 연구는 관련 연구자들에 의해 꾸준히 연구되고 있다. 이시하라 치아키(石原千秋)는 소세키 만년의 소설 『명암』을 두고 하늘을 따르고 나를 버린다(則天去私)라는 말을 인용하여 「『명암』은 에고이즘 대 칙천거사(則天去私)」[2]라고 하면서 인간의 모든 양상에 대한 탐구와 에고이즘의 관계, 우리 자신들을 반성하게끔 하는 소설이라고 언급하고 있다. 이와 함께 우노 히로시(海野 弘)의 「『나는 고양이로소이다』노트」에서 「인스피레이션(inspiration)」이라고 하는 말이 유행하고 있었던 것 같다.... 만년의 소세키가 말한 「칙천거사(則天去私)」라고 하는 문제도, 에머슨의 초월주의(超越主義)에 연관되어 있을지도 모른다.」[3]라고 말하고 있는 것을 통해서도 참선을 통해 깨달음을 이루고 도력(道力)을 얻는 것이 당시 지식인들의 한 일면이었음을 짐작하게 한다. 당시 일본의 선불교를 해외에 알리는 데 주역이었던 스즈키 다이세쓰(鈴木大拙)를 비롯하여 스즈키 다이세쓰와 친분을 맺은 지식인들이 가마쿠라의 선사에서 참선을 하고 있었으며 소세키 역시 이들 중 한명이었다.

  또한 아키야마 슌(秋山 駿)의 「사소설과 사철학(私哲學)」에서 「인간의 내면세계의 탐구와 확립」에 초점을 두고 「인간의 진실(眞實)을 탐구하고, 인생의 진상(眞相)을 규명하기 위해서 이러한 일을 성실하게, 매우 정직하게, 혹은 필사적으로 추구한 것」이라고 말한 내용에도

---

2) 石原千秋(2010) 『漱石はどう讀まれてきたか』 新潮選書 p.76
3) 海野 弘 (2001) 「『吾輩は猫である』ノート」 『漱石硏究』제14호 翰林書房 p.38

당시 인간 내면의 탐구를 위한 수행의 필요성이 부각되어 있기도 하다. 필자의 소세키의 불교에 대한 연구로는 졸론 「소세키의 「부모미생이전본래면목」고(漱石の「父母未生以前本來面目」考)」를 비롯해서 「소세키의 「칙천거사」고(漱石の「則天去私」考)」「소세키 작품에 나타나 있는 불교어의 고찰(漱石の作品に表れている佛敎語の考察)」등등과 졸저『나쓰메 소세키의 선(禪)과 그림』『나쓰메 소세키의 작품연구』『문학과 불교』등이 있다.

소세키는 한시를 짓지 않는 동안에도 그의 소설 속에 그의 사상을 분명히 나타내고 있다. 그는 깨달음이라는 과제를 마음에 품은 채 영국유학을 하게 되고 유학을 마치고 귀국하자 바로 대학 강의를 하고 또 다시 신문연재 소설작가로 변신하여 활동을 하는 등의 바쁜 일상을 보내다가 결국 위장병으로 입원하게 된 것이다. 소설『문(門)』의 신문 연재가 끝난 1910년(明治 43년) 6월 16일, 소세키는 갑자기 나가요(長与)위장병원에 입원하게 되었고 그 해 7월 31일 퇴원한다. 한 달 보름이나 입원한 이 사건으로 소세키는 건강하지 못한 자신의 생(生)에 대해 불안함을 더 느끼는 계기가 된다. 1900년(明治 33년) 이후부터 이렇게 보낸 세월이 십년 동안이었다. 소세키는 나가요위장병원에서 퇴원하는 날, 병원에 찾아간 모리 엔게쓰(森円月)가 병문안 와서 부채에 뭔가 적어 달라고 미리 부탁한 일을 계기로 십년 만에 한시를 다시 짓게 된다. 병을 앓고 난 뒤에 오랜만에 지은 한시를 통해 소세키는 자신의 인생을 다시 더 진지하게 돌이켜 보게 된다. 그 때의 감회를 「깊이 생각해서 오언(五言) 한 수를 얻었다. 내숙산중사(來宿山中寺), 운운(云云). 십년 이래 시를 지은 일은 거의 없다. 스스로도 신

기한 느낌이 들었다. 부채에 적었다. 오늘 퇴원」[4]이라고 적어 이 날의
일기에 시를 얻은 유래를 기록하고 있다. 이 한시에 표현하고 있는 내
용에서도 그동안의 소세키 심경을 살펴볼 수가 있다. 이는 소세키를
다시 한시에 불러들인 지극히 중요한 재출발로 인식된다.

　이렇게 십년의 공백(空白)을 깨고 1910년(明治 43년) 6월 16일에 지
은 한시에도 변함없이 선경을 읊고 있는 것은 주목해야 할 부분이다.

　　　무　제

　　산 속의 산사에 머물러
　　노승의 가사마저 빌려 입으매
　　적연히 선의 경지에 드는 듯하여
　　창밖에 돌아온 흰 구름 바라보네.

　　　無　題

　　來宿山中寺　　래숙산중사
　　更加老衲衣　　경가로납의
　　寂然禪夢底　　적연선몽저
　　窓外白雲歸　　창외백운귀

　시의 제3구 제4구에「적연선몽저(寂然禪夢底)」라고 하는 구에서 변
함없이 선(禪)을 도입하고 있는 것은 간과할 수 없는 부분이며 위장병

---

4)『漱石全集』(1966) 제13권 岩波書店 p.514

으로 육신의 고통스러움을 경험하고 난 뒤에 쓴 시라는 점에 더욱 주
시되는 부분이다.

영국 유학 이후 십년 동안 세속적인 활동에 쫓기면서 마음속에는
항상 선에 대한 갈망이 있었음이 틀림없다는 것을 증명하는 내용이
기도 하다. 제4구의 「창외백운귀(窓外白雲歸)」는 바로 소세키 자신이
다시 한시의 세계, 선의 세계에 돌아왔다고 하는 선언 같은 표현이다.
드디어 소망하고 있던 자신의 모습으로 돌아온 것을 읊고 있다는 느
낌이 드는 시구이기 때문이다.

마쓰오카 유즈루(松岡讓)는 이 시기에 쓴 소세키 시의 해설을 다음
과 같이 기록하고 있다

소세키는 메이지(明治) 33년 양행(洋行) 전부터, 꼭 10년간 완전히
한시를 잊고 있었다. 그동안 영문학의 연구와 문학론의 기초적 연구로
귀국과 함께 무척 바쁜 생활로 시작(詩作)의 여유가 없었다. 그런데 병
요양을 위하여 슈젠지(修善寺) 온천에 가서 문득 생각난 듯 다시 시를
지었다. 그리고 다시 쓰게 된 시작과 동시에 대환(大患)도 함께 시작되
나, 계속해서 시작은 했었다. (중략)대환 직전에 (시작을 다시 할 것을)
이미 생각하고 있었던 것으로 보이며 그의 시는 그의 선(禪)에 대한 동
경(憧憬)을 나타내는 시로서 선구적(先驅的) 의의를 갖는 것이라고 해
도 좋을 것이다.」[5]

여기에서는, 소세키가 「십년 동안 완전히 한시를 잊고 있었다.」라고
말하고 있지만, 본 연구에서 이미 언급한 것처럼 소세키는 시를 쓰지

5) 松岡讓(1966)『漱石の漢詩』p.145

않았을 때에도 소설을 통해서 한시의 세계를 표현하고 있었고, 작시 (作詩)는 하지 않았지만 구작(舊作)의 시를 끊임없이 소설에 도입하고 있는 것만 봐도 완전히 「잊고 있었다.」라고는 할 수 없다.

본 연구의 제 1장에서 논한 것처럼, 소세키의 애독서 중 하나였던 것이 『한산시(寒山詩)』[6]이다. 이 시의 저자인 한산(寒山)이 살고 있었다고 전해지는 천태산(天台山)이 「백운향(白雲鄕)」이라 일컬어지고 있는 것으로 보면 위의 시 제4구의 창외백운귀(窓外白雲歸)의 백운에 대한 의미를 간과할 수가 없게 된다. 「백운」이라고 하는 것은 깨달은 사람이 거주하는 선향인 것으로 해득할 수 있다. 한산이 문수보살(文殊菩薩)의 화신(化身)이고, 습득(拾得)이 보현보살(普賢菩薩)의 화신이라는 전승(傳承)도, 속세를 떠난 곳으로써 깨달음의 세계임을 충분히 나타내고 있다. 소세키는 자신이 이상으로 하고 있는 세계의 표어 (標語)로 「백운」이라는 말을 도입하여 상징적으로 한시, 소설 등에 애호하여 사용했다고 생각한다. 그러므로 「백운」이라는 단어에 주목된다. 이 백운은 1889년(明治 22년)의 『목설록』에 있는 시구, 「탈각진회백사한(脫却塵懷百事閑): 진회를 탈각하니 모든 일이 한가로워, 진유벽수백운간(儘遊碧水白雲間): 단지 벽수백운의 천지에 노닐고 있을 뿐일저.」[7]에 처음 사용되고 있다. 한시 짓기에 뜻을 품고, 진회인 세속을 떠나서 자신의 진실한 경지에 들어가 그곳에서 노닐 수 있는 것이 이른바 「백운의 경계」였을 것이다. 그 백운의 경계에서 떠난 지가, 무려 십년간, 지금 소세키는 간신히 백운의 경계로 돌아온 것이다.

---

6) 入矢仙介 · 松村昂『寒山詩』「禪の語錄13」筑摩書房 p.351
7) 松岡讓(1966)『漱石の漢詩』朝日新聞社 p.27

2. 생사이면(生死二面)의 체험

나가요위장병원에서 퇴원하여 같은 해 8월 6일에 전지(轉地) 요양을 하기 위해 슈젠지 온천으로 향한다. 그리고 소세키는 슈젠지 온천 요양 중인 8월 24일 밤에 크게 토혈(吐血)을 하면서 인사불성(人事不省)에 빠져 죽음을 경험하게 되고 두 달 후에야 겨우 회복하게 된다. 육체적으로도 정신적으로도 큰 고통을 겪은 이 사건에서 소세키는 인간의 죽음이라는 문제에 대해 더욱 심각하게 느끼고 죽음에 대한 불안과 인간의 생명이 허망하다는 것을 깊이 통감한다.

소세키는 병으로 인한 자신의 생사(生死) 문제에 앞서 이미 청년시절부터 인간의 생사와 관련하여 참된 자아(眞我)는 어떠한 것인가, 진정한 나라는 존재는 무엇인가에 대해 깊이 생각하고 이 문제를 규명하여 해답을 얻고자 수많은 서양철학서와 동양철학서를 접하고 있었음을 그의 일기와 소설 등을 통해서 알 수 있다. 그러나 슈젠지 대환을 겪고 나서 느낀 생사의 문제는 대환 이전에 품고 있던 막연한 인생의 생사문제에서 더 절실하고 구체적인 현실로 소세키에게 재인식된다.

대환 이후에 초점을 맞춘 생사이면에 관련해서, 이시자키 히토시(石崎 等)는 「1910년(明治 43년) 8월 전지요양을 위해 슈젠지 온천에 가서 대량의 피를 토하고 쓰러진다. 「슈젠지 대환」이다. 죽음에 직면한 통절한 체험은 「생각나는 일 등」에 회상한대로 소세키의 사생관(死生觀)은 점점 더 깊어졌다.」[8]라고 하여 소세키의 대환 이전과는 달리 더 깊어지는 삶과 죽음에 대한 관심을 언급하고 있다. 이어서 「공

---

8) 石崎 等(2002)『21世紀へのことば 夏目漱石』神奈川近代文學館 p.26

사(公私)에 걸친 다사다난한 상황에서, 소세키의 소설은 미묘하게 변한다. 슈젠지 대환 후에 쓴『피안이 지날 때까지(彼岸過迄)』부터 『마음(心)』에 이르까지의 소설은, 형식적으로도, 질투의 정념(情念)을 초래하는 비극이라고 하는 테마라는 점에서도, 새로운 문학적 영역을 개척해 간다.」라고 덧붙여 대환 이후의 변화하는 소세키의 작풍(作風)도 시사하고 있다. 야지마 유키히코(矢島裕紀彦)는「병으로 쓰러지면 인간은 무엇을 생각할까」라는 항목에서「슈젠지의 대환이 소세키에게 있어서 하나의 전환기」[9]라고 논하고 있고, 이시자키 히토시(石崎 等)는『나쓰메 소세키 · 슈젠지의 대환(夏目漱石 · 修善寺の大患)』에서「대환 전후에 소세키에게 닥친 여러 사건과 불안」[10]에 대해 소세키의 병력과 그 주변 사항을 묘사하고 있다. 나쓰메 쥰이치(夏目純一)의「아버지의 병(父の病氣)」에서는「그 당시 오늘날의 정신의학이 있었다면 그 병도 고칠 수 있었을지도 모르고, 또 오늘날 같이 진보한 외과수술이 있었다면 위궤양 수술도 간단하게 할 수 있어서 아버지도 더 장수할 수 있었던 건 아닐까」[11]하는 유감스러운 마음을 표하여 장남으로서 소세키의 지병인 위장병과 신경쇠약에 대해 밝히고 있다. 또 나카무라 히로시(中村 宏)는「위궤양에 의한 다량의 출혈로 생사를 헤맨 경험은 소세키의 마음에 풍류에 대한 회귀를 초래하고 양생(養生)의 여유를 부여했다. (중략)대환의 체험 없이는 결코 쓸 수

---

9) 矢島裕紀彦(1999)『心を癒す漱石からの手紙』「病氣に倒れると人はなにを思うのか」青春出版社 p.240

10) 石崎 等(1975)「夏目漱石 · 修善寺の大患 (夏目漱石の軌跡〈特集〉)」『國文學解釋と鑑賞』Vol.40 No.2 p.139

11) 夏目純一(1975)「父の病氣」文芸讀本『夏目漱石』河出書房新社 p.190

없었을 특이한 시를 많이 쓰고 있다.」[12]고 논하고 있는데 여기서 풍류
는 여유롭게 한시를 짓는 일이다. 이외에 요시다 로쿠로(吉田六郎)의
『소세키 문학의 심리적 연구(漱石文學の心理的探究)』를 비롯한 정신
과 의사나 심리학자들의 신경쇠약에 관련한 연구 등에서 소세키의 정
신적인 병과 불안 등이 언급되고 있으나 생사 초월이나 생사이면에
대한 구체적인 연구는 찾아보기가 쉽지 않다. 따라서 여기에서는 소
세키가 대환 이후에 더 진지한 생각을 하게 된 생(生)과 사(死)에 대
한 마음가짐과 죽음이라는 불안을 벗어날 수 있는 하나의 방법으로
실행한 마음의 수행 등에 대해서 살펴보고 그 과정에서 표현하는 소
세키의 문장을 통해 생사 문제에 대한 견해를 살펴본다. 구사일생으
로 살아난 소세키가 다시 전념하게 된 깨달음을 향한 참구를 통해 생
사 초월의 의지와 관련하여 대환(大患) 이후를 중심으로 소세키의 생
사이면에 대한 재인식을 고찰할 필요가 있을 것이다.

　소세키가 청년시절부터 선택한 마음 수행의 한 방법으로 선(禪)에
의지한 것은 졸론(『나쓰메 소세키(夏目漱石)작품에 수용된 선어(禪
語)에 대한 일고(一考)』(2011)) 등에서 논한 바와 같이 일찍이 그는
불교 관련의 책, 선서(禪書)등을 읽고 선사(禪寺)를 찾기도 하고 참선
을 하면서 견성에 뜻을 두고 정진했었다. 소세키의 이러한 성향에는
앞에서 언급한 바와 같이 당시 일본의 불교학자이자 사학자로 서양
의 합리주의에 근저를 두고 동양적인 직관과 선사상(禪思想)의 중요
성을 알리는 데 주력하고 있었던 스즈키 다이세쓰(鈴木 大拙)의 영향
도 큰 역할을 했지만 소세키 주변에 마사오카 시키(正岡 子規)를 비롯

---

12) 中村 宏(1983)『漱石漢詩の世界』p.142

해 근대 지식인들 사이에 자아란 무엇인가라는 문제를 둘러싸고 철학과 더불어 선을 거론하고 견성에 관한 법담(法談)과 더불어 참선 실천을 하는 등 주위환경의 영향도 있었다고 볼 수 있다. 이러한 면에서 소세키를 언급한 이시하라 치아키(石原 千秋)는 야마자키 마사카즈(山崎 正和)의 「외로운 인간」에서 근대적 자아에 대해 「소세키 문학의 주인공들은 「근대적 자아(自我)라고 하는 관념의 근본적인 전제(前提)」즉 자아는 영속적(永續的)이고 동일적(同一的)인 실체라고 하는 전제에 대해 의심하고 있었다. 20세기의 대표적인 철학자들인 후설이나 하이데거나 베르그송도 이 근대적인 자아를 부정하는 것으로부터 그들의 사색(思索)이 시작되었다고 말해도 좋다. 그렇게 생각하면, 「20세기의 초기 10년에 등장한 나쓰메 소세키가, 거의 혼자 힘으로, 이 세계적인 문제의식에 도달하고 있었다.」는 셈이 된다.[13]」라고 인용하고 있다. 소세키가 20세기 초에 혼자 힘으로 근대적인 자아에 대한 문제에 도달하고 있었다는 점에 주안점을 두고 있는 문장이다. 따라서 소세키가 생각하는 영속적이고 동일적인 실체인 자아 문제는 나아가 참된 나(眞我)의 개념으로 자리하게 되고 선(禪)과 연결되어 그 진아의 본체를 참구하기 위한 정진수행에 뜻을 두게 된다. 이렇게 지속되어 온 깨달음에 대한 인식은 죽음의 불안과 함께 대환 이후에 다시 점화되어 생사 초월을 염원하게 된다.

또한, 소세키는 자신이 슈젠지 대환에서 죽음에 이르지 않고 살아 있음에 대한 감상을 「생각나는 일 등」의 제8장에 다음과 같이 기록하고 있다.

---

13) 石原千秋(2010) 『漱石はどう讀まれてきたか』 p.317

이 번민(煩悶)에 비하면 잊혀질 수 없는 24일의 사건 이후 살아난 나는, 지금 얼마나 안주(安住)된 땅에서 평온하게 삶을 영위하고 있는지 모른다.[14)

이와 같이 죽음의 고통을 회상하며 죽음을 벗어나 있는 것이 평온한 삶이라고 말한 것처럼 대환을 계기로 소세키는 이전에 「백안간타세상인(白眼看他世上人)」과 같이 세상을 우습게 보는 태도에서 감사하는 태도로 바뀌게 되고 그리고 그 세상을 초월해야 하는 한 방법으로 정진에 박차를 가하게 된다. 그러나 쉽게 도달하지 못하는 깨달음에 이르는 과정과 그 깨달음을 향해 정진하는 수행자들을 일반적인 생각으로 함부로 대해서는 안 된다는 견해를 나타내고 있다. 대환 이전에 남기고 있는 문장 중에서 불법(佛法)을 구하는 선문(禪門)의 호걸(豪傑)에 대한 내용을 보면 다음과 같다. 1906년(明治 39년)에 완성된 『문학론(文學論)』속에서 찾아 볼 수 있다.

선문(禪門)의 호걸 지식, 제연(諸緣)을 방하(放下)하고 전념으로 기사(己事)를 구명(究明)하여 일향전념(一向專念), 용맹정진(勇猛精進), 행주좌와(行住坐臥)로 무엇을 구하려 하는가 하면 그들이 이제껏 견문(見聞)하지 못한 법을 구한다. 그런데 이 불가사의한 법과 도(道) 때문에 그들의 일생을 바친 것을 보면 진실로 그것은 용함호두(龍頷虎頭)의 괴물 같아 일반적인 인간이라 할 수 없다. 이미 일반 인간이 아닌 이상, 그들을 달리 정중히 대우해야 한다.[15)

14) 『漱石全集』 제8권 p.296
15) 『漱石全集』 제9권 p.107

이 내용은 단순히 일반인의 입장에서 객관적으로 쓴 것은 아니다. 당시 자신의 지적(知的) 이해로는 풀 수 없었기 때문에 깨달음에 대한 기대를 품고 선문호걸들에 대한 존경심을 나타낸 문장으로 즉 선에 대한 집념을 엿볼 수 있는 내용이다. 소세키는 대환 이후 죽음에 대한 불안을 더 품게 되었지만 죽음에 대한 불안과 더불어 그의 장남인 나쓰메 준이치가 말한 바와 같이 신경쇠약에 시달리고 있었던 점에서 감안해 볼 때, 현대인의 삶에 있어서 야기되는 불안을 항상 지니고 있었다고 볼 수 있다. 그러한 불안에 대한 표현은 작품에 자주 거론하고 있다. 1909년(明治 42년) 6월 27일부터 쓰기 시작한 소설『그리고나서(それから)』에서는「그는, 현대 일본에 있어서 특유한 , 일종의 불안에 엄습당하기 시작했다. 그 불안은 사람과 사람과의 사이에 신앙(信仰)이 없는 원인에서 생겨나는 야만(野蠻) 같은 현상이었다. 그는 이 심적 현상 때문에 심한 동요를 느꼈다. --괴로움을 해탈(解脫)하기 위해, 신(神)이 비로소 존재의 권리를 가지는 것이라고 해석해 보았다.」[16]라고 다이스케(代助)에 대해 묘사하고 있다. 여기서 주지하고 있는 것은 인간에게 있어서 근본적인 불안은 신앙이 없기 때문이고, 그 불안을 초월하기 위해서는 절대경(絕對境)을 이루는 해탈을 해야 한다는 것이다. 이처럼 인간이 느끼는 불안으로부터 벗어나는 한 방법으로 소세키는 작품 속에서 신앙(信仰)을 제시하고 있다.

소세키가 대환 이전부터 이미 위장병으로 고생하고 있는 사실에서 알 수 있듯이 위장병을 안고 쓴 소설『문』에 소세키는 스물 여섯 살 때 직접 경험한 참선(參禪)을 바탕으로 현대인의 일상에서 느끼는 불안

---

16)『漱石全集』제4권 p.452

을 해결하는 한 수단으로 좌선을 선택하고 실천하면서 겪는 갈등과
어려움을 묘사하고 있다. 이러한 내용을 묘사한『문』의 연재가 끝나자
위장병으로 입원하게 된 소세키에게는 자연스럽게 참선과 깨달음에
대한 염원이 연결되고 있었을 것이다.「지금까지는 인내로 세상을 살
아왔다. 이제부터는 적극적으로 인세관(人世觀)을 바꾸어나가지 않
으면 안 된다.」「마음의 실질이 두터워지도록 하지 않으면 안 된다.」
「종교와 관련해서 소스케는 좌선(坐禪)이라고 하는 기억을 불러 일으
켰다.」[17]라고 적극적인 인생관에 필요한 마음의 수행과 함께 종교를
언급하고 있는 것처럼『문』의 주인공 소스케(宗助)를 통해서도 신앙
실천의 한 방법으로 좌선을 제시하고 있다. 죽음은 언젠가는 자신에
게도 찾아오는 문제이다. 소세키의 이러한 전개에 있어서 생각할 수
있는 것은, 물론 일찍이 청년시절부터 깨달음을 이루기 위해 참선 수
행을 한 경력에서 미루어 생각할 수 있다. 즉 구도자의 한 사람으로 생
사문제를 타파하여 깨달음을 이루고 해탈을 얻는 것에 주지하고 있다
고 해도 좋을 것이다.

　모리타 소헤이(森田草平)는 이러한 깨달음에 대해 소세키와 논쟁
한 일을 회상하여 다음과 같이 적고 있다.

　자기의 모습을 직시(直視)하고, 자기를 체관(諦觀)하는 경향이 진전
되면, 끝내는 문예(文藝)의 영역을 벗어나서, 선가(禪家)에서 말하는
소위 생사(生死)의 관문을 타파하여, 일대돈오(一大頓悟)를 이루는 경
지까지 갈 것이다. 나는 인생의 진리를 관철하려고 하는 문예상의 관조
적(觀照的) 태도가, 앞서 말한 종교상의 깨달음과 함께 필연적으로 넓

17)『漱石全集』제4권 p.822

혀질 것이라고 믿지만, 선생은 역시 그것을 취하지 않았다. 선생의 소위 여유(餘裕)의 문학—예를 들면 하이쿠(俳句)처럼, 아름다움에 준거하여 자기를 객관화하려는 것—이야말로, 종교에 있어서 깨달음의 경지와 상통(相通)하는 것임을 주장하고 있었다.[18]

여기서 말하는 「선가(禪家)에서 말하는 소위 생사의 관문을 타파하여, 일대돈오(一大頓悟)를 이루는 경지」라고 하는 것은 불교에서 지향하는 매우 높은 깨달음의 경지이다. 이 경지를 문학자의 입지에서 자기를 객관화하는 여유의 문학으로 종교적인 깨달음과 상통시켜 말하고 있다. 또한 「생사 관문을 타파」한다는 것은 소세키가 평생 이루고자 한 경지임을 증명할 수 있는 모리타 소헤이의 회상문이다.

죽을 정도까지 겪은 대환의 경험은 그동안의 미숙(未熟)한 자기본위에서 벗어날 결의(決意)를 하게 되고 한편으로는 「본래면목」을 목표로 한 방향을 크게 전환시켰다. 「마지막 권위는 자신에게 있다」라고 하는 것에서 자신에게는 아무런 권위도 없다는 것을 느끼게 되었을 것이다.

이후 소세키는 병상에 있으면서 자신이 느낀 인생의 문제를 하나하나 그의 시에 계속해서 표현하였다. 시풍(詩風)도 이전과는 미묘하게 변하여 진지함이 확연히 보인다.

무 제

세간은 이런 저런 일이 많아

---

18) 森田草平(1976)『夏目漱石』p.128

인간은 세간의 그 바람에 날리네
맑은 가을 머리는 희어지고
병은 쇠하고 나이는 들어 불안할 뿐이건만
날아가는 새를 쫓는 눈 하늘은 끝이 없고
구름을 보고 도의 무궁함을 생각하노라
죽지 않고 살아남은 이 육신 귀히 여겨
어찌 함부로 닳아 없앨 수 있을소냐..

無　題

天下自多事　　천하자다사
被吹天下風　　피취천하풍
高秋悲鬢白　　고추비빈백
衰病夢顔紅　　쇠병몽안홍
送鳥天無盡　　송조천무진
看雲道不窮　　간운도불궁
殘存吾骨貴　　잔존오골귀
愼勿妄磨礱　　신물망마롱

이는 1910년(明治 43년) 10월 6일에 만들어진 시이다. 이 시를 「생
각나는 일 등」의 제23장에도 기술하고 있지만 시를 쓰기 전에 제1구,
제2구의 의미와 함께 다음과 같이 기록하고 있다.

「자아의 주장」 뒤에는, 끈으로 목을 매거나 몸을 던지거나 하면 물론
비참한 번민(煩悶)이 포함된다. 니체는 약한 남자였다. 병이 많은 사람

이었다. 또 고독한 서생이었다. 그래서 짜라투스트라는 이와 같이 외친
것이다.

　이렇게는 해석하지만, 여전히 나는 항상 호의(好意)가 메말랐던 사
회에 존재하는 자신을 불안하게 느꼈다. 자신이 사람을 향해 불안한 행
동을 함에도 불구하고 스스로 불안하게 느꼈다. 그래서 병에 걸렸다.
그래서 병이 위중한 동안에, 이 불안함을 어느 순간 잊어 버렸다.[19]

　여기에는 소세키가 진지하게 느낀 인생이라는 문제에 대한 견해와
함께 「불안함」으로부터 해방된 자신을 인식했다는 것이 표현되어 있
다. 소세키의 「자아의 주장」의 문제에서 진일보한 자유를 볼 수 있다.
　제1구의 「천하자다사(天下自多事)」는 1898년(明治 31년) 3월의
시에서 제9구 「인간도다사(人間徒多事)」와 1899년(明治 32년)의 시
제9구 「인간고무사(人間固無事)」와도 상통한다. 즉, 「인간고무사(人
間固無事)」는 끊임없이 벌어지는 인간의 분별 망상의 분상에서 보면
「다사(多事)」이며 그것들을 본래의 정체에서 보면 다사도 아무것도
아닌 「고무사(固無事)」이라는 것, 십여 년이 지난 지금에 와서 보니,
인간의 차원(次元)이 아니라 모든 것은 천하에 저절로 기멸(起滅)하
는 것을 알게 되고 하늘(天)의 차원에서 관조하게 된 것이다. 소세키
에게 있어서 이러한 변화는 생사에 대한 인식이 크게 달라졌다는 점
과 더불어 세속의 일들에 집착하지 않고 더 넓은 시야를 갖게 되었다
는 점을 시사하고 있다.
　따라서 이 시에서 주목되는 것은 「천(天)」과 「도(道)」이다. 제5구

---

19) 『漱石全集』 제8권 p.335

의 「천」과 제6구의 「도」가 대비되면서, 「천」과 「도」가 둘이 아니라 불
이(不二)라는 견처를 보이고 있으며, 「천무진(天無盡)」과 「도불궁(道
不窮)」이 결국 같은 것임을 암시(暗示)하고 있다. 이런 점에서 일찍이
소세키가 추구하고 있는 「도」가 「천」에 입각하여 그 접점(接點)을 보
이고 있다는 점과 아울러 이후의 「칙천거사(則天去私)」 사상을 나타
내고 있는 시라고 생각한다.

　대환 이후 1여년이 지난 1911년(明治 44년) 9월 22일, 슈젠지의 토혈
(吐血) 이후에 만든 두 번째의 한시에 당시의 심경이 잘 나타나 있다.

　무 제

　일찍이 원각사에서 참선수행을 했거늘
　눈 먼 자로는 깨달음의 기연에 닿지 못했으나
　청산은 이 같은 범인의 뼈도 거부하려 하지 않고
　황천에서 고개를 돌려보니 천상의 달은 그대로 있구나.

　無 題

　圓覺曾參棒喝禪　　원각증참봉할선
　瞎兒何處觸機緣　　할아하처촉기연
　青山不拒庸人骨　　청산불거용인골
　回首九原月在天　　회수구원월재천

　우선 이 시가 스무 여섯, 일곱 살 때 원각사에서 참선했던 일을 다시
떠올려 생사의 초월에 대한 구도를 강하게 표현한 시임에 주목하고자

한다. 이것은 소세키에게 있어서 인생의 문제를 강하게 실감하고 대발심(大發心)의 동기가 된 기점이기 때문이다.

과거 십년간, 자기 본위의 사상을 주로 생각하고 있던 자신이었는데, 토혈로 이 세상을 떠날 뻔 했던 일을 생각하면 자아(自我)라고 하는 것은 무엇인지, 그런 일은 모두 쓸데없고 헛된 것에 불과하다. 이러한 사실을 새삼스럽게 깨닫고, 황천길 죽음의 문턱에서 문득 돌아보니 천상(天上)의 달은 계속 높은 위치에서 여여(如如)한 모습으로 옛날이나 지금이나 변함없이 여전히 그대로 있음을 깨달았다고 말하는 것이다. 소세키는 토혈로 삼십분간 실신(失神) 상태에 빠져서 생사의 갈림길에서 구사일생(九死一生)으로 살아났다. 그 감회를 이 시에 나타내 보이고 있는 것이다.

그리하여 그 동안 잊고 있었던, 아니 방치한 「본래면목」에 대한 구도심을 다시 불러일으키게 되었다, 고 하는 내용을 담은 시구라고 해도 좋을 것이다. 즉, 지금까지 수년 동안 속세에 떨어져 이 색신에 얽매여 살아 왔지만 그것이 허무한 것이라는 사실을 생각하게 되었다. 그래서 과거 원각사의 참선 때는 이룰 수 없었지만, 앞으로는 색신의 생사로부터 초탈하고 발심하여 여여한 「본래면목」의 체득을 위해 정진해야 함을 표현하고 있다.

제1구의 시구 「원각증참봉할선」은 실로 그러한 의지와 심경(心境)을 잘 나타내고 있다. 「봉할선(棒喝禪)」은 중국의 선종에서 스승이 제자를 가르치는데 경전의 강의나 설법 외에 일상의 인사나 대화를 중시해서 말로 꾸짖고, 봉(棒)으로 때리거나 큰 소리를 내며 할(喝)을 하는 등 직접 행위로 호소하는 것으로, 선에 대한 정진에 박차를 가하게 하는 수행법이다. 덕산(德山)의 봉(棒), 임제의 할(喝)은 가장 유명한데, 그런 할과 봉을 합쳐서 봉할(棒喝)이라고 하며, 선에 대한 정진을 하게 하는 것이다. 이 두 방법 모두 제자의 분별에 의한 문자만의 해석이나 지견(知見)의 해석을 봉쇄(封鎖)하는 수단 방법이다. 또 분별이나 지견으로 하는 의리선(義理禪) 혹은 문자선(文字禪)을 인정하지 않는 선 본래의 특성을 「봉할선」이라고 한다.

소세키는 지금까지 「봉할선」의 진의를 떠나 있었지만 대환 이후 다시 깨달은 것이다. 생자필멸(生者必滅)의 현세를 직시하고 해탈, 생사윤회를 초월하려고 하는 대발심을 일으키게 된 것이다. 이때부터 진정한 선 수행의 정진 생활이 적극적으로 됐다고 볼 수 있다.

소세키는 슈젠지를 떠나 도쿄로 돌아와서 나가요(長与)위장병원에 입원하여 다시 요양하게 된다. 이러한 과정을 반복하면서 생사 초월을 할 수 있는 깨달음은 더욱 깊이 인식하게 된다.[20] 자신도 모르는 사이에 죽음에 근접했던 자신을 재인식하고 생사 문제를 더욱 깊이 느낀 것이다.

즉, 지금까지 수년 동안 속세에 파묻혀 이 육신에 얽매여 살아 왔지만 그것이 허무하다는 사실을 깨닫게 되고 과거 원각사의 참선 때는 깨달음을 이룰 수 없었지만, 이제부터는 생사 초월의 경지를 이루어야겠다는 의지를 시사하고 있다.

「생각나는 일 등」 제15장에, 그 「삶(生)」과 「죽음(死)」을 경험한 기억을 서술하면서 다음과 같은 내용의 한시를 첨부하고 있다.

20) 陳明順(2015)『나쓰메 소세키의 선(禪)과 그림』 p.60. 1910년(明治 43년)의 위장병으로 구사일생(九死一生) 경험을 한 수선사대환 이후, 소세키는 깨달음에 대하여 적극적인 태도를 취하게 된다. 그가 소장하고 있던 『선문법어집』에 「이 어려움을 배제하기 위해서 좌선의 수행이 필요하다.」라고 강조하고 있다.

무 제

망망한 천지 밖에 이끌려
죽음과 삶이 서로 교체하려 할 때
어두운 저편에 자신을 맡길 수밖에 없어
내 마음 어디를 향해 가는지
명부에서 돌아와 생명의 근원을 찾아보건만
다만 아득할 뿐 알기 어렵구나.
홀로 우수에 잠겨 허망한 꿈을 꾸니
소슬바람은 가을의 슬픔을 전해오네
강산에 가을은 이미 깊어가고
내 몸은 병중에 늙고 쇠하여
그저 높고 끝이 없는 하늘과
낙엽 진 나무 가지를 바라보고 있을 뿐
만년의 회한은 이와 같이 담담하니
유유히 가을의 풍정을 시로 읊을까 하노라.

無 題

縹緲玄黃外	표묘현황외
死生交謝時	사생교사시
寄託冥然去	기탁명연거
我心何所之	아심하소지
歸來覓命根	귀래멱명근
杳窅竟難知	묘요경난지

孤愁空遠夢　　고수공요몽
宛動蕭瑟悲　　완동소슬비
江山秋已老　　강산추이로
粥藥鬢將衰　　죽약빈장쇠
廓寥天尚在　　확요천상재
高樹獨余枝　　고수독여지
晚懷如此澹　　만회여차담
風露入詩遲　　풍로입시지

이 시의 원고는 1910년(明治 43년) 일기 10월 16일, 17일, 18일에
걸쳐 기록되어 있다. 정고(定稿)로 하기 까지 고심한 것으로 보인다.
제1구에 표묘현황외(縹緲玄黃外)라고 나타내고 있는 바와 같이 죽음
과 삶의 갈림길에서 헤맨 일에 대해서는 「생각나는 일 등」 제15장에
도 자세히 기록하고 있으므로 시의 내용을 알 수 있다.

　　그때 삼십분 정도는 죽어 계셨던 것입니다 라고 들었을 때는 정말 놀
　　랐다.……아내의 설명을 들었을 때 나는 죽음이란 그 정도로 덧없는 것
　　인가 하고 생각했다. 그러자 나의 머리 위에 그렇게 갑자기 번뜩였던
　　생사이면(生死二面)의 대조(對照)가, 참으로 급격하고 또한 교섭이 없
　　다는 것을 깊이 느꼈다.[21]

여기서 생사이면의 대조가 급격하다는 것에 대한 놀라움을 말하면
서 삶과 죽음이라는 것은, 서로 교대하는 것으로 그 거리가 멀리 떨어

져 있지 않을 뿐 아니라 또한 사전에 교섭이 이루어지는 것도 아니라
는 것을 소세키는 뼈저리게 느끼게 되었다는 감상을 적고 있다.

위의 시 제1구에서 제6구까지는 생자필멸(生者必滅)과 사후(死後)
에 대한 공포심(恐怖心)이 보이고, 인생무상(人生無常)을 초극(超克)
하려고 하는 욕구가 내포되어 있다. 생사윤회(生死輪廻)로부터 초월
하여 진심(眞心)의 거래처를 파악하고 싶다고 하는 생각이 잘 표현되
어 있다. 이어서 그 진심의 본래면목을 얻기 위해서는 진정으로 발심
해서 정진하지 않으면 안 된다는 심정이 제4구의 「아심하소지(我心何
所之)」와 제5구의 「귀래멱명근(歸來覓命根)」에 나타나있다. 위의 시
구는 소세키가 슈젠지의 대환에서 삼십분의 죽음 후 구사일생으로 간
신히 살아난 사건에 대해 말로 형용할 수 없을 정도로 놀랍고 가슴 아
픈 사건으로 기억하고 있었다는 증거일지도 모른다.

제4구의 「아심하소지(我心何所之)」는 소세키가 항상 품고 있는 인
생의 문제이며, 제5구의 「명근(命根)」은 소설 『산시로(三四郎)』에 「인
생이라고 하는 튼튼한 생명의 근원이, 자신도 모르는 사이에, 느슨해
져, 언제라도 어둠속으로 사라져 갈 것같이 생각된다.」[22] 라고 표현하
고 있는 것과 같은 사고와 느낌이다.

제8구의 「완동소슬비(宛動蕭瑟悲)」의 「소슬(蕭瑟)」은 『목설록』
의 시 「천명주달삼굴기정즉사(天明舟達三堀旗亭卽事)」의 제4구에도
「소슬풍취쇠초한(蕭瑟風吹衰草寒 : 소슬바람 불어와 풀은 쇠하고 춥
구나)」이라고 하여 슬픔과 쓸쓸함의 표현으로 도입되고 있다. 이 단어
는 제11구의 「확요(廓寥)」와 함께 『환영의 방패(幻影の盾)』에도 「요

---

22) 『三四郎』 『漱石全集』 제4권 p.56

확(寥廓)한 하늘 아래, 소슬(蕭瑟)한 숲 속」[23]이라고 하여 도입하고 있다. 인간이 가장 쓸쓸해지는 경우는 자신의 삶이 끝난다는 것과 이에 따른 죽음을 생각하는 것이라고, 소세키 스스로의 감상을 토로하고 있다.

죽음이라는 것은 무엇인지, 삶이라는 것은 무엇인지, 그리고 그 표시인 육체라고 하는 것은 무엇인지에 대해, 소세키는 소설 『행인(行人)』의 형님을 통해 「진정한 자신의 마음(心)이라고 하는 것, 즉 진아(眞我) 진심(眞心)은 무엇인가, 라고 하는 자신의 존재에 대한 진실을 묻지 않고는 있을 수 없었다.」[24]라고 피력하고 있다. 위의 시 또한 이러한 마음과 관련하여 진솔하게 읊은 시구로 해석된다.

1912년(明治 45년)에 발표한 소설 『행인』에는 생사에 대한 절실한 감상(感想)이 다음과 같이 기술되어 있다.

「근본의(根本義)는 죽어도 살아도 같은 것이 되지 않으면, 도저히 안심 할 수 없다. 모름지기 현대를 초월할 것이라고 한 재인(才人)은 어쨌든, 나는 반드시 죽음을 초월하지 않으면 안 된다고 생각한다.」
형님은 거의 이를 악무는 기세로 이렇게 언명했습니다.(중략)
「그러나 나는 이래도 입으로 말한 것을 실행하고 싶어 하고 있다. 실행해야 한다고 아침저녁 계속 생각을 거듭하고 있는 것이다. 실행하지 않으면 살아 있을 수 없다고까지 골똘히 생각하고 있다.」[25]

이렇게 소세키는 생사 초월의 실행을 위해 그의 죽음과 삶에 대해

23) 『幻影の盾』『漱石全集』 제2권 p.78
24) 『漱石全集』 제5권 p.739
25) 전게서 제5권 p.739

더 적극적으로 생각하게 되었고 생사에 대한 근원적 문제에 직면하여
깨달음을 얻고자 했음을 다음 시에서도 알 수 있다.

무 제

새로운 시를 떨쳐버리고 찾아갈 곳 하나 없이
멍하니 나를 잊고 창밖의 아득한 숲을 바라본다.
해질녘 석양은 길 가는 승려 멀리 비추이고
노랗게 물든 단풍 마을에 묻혀버린 절을 찾네.
게송을 벽에 걸어두는 것은 부처 태우는 뜻이고
천상의 구름 보는 것은 거문고 안는 마음이러니
더할 나위 없는 인간의 즐거움은 강호에 늙어
개 짖는 소리와 닭 우는 소리 이 또한 좋은 소리이지 않겠나.

遺却新詩無處尋　유각신시무처심
嗒然隔牖對遙林　탑연격유대요림
斜陽滿徑照僧遠　사양만경조승원
黃葉一村藏寺深　황엽일촌장사심
懸偈壁間焚仏意　현게벽간분불의
見雲天上抱琴心　견운천상포금심
人間至樂江湖老　인간지락강호로
犬吠鷄鳴共好音　견폐계명공호음

이 시는 1910년(明治 43년) 10월, 당시 아사히(朝日)신문의 주필
인 이케베 산잔(池邊三山)이 받은 것으로 「생각나는 일 등」의 제4장

에 작시(作詩)의 유래와 함께 수록되어 있다. 그리고 작시 후의 감상
도 「잘하고 못하는 것은 논외로 하고, 병원에 있는 내가 창문에서 절
을 바라볼 수도 없고, 또 실내에 거문고를 둘 필요도 없으니까, 이 시
는 완전히 실제 상황에 반(反)하는 것은 틀림없지만, 단지 당시 나의
마음을 읊은 것으로서는 매우 적절하다.」[26]라고 부언을 하고 있다. 시
는 사물을 보고 짓는 것이 아니라 마음으로 짓는다는 것을 소세키는
언급하면서 선사(禪師)와 그에 얽힌 일화를 도입하고 있다.

위의 시 제5구 「현게벽간분불의(懸偈壁間焚仏意)」의 「현게벽간」은
선종의 육조혜능대사(六祖慧能大師: 638-713)가, 오조홍인대사(五
祖弘忍大師: 620-675)가 거주하는 황매산(黃梅山)에 거주하고 있을
때, 벽에 게송을 써서 붙여 두고 오조홍인대사가 그것을 보도록 한 고
사(故事)에서 볼 수 있다.[27] 그 게(偈)는 당시 오조홍인대사의 상수제
자였던 신수대사(神秀大師: 606?-706)가 「신시보리수(身是菩提樹),
심여명경대(心如明鏡台), 시시근불식(時時勤拂拭), 물사야진애(勿使
惹塵埃)」라고 써서 붙인 것을 보고, 육조대사가 그 의미를 고쳐서 「보
리본무수(菩提本無樹), 명경역비대(明鏡亦非台), 본래무일물(本來無
一物), 하처야진애(何處惹塵埃)」[28]이라고 쓴 게송이다. 또한 「분불의
(焚仏意)」는 당나라 시대의 단하천연선사(丹霞天然禪師: 739-824)
가 추운 겨울의 어느 날, 낙양(洛陽)의 혜림사(慧林寺)에서 법당에 모
셔져 있던 목불(木佛)을 태워 모닥불로 추위를 면했다고 하는 고사에

26) 『漱石全集』제8권 p.281
27) 『大正新脩大藏経』(1928) 제51권 『景德伝灯録』제30권 大正新脩大藏経刊行會
　　p.463
28) 伊藤古鑑『六祖法宝壇経』p.33

서 찾아 볼 수 있다.[29] 그 때 사찰의 주지가 이를 보고 놀라서 「왜 부처님을 태운 것인가?」라고 묻자 「부처님을 불태워서 사리를 얻으려고 했다.」라고 단하선사가 대답했다. 그러자 지주가 「목불에 어찌 사리가 있겠는가?」라고 반문한다. 이에 단하선사가 「사리도 나오지 않는다면 나무 조각일 터, 부처님이 아니지 않은가?」라고 말한 내용이다. 이것이 「단하소목불(丹霞燒木佛)」의 이야기이다.

「현게벽간」은 신수대사의 점교(漸敎)에 대해 육조대사가 돈교(頓敎)를 주장한 것으로 유명하다. 신수대사는 수행을 통해서 번뇌의 티끌을 없앤 깨끗한 맑은 거울을 진심(眞心)인 불성(佛性)에 비유했지만, 육조대사는 중생의 마음은 「본래무일물(本來無一物)」인 것을 말하고, 한 물건도 없는 공리(空理)를 강조하여 무심(無心), 무성(無性)이기 때문에 조금의 티끌도 달라붙을 곳이 없다고 하는 「심즉시불(心卽是仏)」즉 마음이 부처라는 것을 내세운 것이다. 소세키는 이러한 선사들의 선지를 피력하고 있다.

제2구의 「탑연(嗒然)」은 나를 잊는다는 의미로『소동파(蘇東坡)』의 「서조보지소장여가화죽(書晁補之所藏與可畵竹)」에서 여가화죽시(與可畵竹時: 여가가 대나무 그림을 그릴 때) 견죽부견인(見竹不見人: 대나무는 보이고 사람은 보이지 않네) 개독부견인(豈獨不見人: 아니 오직 사람만 보이지 않는 것이 아니라) 탑연유기신(嗒然遺其身: 무아지경에 들어 그 자신도 잊는다고 한다)」라는 구에서 그 전거를 찾아 볼 수가 있고, 제6句의「포금심(抱琴心)」은 이백(李白)의 「산중여유인대작(山中与幽人對酌: 산 속에서 유인과 대작을 하다)」의 「명조유의포

29)『大正新脩大藏経』제51권『景德伝灯錄』제30권 大正新脩大藏経刊行會 p.463

금심(明朝有意抱琴心: 다음 날 아침에 뜻이 있으면 거문고를 안고 오게나)」에서 찾아볼 수 있다. 또 제8구의 「견폐계명(犬吠鷄鳴)」은, 도연명(陶淵明)의 「귀원전거(歸園田居)」에 「구견심항중(狗犬深巷中: 깊숙한 골목에 개 짓는 소리), 계명상수전(鷄鳴桑樹巓: 뽕나무 끝에서 닭 우는 소리 들린다)」라는 구에서 전거를 찾아볼 수 있다.

위의 시는 참으로 초속탈진(超俗脫塵)을 읊은 것으로 소세키 만년의 선미(禪味)와 선리(禪理)를 나타내고 있다. 소세키는 이러한 선승들의 득도(得道) 과정과 그에 얽힌 고사 및 중국의 한서 등에 심취하여 읽고 새기면서 한시에 표현하여 자신이 겪은 생사에 대한 괴로움으로부터 초월할 수 있는 수행에 주력한다. 그리고 대환 이후의 죽음에 대한 불안감에서 초월하여 깨달음을 이루려는데 전력을 다하고 있음을 나타내고 있다.

3. 좌선삼매(坐禪三昧)의 정진

소세키는 본래면목의 구도에 적극적인 태도와 의식이 전제로 되어 마음의 본체에 대해서 적극적인 마음(心)의 본체를 깨닫기 위한 수행 과정을 한시를 통해 그때그때 나타내고 있다. 이미 『선문법어집』에 써 넣은 글에 마음에 관해 언급한 것을 볼 수 있다. 「마음은 불사불생(不死不生)이다」[30]라고 쓴 것에서 보면 세상의 모든 것에 생사가 있지만, 마음에는 그 생사가 없다는 것을 깨달았다는 것과 또, 불생불사(不生

---

30) 『漱石全集』 제16권 p.270

不死)인 마음의 「체」와 「용」에 대해서 소세키의 견해를 표명하여 아래와 같이 적고 있다.

칠정(七情)의 거래(去來)는 거래에 맡기고 뒤돌아보지 않는다. 마음의 본체에 관계없기 때문에 가(可)함도 불가(不可)함도 없다. 마음의 용(用)은 현상세계에 의해 나타난다. 그 나타나는 법이 전광(電光)도 석화(石化)도 미치지 못할 정도로 빠르다. 마음의 체와 용이 이동할 때의 작용을 기(機)라고 한다. 「어이」라고 부르면 「예」라고 대답을 하는 사이에 체와 용이 현전(現前)한다.[31]

소세키의 이 기술에서 생각하면, 당시 마음의 용과 체가 동시적으로 현전한다는 것을 지각하고 있었던 것은 분명하다. 마음의 본체는 분명히 존재하고 있지만, 범속의 사람에게 있어서는 분별과 잡념에 덮혀 있어서 그 본래의 작용을 실감할 수 없다. 때문에 분별 망상을 제거하는 것이 먼저 할 일이라는 생각이 요점이다. 1912년(明治 45년) 6월에 지은 한시에 이러한 사상이 보인다.

무 제

비 개이어 더 넓은 푸른 하늘
강물도 따뜻해져 여기 저기 버드나무
문 아래에 서성이며 바라보고 있노라니
상쾌한 바람이 스쳐 지나가는구나.

31) 전게서 p.270

無　題

雨晴天一碧	우청천일벽
水暖柳西東	수난류서동
愛見衡門下	애견형문하
明明白地風	명명백지풍

　제1구에 비가 개이자 하늘의 모든 것이 푸르다라고 하는 것은, 분별 망상을 쉬면 맑은 진심이 나타난다는 뜻이다. 제2구의 강물이 따뜻해져 버드나무가 동서남북에서 녹음을 이룬다고 하는 것에는 본래 면목인 진심의 체를 제1구에서 「천일벽(天一碧)」의 단어로 표현한 것에 대해, 용을 「류서동(柳西東)」의 단어로 표현했다고 생각한다. 그리고 제4구에서는 체와 용의 도리를 나타내는 선어 「명명백지풍(明明白地風)」을 도입하고 있다. 이처럼 소세키는 마음의 본체를 자신의 한시에 상징적인 말로 표현하여 자신의 선적 견해를 말하고 있다. 위의 시와 같은 해인 1912년(明治 45년) 6월의 또 다른 한시에는 마음의 본체를 춘풍(春風)으로 표현하여 비유하고 있다.

　무 제

　점점 초목이 향기로움을 더하고
　봄 경치가 시정을 돋운다.
　유감스럽게도 나의 솜씨로는
　이 춘풍을 그려 낼 수가 없구나.

無　題

芳菲看漸饒	방비간점요
韶景蕩詩情	소경탕시정
却愧丹靑技	각괴단청기
春風描不成	춘풍묘불성

　앞의 한시의 제4구 「명명백지풍」과 이 시의 제 4구 「춘풍묘불성(春風描不成)」은 바로 무형무상(無形無相)인 마음의 표현임으로 그 의취를 같이 한다고 생각한다.

　마쓰오카 유즈루는 이에 관해서, 「춘경(春景)을 회화적(繪畫的)으로 읊고 또 그림으로 하려고 하고 있다. 앞의 시까지의 정취와는 완전히 바뀌어 여기에서는 마침내 그림으로는 그릴 수 없다고 하며 붓을 던지고 봄빛 속에 도취하는 것을 읊고 있다.」[32]라고 해설하고 있지만, 소세키는 단순히 봄 경치를 읊은 것 아니라 그러한 봄바람으로부터 전해지는 「용」의 소식에서 느끼는 「체」를 읊고 있는 것이다.

　「춘풍(春風)」은 느끼는 것은 느낄 수 있지만 눈에는 보이지 않아 그릴 수 없다. 본래면목도 그와 같아 「춘풍」에 비유했을 것이다. 「묘불성(描不成)」의 전거는, 선어로 공안집의 하나인 『무문관(無門關)』에서 찾을 수 있다. 무문혜개(無門慧開)의 저서 『무문관』의 제23칙, 달마대사오조(達磨大師五祖)에서 육조에게 대한 전법을 둘러싼 「불사선악(不思善惡)」의 공안에 부친 무문의 송(頌) 중에 「묘불성혜화불취(描

---

32) 松岡讓(1966)『漱石の漢詩』朝日新聞社 p.127

不成兮畫不就: 그려낼 수가 없어 그림으로도 취할 수 없네.)」에 보이는 구이다. 그리려고 해도 그려낼 수 없는 절대경지의 표출의 하나로서의 그 뜻을 자신의 시에 대입하여 춘풍에 비유하고 있는 것이다.

여기서 분명한 것은 「묘불성」의 주체가 본래면목인 것이다. 무형인 본래면목이므로 감출 곳조차 없으며, 시공(時空)을 초월한 것임을 소세키는 깨달았던 것이다.

소세키는 이처럼 선을 통해서 진아에 대한 탐구를 위해 계속 정진하며 그때그때의 심경을 표현하고 있다. 1912년(明治 45년) 6월의 또 다른 한시 중 한 수인 제3구와 제4구의 「정좌단포상(靜坐団蒲上), 요요사재주(寥寥似在舟)」에서도 좌선하고 있는 소세키를 볼 수 있다. 조용히 좌선하면 호젓하게 배에 있는 것과 비슷하다고 하여 정진 과정에서 얻은 체험을 읊고 있다. 즉, 적적하여 번뇌 망상이 줄어들어 한가해진 정경을 나타내고 있다.

같은 해 7월의 한시, 「수횡산화백혜화(酬橫山畫伯惠畫)」라고 제목을 붙인 시 제1구에도 「독좌공재리(獨坐空齋裏)」라고 하여 혼자 좌선하는 것을 보이고 있다. 또한 제8구에 「주재자연향(住在自然鄕)」이라고 하여, 모든 망상을 방하하고, 자연 속에 있으면서 자유로워진 심경을 묘사하고 있다.

좌선 삼매(三昧)에 익숙해지게 된 소세키는 절대의 경지에 대한 진지한 희구에 차 있었을 것이라고 생각된다. 1912년(大正 元年) 11月 30日에 기고한 소설 『행인』에는 그런 절대의 경지에 이르는 게 불가능하지 않다는 일종의 자신감을 드러내고 있다. 그 한 구절을 보면 다음과 같다.

형의 절대(絶對)라는 것은, 철학자의 머리에서 산출된 허망한 종이 위의 숫자는 아니었습니다. 자신이 그 경지(境地)에 들어 친하게 경험할 수 있는 심리적인 것이었습니다.

형은 순수(純粹)하게 마음의 차분함을 얻은 사람은, 구하지 않아도 자연스럽게 이 경지에 들어갈 수 있다고 말합니다.[33]

이 글에서 표명하고 있는 소세키의 사상은, 절대 경지에 대한 확고한 신념을 밝히고 있다. 「신(神)은 자신이다」, 「나는 절대이다」라고 『행인』의 형 이치로(一郎)는 말한다. 한번 이 절대의 경지에 들어가면 천지(天地)도 만유(萬有)도 모든 대상이 절대의 경계에서 나오는 것임을 알게 된다. 즉, 절대즉상대(絶對卽相對)의 진리를 간파하게 된다. 또 생사 초월을 할 수 있는 절대의 경지야말로 세상의 모든 불안에서 벗어날 수 있다고 확신했을 것이다. 그렇기 때문에 더 진지하게 좌선하는 것에 매진했을 것이라고 생각한다.

1912년(明治 45년) 7월 한시의 제1구, 「독좌공재리(獨坐空齋裏: 홀로 인적 없는 서재에 앉아)」에 이어, 1912년(大正 元年) 11월의 한시 다섯 수에는, 좌선과 유유한 선의 경계를 노래하고 있다. 「수선(水仙)의 찬(贊)을 말한다.」라고 적혀있는 일기(日記)에 제자화(題自畫)라고 제목을 붙여 쓴 한시에서 그 경계를 느낄 수 있다.

제자화

홀로 앉아 새 소리 들으며

33) 『行人』『漱石全集』 제5권 p.739

문을 닫고 세상의 번잡함을 피하고 있소
따뜻한 남쪽 창 아래에서 아무런 번민 없이
한가로이 수선화를 그린다오.

題自畫

獨坐聽啼鳥	독좌청제조
關門謝世嘩	관문사세화
南窓無一事	남창무일사
閑寫水仙花	한사수선화

이 시는 같은 해 11월 18일자 쓰다 세이후(津田靑楓)에게 보낸다. 서한의 내용에는 수선화를 그리고 난 뒤의 소감을 「저는 완성의 여부를 생각하기보다 그렸다는 일이 유쾌합니다.」[34]라고 적어 넣고 있다.

시의 내용에서 혼자 좌선하며, 한가하게 세상의 번잡스러움으로부터 벗어나 초연한 상태로 있다는 것을 표명하고 있다.

세속적인 자아를 모든 세상사의 가치 판단의 척도로 한 자신이었으나, 지금은 초속(超俗)의 마음가짐이 되어 세상의 부귀영화에 관한 모든 것으로부터 눈을 감고, 다만 진아인 본래면목을 구하고자 하여, 좌선에 전념하면서 나날을 보낸다는 것이 느껴지는 시이다. 같은 해 11월 다른 한 수의 한시에서 같은 분위기를 살펴보기로 하자.

---

34) 『漱石全集』 제15권 p.206

무 제

청풍이 대나무 숲을 지나가면
돌 위에 흰 빛이 생기는 것과 같이
세속을 벗어난 자에게는 아무런 욕심도 없어
좋아하는 시구가 저절로 떠오르는구나.

無　題

竹裏淸風起　죽리청풍기
石頭白暈生　석두백훈생
幽人無一事　유인무일사
好句嗒然來　호구탑연래

이 시에도 소세키의 선경(禪境)이 보인다. 눈에 보이지 않고, 귀에 들리지 않는 마음의 본체, 진심의 묘용을 설하고 있다.「죽리(竹裏)」에 일어나는 청풍에 의해서 그것을 듣고「석두(石頭)」로 부터 생기는 흰 빛에 의해서 그것을 본다고 노래하고 있다. 소세키는 마음의 용(用)에 의거하여 체(體)를 감득하는 견처를 자신의 방법으로 보이고 있다. 요시카와 코지로(吉川幸次郎)의 주(注)에는「석두(石頭)는 앞의「죽리(竹裏)」와 대구(對句)로 돌의 꼭대기로 생각하지만, 한시로서는 그 의미에 이 두 글자를 사용하는 것은 드물다.」[35)]고 해설하고 있다. 또「백훈(白暈)은 하얀 안개의 뜻일 것이다. 한자어로서는, 달의

---

35) 吉川幸次郎(1967)『漱石詩集』岩波新書 p.102

갓을 의미하니, 선생님이 바라는 의미는 되기 어렵다.」[36]고 설명하고
있다. 한자의 뜻을 주로 한 해설이다. 그러나 이들은, 소세키가 자신의
선경을 표명한 것으로 일반적인 상식으로는 풀리지 않는다고 생각한
다. 제3구의 「유인(幽人)」이라는 말은 소세키 자신을 가리키는 것으
로, 조용히 선의 정진을 하고 있음을 표상했을 것이다. 그러한 「무일
사(無一事)」인 선의 세계에서 좋은 시구는 자연스럽게 저절로 떠오른
다는 좌선삼매(坐禪三昧)를 이야기하고 있다고 볼 수 있다.

이 시에 앞서 소세키는 1913년(大正 2년) 10월 5일 와쓰지 테쓰로
(和辻 哲郎)에게 보낸 편지에 다음과 같이 쓰고 있다.

　　나는 고등학교에서 가르치고 있는 동안에 단지 한 시간도 학생으로
　부터 경애(敬愛)를 받아 마땅한 교사의 태도를 가지고 있다고 하는 자
　각은 없었습니다. 따라서 당신과 같은 사람이 교내에 있을 거라고는 도
　저히 생각할 수 없었던 것입니다. 하지만 당신이 말한 것처럼 냉담한
　인간은 결코 아니었습니다. 냉담한 사람이라면, 그렇게 화를 내지 않습
　니다.
　　나는 지금 도(道)에 들어가려고 마음먹고 있습니다. 가령 막연한 말
　이라 해도 도에 들어가려고 마음먹은 것은 냉담한 것이 아닙니다.[37]

이 내용에서 알 수 있듯이 소세키는 위의 시구 「독좌청제조(獨坐聽
啼鳥)」, 「南窓無一事(남창무일사)」와 더불어 당시의 심경을 토로하면
서 「도(道)」에 들어가려는 의지를 표명한 중요한 문장이다. 이와 같은

36) 전게서 p.102
37) 『漱石全集』 제15권 p.286

도는 변함없이 본래면목에 대한 회구로 견성에 이르는 도로서 깨달음을 얻겠다는 의지를 천명한 것이다.

4. 무아(無我)

소세키는 절대의 경지인 본래 면목에 이르려고 하면 무아(無我)가 되어야 한다고 통감하고 그리고 그 무아의 경지야말로 깨달음의 세계임을 각지한 것이다.

1914년(大正 3년)「한거우성사림풍사형(閑居偶成似臨風詞兄)」이라고 쓴 한시에 처음으로「무아」라는 말이 나타나는 것에 주목한다.

무 제

들의 냇물은 꽃 피는 마을을 흘러가고
춘풍은 나의 초당에 들어 오구나.
흐르는 물도 불어오는 바람도 왠지 담담하니,
이러한 무아의 경지야말로 선향이 아니겠나.

無 題

野水辭花塢　　야수사화오
春風入草堂　　춘풍입초당
徂徠何澹淡　　조래하담담
無我是仙鄉　　무아시선향

이 시는 「소세키 유묵집(漱石遺墨集)」에 수록되어 있는 것이다. 제 4구 「무아시선향(無我是仙鄉)」은 시정(市井)에 살고 있어도, 무아라는 것임을 깨달으면 선계(仙界)에 사는 것과 같다고 하는 도리를 표현했을 것이다. 제법무아(諸法無我)의 이치를 말하기보다는, 무아(無我)가 되면 속계(俗界)가 그대로 선계가 된다. 반대로 유아(有我)가 되면 선계가 속계로 된다는 것이다.

「무아」는 제법무아로, 만법의 모든 것이 실체 또는 주체자가 없다고 하는 것이지만, 이 단어는 불교의 근본 교리인 삼법인(三法印)인 제행무상(諸行無常), 제법무아(諸法無我) 일체개고(一切皆苦: 소승의 경우), 열반적정(涅槃寂靜: 대승의 경우)의 하나로 아함경(阿含經)을 비롯한 모든 경전에서 볼 수 있다. 즉, 무아는 「무자성(無自性)」이며, 집착(執着), 특히 아집(我執)의 부정 내지 초월을 의미하며, 그러한 무아를 지속적으로 실천한다면 비로소 청정(淸淨)하고 평안한 경지에 이를 수 있는 것이다.

소세키가 「무아시선향」이라고 읊은 뜻에는 이런 의미의 무아를 충분히 깨달았음을 말하고 있다고 보인다. 또 이것은 불교의 제법무아가, 도교(道敎)의 무위자연향(無爲自然鄕)과 같다고 생각한 소세키의 선지(禪旨)를 볼 수 있는 구이기도 하다. 「야수(野水)」가 「화오(花塢)」를 흘려보내고 「춘풍(春風)」이 「초당(草堂)」에 들어 올 때에는, 「야수」와 「춘풍」은 아무런 분별도 없으니, 가거나 오거나 하는 것이 담담(澹淡)하고 허명(虛明)한 풍경일 뿐이다.

한가하게 보내고 있는 소세키도 자연에 일상적인 나를 떠나서 무아인 심경을 즐긴다는 것을 후배인 사사가와 림푸(笹川臨風)에게 전한 시이다. 대환 이후 생사의 두려움에서 어느 정도 안정을 찾은 소세키가 자연스럽게 세속적인 일상에서의 자신을 떠나 한적하게 무아(無我)의 경지를 즐기게 된 것을 나타낸 시이다. 이 시에 대해서는 1914년(大正 3년) 11월 8일 옛 약속을 지키기 위해 사사가와 림푸에게 이 시를 보낸다고 편지에 밝히고 있다.

> 걸작(傑作)은 물론 쓸 수 없지만 약속을 이행하려고 생각해서 그 이후 한 장 썼습니다. 그러나 보잘것없는 것이라서 드릴 생각을 할 수 없어 그대로 둔 것입니다. 지난번에 병을 앓고 있을 때에 병문안을 와 주신 이후 저는 오랫동안 누워 있었습니다. (중략)지금 보내드리는 오언절(五言節) 시는 그 때 서(序)라고 말해서 죄송합니다만 아무튼 서(序)로 쓴 것입니다. 물론 예약대로 걸작이라고는 할 수 없지만, 뭔가 드리지 않으면 마음이 개운하지 않아서 보내드립니다. 저는 병이 많아 언제 죽을지 모르는 사람입니다만, 만약 살아 있으면 더 잘 써서 귀형이 만족하실 수 있는 것을 다시 써드려 보답해 드리고자 생각하지만 언제 죽을지 모르니까 졸작(拙作)이더라도 그냥 이것을 드리는 걸로 해 두기로 하겠습니다. 아무쪼록 거두어 주십시오.[38]

이 편지 내용에서 분명히 알 수 있는 것은 죽음에 대한 불안으로부터 초연해지고 있는 소세키의 모습이다. 죽음을 맞이할 준비를 하고 주위를 하나하나 정리하는 마음을 담고 있는 것이 느껴진다. 이와 같은 생각을 하는 소세키에게 있어서, 죽음을 맞이하기 전에 반드시 해야 할 일은 선(禪)에 의한 깨달음일 것이다. 사사가와 림푸에게 위의 편지를 보내기 전인 1914년(大正 3년) 3월 29일자 쓰다 세이후(津田

---

38) 『漱石全集』 제15권 p.408

靑楓)에게 보낸 편지에도 그의 자연과 함께 하는 여유로운 모습이 여
실히 반영되어 있다.

세상에 좋아하는 사람은 점점 사라집니다, 그렇게 해서 하늘과 땅과
풀과 나무가 아름답게 보입니다, 특히 요즈음은 봄볕이 매우 좋습니다.
저는 그것을 의지해서 살고 있습니다.[39]

이는 수행에 주력하는 입지에서 보면 번뇌 망상이 감소되면서 인간
의 호악미추(好惡美醜)와 희노애락(喜怒哀樂)에 관심이 엷어졌다고
하는 경계를 표현한 것이다. 천지초목과 봄의 빛을 아름답게 느끼고
좋아한다는 것과 이해득실을 초월하고 사욕(私慾)이 없는 순수하고
담담한 심경을 솔직하게 적고 있다.
소세키는 생사이면의 관문을 타파하고 절대의 경지에 이르는 해탈
은 어쩌면 이 세상에 살아 있는 동안에는 이루지 못할지도 모른다는
막연한 불안이 있었는지, 또는 완전한 해탈의 도(道)는 죽음으로서 이
룰 수 있다고 가상하고 있었는지, 소세키는 당시의 서한 등에 그런 마
음을 나타내고 있다. 소세키는 이 세상의 속세적인 경계에 끌려 초속
의 경지에 들기 어렵다고 생각했을 것이다. 1914년(大正 3년) 11월
14일 오카다 코조(岡田耕三) 앞으로 보낸 서한에는 다음과 같은 내용
이 보인다.

나는 의식(意識)이 삶의 전부라고 생각하지만 같은 의식이 나의 전

부라고는 생각하지 않는다오. 죽어도 자신은 있고, 또한 본래의 자신은 죽어서 비로소 돌아오는 것이라고 생각하고 있다오. (중략)그러나 군(君)은 나와 마찬가지로 죽음을 인간이 귀착하는 가장 행복한 상태라고 이해한다고 해도 불쌍하지도 슬프지도 않다오. 오히려 기쁜 것입니다.[40]

이 편지에서 주목해야 하는 것은 의식이 나의 전부라고는 생각하지 않으며 죽어도 자신은 그대로 존재한다는 견해이다.

죽어서 비로소 자신에게 돌아온다는 소세키의 견해에 대해 요시다 로쿠로(吉田六郎)는 「『우미인초(虞美人草)』의 죽음(死)」중에 소세키가 고노(甲野)군의 성격을 설명하는 부분에 있어서 「속세의 분쟁을 초월하여, 높은 입지에서 사건의 진행을 관조(觀照)하고 있는 철학자의 풍모(風貌)를 그리려고 한 것이다. 속세계(俗世界)에서는 죽음은 만사(萬事)가 끝이라고 생각되지만 실은 만사의 시작인 것은 아닐까? 소세키는 고노군을 빌어서 이렇게 생각하고 있다.」[41]라고 평하고 있다. 인간이 귀착하는 가장 행복한 상태가 죽음이라고 한 소세키의 표현에 기인한 평으로 연결된다. 오카다 코조는 소세키가 좋아한 선승(禪僧) 료칸(良寬)을 연구한 자이기에 선적인 경지에서 죽음에 대해 서로 담담히 이야기할 수 있는 상대였다고 볼 수 있다. 여기에서 죽어서 비로소 돌아오는 본래의 자신이라는 표현은 소세키가 안고 있던 화두인 「부모미생이전본래면목(父母未生以前本來面目)」을 뜻하는 것이라고 이해해도 좋을 것이다.

---

40) 『漱石全集』 제15권 p.414
41) 吉田六郎(1970)『漱石文學の心理的探究』p.294

같은 해인 1914년(大正 3년) 4월부터 8월까지 쓴 소설 『마음(ここ
ろ)』에는,

　　특히 K는 강했습니다. 절에서 태어난 그는 항상 정진(精進)이라고
　하는 단어를 사용했습니다. 그리고 그의 행위 동작은 모두 이 정진이라
　는 한 마디로 형용되는 것처럼 나에게는 보였습니다. 나는 마음속에서
　항상 K를 경외(敬畏)하고 있었습니다. K는 중학교에 다닐 때부터, 종교
　라든가 철학이라든가 하는 어려운 문제로 나를 난처하게 했습니다.[42]

라고 하여 절과 정진을 도입하여 K라는 인물을 묘사하고 있다. 또한
「K는 옛날부터 정진이라고 하는 말을 좋아하여, 도(道)를 위해서는
모든 것을 희생으로 해야 한다, 라는 것이 그의 제일 신조」[43]라고 묘사
되어 있는 것과 같이 소세키는 고통스러운 죽음의 두려움으로부터 벗
어날 수 있는 것이 해탈이라고 시사하고 있다. 이러한 문장들을 통해
서도 알 수 있듯이 정진은 대환이후 소세키에게 친숙한 일상이다.
　죽어도 있는 자신이라고 하는 것은 법신(法身)인 절대무아(絶對無
我)인 자신을 가리키고 있음에 틀림없다. 「본래의 자신에게는 죽어서
비로소 돌아올 수 있는 것이다」라는 말에서도 분명히 그 진정한 정체
를 나타내고 있는 것을 알 수 있다. 이 인간 세계의 색신(色身)으로서
가 아니라, 그 색신으로부터의 집착이 끊어졌을 때의 자신인 법신(法
身)이라는 것은, 죽어 사라지는 것이 아니라, 의연히 그대로 있다. 그
때, 본래면목에 달할 수 있다고 소세키는 말하고 있다. 즉, 죽음이라는

---

42) 『漱石全集』 제6권 p.195
43) 전게서 p.195

것은 색신의 죽음이며, 법신에는 생사가 없기 때문에 항상 그대로 불변이다. 그것은 정말 색신 즉 육신이 죽어 없어지지 않으면 납득할 수 없다, 라고 소세키는 말하고 싶었다고 추측되는 내용이다.

색신으로서 모든 분별심과 애착, 아집의식의 범주에서 벗어날 수 있는 경지야말로, 무아의 경지인 것, 그리고 본래면목에 이를 수 있다고 통감했을 것이다. 이러한 부분은 오히려 그의 열렬한 선에 대한 열정을 가감없이 나타내고 있다고 생각한다.

이와 같은 소세키의 선수행은 「도」에 점점 깊이 들어가고, 그의 견처는 나날이 높아진다. 본래면목을 향한 구도열은, 마침내 괄목할 만한 진보를 나타낸 경지에 이른 것이다. 그것은 다음 한시에서 찾을 수 있다.

제자화

푸른 하늘에는 한 점 구름 없고
어스름 밝은 허공에 새 지난 길
느릿느릿 당나귀 탄 나그네
홀로 석문 안으로 들어가네.

題自畫

碧落孤雲盡　　벽락고운진
虛明鳥道通　　허명조도통
遲遲驢背客　　지지려배객
獨入石門中　　독입석문중

이 시는 1914년(大正 3년) 11월에 지은 것이다. 자연을 읊은 것이면서도 동시에 소세키의 선적 입지를 읊은 시이다.

푸른 하늘 즉 「벽락(碧落)」에 구름 한 점도 없다는 것은, 자신의 마음에 한 점의 사욕(私慾)도 없음을 비유한 것이며, 「허명(虛明)」에 새가 난다고 하는 것은, 마음이 허명하여 어떤 것에도 구애받지 않는다는 뜻으로 해석할 수 있다. 「조도(鳥道)」는 한산(寒山)의 시 한 구절인 「중암아거조도절입적(重岩我居鳥道絶入跡)」에도 보이는 구로 한산의 영향도 엿볼 수 있다. 제3구, 제4구는 당나귀 등에 걸터앉아 한가롭게 천천히 석문 안에 들어간다고 해서, 좌선 수행에 힘을 얻어 도의 문에 들어가 유유히 정진을 계속하고 있는 소세키 자신의 입처를 나타내 보이고 있다고 생각된다.

여기서 주의하고자 하는 것은 허명이라는 선어이다. 하늘인 벽락과 같은 의미이며, 마음의 본체 상태인 허명에도 통하는 뜻으로 쓰인다. 이 말은 이후의 시에도 종종 등장하고 있으며 그 전거로는 중국 선종의 제2조 혜가(慧可)의 제자, 중국 선종(禪宗)의 제3대 조사(祖師)인 감지선사(鑑智禪師) 승찬(僧璨: ?~606)의 『신심명(信心銘)』에서 볼 수 있다.

虛明自照(허명자조)   不勞心力(불로심력)
非思量處(비사량처)   識情難測(식정난측)[44]

텅 비고 밝아 스스로 비추니

---

44) 『大正新脩大藏経』(1973) 제51권 『景德伝灯錄』 제30권 大正新脩大藏経刊行會 再刊 p.457

애써 마음을 수고롭게 하지 않는다,
사량으로 미칠 바 아니니
정식으로 헤아릴 수 없네.

　마음의 본체, 즉 본래면목은 허명하여 스스로 밝히기 때문에, 심력을 쓸 필요가 없다. 생각할 수 있는 바도 아니고 식정(識精)으로서는 가늠하는 일이 어렵다는 선리(禪理)이다. 그러므로 시에 사용한 허명은 사람들이 가지고 있는 본래면목의 의미로서, 소세키는 그 뜻을 시로 표현하고 있음에 틀림없다.

　선가(禪家)에서 진심을 표현하여 「공적영지(空寂靈知)」라고 하는데 이를 간단하게, 「적지(寂知)」, 「허명」이라고 말하며, 진심은 본체가 무상(無相)이므로 공적영지이면서도 작용은 영지명조(靈知明照)인 특성을 갖고 있다. 소세키는 이와 같은 본래면목을 나타내는 「허명」을 「허공(虛空)」이라는 의취로 자기 자신의 본래면목과 허공이 둘이 아니라는 것을 말하려고 하는 의지가 보인다. 『신심명』은 그것에 관해서 분명히 하고 있다.

眞如法界(진여법계)　　無他無自(무타무자)
要急相応(요급상응)　　唯言不二(유언불이)
不二皆同(불이개동)　　無不包容(무불포용)[45]

진여법계는 남도 없고 나도 없다
급히 상응하고자 한다면 둘 아님을 말할 뿐이다.

---

45) 『景德伝灯錄』 제30권 전게서 p.457

둘 아님은 모두가 같아서
포용하지 않는 일이 없다.[46]

진여(眞如)는 진심, 본래면목이다. 그 세계에서는 나와 남이 존재하지 않기 때문에 갑자기 서로 응한다고 한다면 둘이 아니라고 할 수 있다. 불이(不二)는 모두가 둘이 아니라는 뜻이므로 모든 것을 포용한다는 설법이다.

그렇다면 앞의 한시에서 허명이라는 선어는 소세키의 본래면목이면서 동시에 허공을 포용하면서 공적영지의 의취를 나타내고 있다고 할 수 있다.

「허명조도통(虛明鳥道通)」에서는 허공에 새가 날고 있는 것과, 소세키의 진심인 「본래면목」에 방해되지 않는 자유로운 상태인 무욕(無欲)과 불이(不二)의 세계인 것을 시사하고 있다. 모순되지 않는 불이의 법을 체험한 심경을 선적으로 표현해 보인 것이라고 생각한다.

불이의 세계관을 표상하고 있는 허명을 사용했다는 사실은 소세키가 마음의 정체를 추구하는 과정에서 얻은 매우 중요한 선경이라는 점에 주목해야 할 것이다. 이 허명은 이후 1916년(大正 5년) 9월 6일의 한시에도 나타나 있다. 소세키는 「공적영지」의 작용을 조용히 자연 속에서 느끼고 그의 한시에 그것을 반영하고 있다.

한거우성

조용한 처소를 찾는 자도 없어

46) 『國譯─切経』전게서 p.870

홀로 한가로이 앉아 있네
문득 깨달은 춘풍의 뜻
대나무와 난초에 불어오는 것을.

閑居偶成

幽居入不到	유거입부도
獨坐覺衣寬	독좌각의관
偶解春風意	우해춘풍의
來吹竹与蘭	래취죽여란

1916년(大正 5년)의 봄에 만든 이 시는 『소세키유묵집』에 「한거우성」이라고 하여 소세키 자신의 손으로 제목을 적은 시이다. 시의 내용은 자연과 함께 무심(無心)인 심경을 읊고 있다. 제1구와 제2구는, 사람이 왕래하지 않는 은둔 생활에서 한가하게 홀로 좌선하는 모습을 이야기하고 있다. 제3구, 제4구에는 우연히 봄바람의 뜻을 깨달고 보니, 봄바람은 대나무와 난초에 불어와 자신의 모습을 보이고 있다는 뜻이다.

이 시에 관해서 마쓰오카 유즈루는 「화제(畵題) 사군자 중 그가 좋아하여 그린 것은 난(蘭)과 그리고 대나무. 그러나 난죽도(蘭竹図)로서 종이 한 장에 그린 것은 이번이 처음일지도 모른다.」[47]라고 적고 있다. 하지만, 소세키는 자연을 그림으로 나타내면서도, 사계절의 변화에 무관한 선객(禪客)의 무심한 경지를 읊고 있어서 선시의 정취가 짙

47) 松岡讓(1966)『漱石の漢詩』朝日新聞社 p.163

게 풍기고 있다.

여기에서 「춘풍의(春風意)」는 즉 천의(天意)이면서 한편으로는 아무런 형상도 없는 것이다. 그것이 작용할 때에 비로소 나타나서 그 따뜻함도 대나무와 난초에 불어 올 때, 비로소 만물을 생육하는 것을 알 수 있다고 하는 묘용(妙用)의 도리로서 표현하고 있다.

실로 소세키가 마지막으로 내건 「칙천거사(則天去私)」는, 이 일체의 주관을 「무(無)」로서, 그 무심, 무사(無私), 무아의 절대 경지에서 얻었을 것이다. 그리고 그의 선정에서 생긴 무아의 경지이다. 그 무아에 대해서는 「자기 자신의 지금의 생각, 무아(無我)가 되어야 할 각오를 말한다.」[48]라고 하여 1915년(大正 4년) 3월 21일의 일기에 무아가 되어야 할 자신의 각오를 기술하고 있다.

또, 「단편(斷片)」1915년(大正 4년) 1월경부터 11월경까지 쓴 메모에는 「완전한 무아(無我)는 소아(小我)를 초월한 대아(大我)」라는 것을 명시하고 있으며 「대아는 무아와 하나인 까닭으로 자력(自力)은 타력(他力)과 통한다.」[49]라고 적고 있다.

무아가 되어야 할 각오라고 하는 것은 절대의 경지에 들어야 할 각오를 뜻한다. 소세키는 바쁜 상대세계 속에 있는 자신을 계속 절실히 느끼고 있었던 것이다.

1915년(大正 4년) 2월 15일에 구로야나기 쿠니타로(畔柳都太郎)에게 보낸 편지에는 다음과 같은 내용을 담고 있다.

개성이라든가 개인이라든가가 죽은 뒤에까지 계속된다든지 어떻든

---

48) 『漱石全集』제13권 p.761
49) 전게서 p.772

지는 생각하지 않습니다. 그저 나는 죽어서 비로소 절대의 경지에 들어
간다고 말씀드리고 싶습니다. 그리고 그 절대(絶對)는 상대(相對)의 세
계에 비하면 고귀한 생각이 듭니다.[50]

이 편지의 내용에서 생각하면, 절대의 세계로서 죽음(死)을 생각했
다고 한다면, 상대의 세계로서는 삶(生)이 되겠지만, 소세키가 말하는
죽음과 삶의 문제는, 죽으면 모든 것이 끝난다는 의미보다는 죽는다
고 하는 것은 색신의 분상으로, 죽어도 본래의 면목인 법신은 그대로
있다고 라는 것을 피력하고 있다고 생각한다. 이러한 생사관은 1915
년(大正 4년)의 「단편」에서도 찾아 볼 수 있는 것으로 다음과 같이 적
고 있다.

　삶보다 죽음, 그러나 이것으로는 삶을 싫어한다는 의미가 있으므로,
생사를 일관(一貫)하지 않으면 안 된다, (혹은 초월), 그러면 현상즉실
재(現象卽實在), 상대즉절대(相對卽絶對)가 아니면 불가(不可)하다.
「그것은 이치로 그렇게 되는 순서다 라고 생각할 뿐이겠지요」「그럴지
도 모른다」「생각해서 그 곳에 이를 수 있는 것입니까」「단지 이르고 싶
다고 생각하는 것입니다.」[51]

생사를 일관해야 한다는 생사 초월관은 지극히 중요한 것으로 주목
하고자 한다. 이 세상 모든 것은 상대적이므로, 탐욕(貪欲), 진에(瞋
恚), 우치(愚痴)의 삼독이 생겨난다. 이 모든 것으로부터 초월하여 절

---

50) 『漱石全集』제15권 p.440
51) 『漱石全集』제13권 p.774

대의 경지에 들어갈 수 있으면 현상즉실재, 상대즉절대의 도에 도달할 수 있다고 소세키는 표명하고 있다.

5. 무심(無心)

1916년(大正 5년) 소설 『명암(明暗)』을 집필할 때 소세키는, 8월 이후 한시에서 「무심(無心)」이라는 선적인 용어를 사용하기 시작했다.

무심이라는 것은 마음에 분별 망상이 전혀 일어나지 않는 상태로 선가, 불가의 모든 수행자, 선사가 견성하여 도달하려고 하는 경지이다.

깨달음의 경지, 절대의 경지에서 얻을 수 있는 이 무심이란 용어를 소세키는 전술한 여러 문장을 통해서 보더라도 종전부터 선서 등에서 숙지하고, 그 의미를 잘 알고 있었던 것임에 틀림없다. 그리고 실제로 이 무심이라는 말을, 1916년(大正 5년) 8월 16일의 한시의 초두에 도입하고 있다는 것에 주목된다.

무 제

무심으로 부처님을 예배하면 내 마음 본체가 보이는 듯 하고
산사의 스님과 마주하고 있으면 저절로 시취도 솟아나네.
송백은 영원히 벽 주위를 둘러싸고
덩굴풀은 담장을 기어 올라오는구나
도서를 읽어도 좀처럼 깨달음을 이룰 수 없고

법계에 의지해도 오랜 세월 붙어있는 속념 떨치기 어렵네
참선하는 스님네여 그대들은 그렇게 수행하고 있지만
무심한 푸른 산기 어디에 티끌을 붙이고 있을까.

無　題

無心礼仏見靈台	무심예불견영대
山寺對僧詩趣催	산사대승시취최
松柏百年回壁去	송백백년회벽거
薜蘿一日上墻來	벽라일일상장래
道書誰点窟前燭	도서수점굴전촉
法偈難磨石面苔	법게난마석면태
借問參禪寒衲子	차문참선한납자
翠嵐何處着塵埃	취람하처착진애

이 한시의 제1구절에 대한 해석은 각인각색이다. 마쓰오카 유즈루
는 「무심하게 부처님에게 절하고 마음을 본다.」[52]라고 읽고, 주해는
부치지 않았다. 요시카와 코지로는 「부처님에게 절하고 마음을 봄에
마음이 없다」[53]라고 읽고, 「일부러 부처님을 뵙고, 그리함에 따라 내
마음을 지켜본다, 그런 마음은 자신에게 없다.」[54]로 해석하고 있다. 와
다 토시오(和田利男)는 단지 「「무」자는 아래 여섯 자 전체에 관련되

---

52) 松岡讓『漱石の漢詩』전게서 p.177
53) 吉川幸次郎(1967)『漱石詩注』岩波新書 p.120
54) 전게서 p.120

는 것이 아니라, 단순히 「심(心)」자만에 관련되는 것」[55)]으로 해석하고,「무심으로 부처님께 감사하고 마음을 본다」[56)]라고 읽고 있다. 이이다 토시유키(飯田利行)는 「견(見)」의 글자를 「나타나다」의 뜻으로 읽고,「무심하게 부처님에게 절하면 마음을 본다」[57)]라고 하고 「무심하게 부처님에게 예배하면 깨달음이 현성(現成)한다」[58)]로 해석하고 있다.

여기서 제1구의 「무심예불견영대(無心礼仏見靈台)」와 제2구 「산사대승시취최(山寺對僧詩趣催)」를 대비하여 해석해야 한다고 생각된다. 앞에서 거론한 해석처럼, 「예불(礼仏)」이 먼저이고, 그 결과 「견영대(見靈台)」가 있다는 풀이로 보면 「산사대승(山寺對僧)」이 먼저이고,「시취최(詩趣催)」가 결과적이라고 하는 선후감을 갖게 되기 때문에 해석이 부자연스럽다고 생각한다. 그러므로 「산사대승」과 「시취최」가 동시의 일처럼, 「무심예불」과 「견영대」도 동시가 아니면 되지 않으므로 「무심예불」이 바로 「견영대」가 되어, 즉 견성하여 무심으로 예불할 때, 동시에 회광반조(回光返照) 한다는 의미로 해석해야 한다고 생각한다.

그렇게 하면 제8구의 「취람하처착진애(翠嵐何處着塵埃)」의 해석도 생각해야 한다. 이 시구도 각인각색의 해석이 있으므로 살펴보면, 마쓰오카 유즈루는 푸른 산기 어디에 티끌을 붙일까 라고 읽고,「산에서 불어 내려오는 푸른 산기(山氣)는 먼지 같은 것은 없지 않을까」[59)] 라고 주해를 붙이고 있다. 또 와다 토시오는 「이 경우는, 어디에도 티끌

---

55) 和田利男(1974)『漱石の詩と俳句』めるくま る社 p.377
56) 전게서 p.377
57) 飯田利行(1994)『漱石詩集』柏書房 p.247
58) 전게서 p.247
59) 松岡讓『漱石の漢詩』전게서 p.177

을 붙이지 않는다」⁶⁰⁾ 라고 해석하고 있고 요시카와 코지로는 「푸른 산
기(山氣). 어딘가 티끌을 붙이지 않는다」라고 읽고, 「봐요, 저 푸른 산
기를. 그 어디에 티끌이 붙어 있을까.」⁶¹⁾라고 해석을 첨가하고 있다.

　여기에서 제8구의 의미에 주목해서 생각하면, 이것은 청정(淸淨)한
허공에는 먼지가 달라붙을 수가 없다고 하는 의미로, 「본래면목」에는
번뇌와 망상이 붙지 못한다는 선지의 뜻을 갈파하고 있는 게송(偈頌)
으로 볼 수 있다. 또 이 시에서 진심인 「영대(靈台)」를 본다는 용어가
처음 등장한다. 이는 소세키에게 견성의 단서로 볼 수 있는 중요한 시
기라고 해야 할 것이다. 즉 무심한 상태에서 선의 수행에 주력하지 않
으면 「본래면목」을 볼 수도 오도(悟道)할 수도 없다는 것을 확실히 지
득(知得)한 선취(禪趣)로서 무심을 음미한 최초의 시구이기 때문이
다.

　불교, 선에서 의미하는 무심은 진심의 안에 망심이 전혀 없다는 뜻
이며, 망심은, 꿈, 환상, 그림자 같아서 그 자성(自性)을 알아낼 수 없
기 때문에, 결국은 망심이 없다고 하는 뜻과 함께 두 가지 의미가 있
다. 당나라의 육조 제자인 사공산본정선사(司空山本淨禪師: 667~
761)의 「약욕회도 무심시도(若欲會道 無心是道: 만약 도를 만나려고
한다면, 무심 이것이 도이다.)」⁶²⁾라고 한 것이 전자의 의미이고, 『반야
심경(般若心経)』에 말하는 「무색무수상행식(無色無受想行識)」의 「무
수상행식」은 후자의 의미이다.

　소세키의 무심의 의미는 어느 쪽인지 불분명하지만, 시의 내용에서

---

60) 和田利男『漱石の詩と俳句』전게서 p.177
61) 吉川幸次郎『漱石詩注』전게서 p.120
62)『景徳伝灯錄』제5권 전게서 p.242

보면 전자일 것이다. 이 무심의 시는, 그 해 9월 3일, 11월 20일에도 지어서 모두 세 수를 남기고 있다.

소세키의 이런 의취를 나타내고 있는 시구에 대해서는, 육조대사 혜능(638~713)의 다음의 게(偈)에 준거하고자 한다.

　　菩提本無樹(보리본무수)
　　明鏡亦無臺(명경역무대)
　　本來無一物(본래무일물)
　　何處惹塵埃(하처야진애)[63]

　　보리에는 본래 나무가 없으며
　　밝은 거울 역시 받침대가 없다네
　　본래부터 한 물건도 없는데
　　어디에 티끌이 낄 것인가

이는 『육조단경(六祖壇経)』의 「행유제일(行由第一)」에 있는 게이다. 깨달음을 얻기 전에는 모든 것이 있다고만 생각하지만 깨닫고 보면 본래 아무것도 없는데 어디에 그 무엇이 있겠나, 라는 뜻이다.

앞에서 언급한 소세키의 한시는 참으로 「본래무일물, 하처야진애(本來無一物, 何處惹塵埃)」와 같은 선지가 분명히 보이는 구로 볼 수 있다. 소세키가 어느 정도의 선관(禪觀)을 얻어 확립했다고 추측된다. 무심이라는 선어를 자신을 가지고 사용하기 시작한 시구임에 주목한다.

---

63) 伊藤古鑑 『六祖大師法宝壇経』 其中堂 전게서 p.33

소세키의 이러한 용맹 정진은 점점 본래면목의 공안에 몰두하게 된다. 1916년(大正 5년) 8월 21일의 한시에는 그 정진 과정이 잘 나타나 있다.

무 제

신선을 구한다고 해도 산 속에 갈 것은 아니로고
인간세계에 살고 있어도 충분히 도(道)를 알 수 있어
명암쌍쌍의 세계를 계속 쓰고 있으려니
석인을 어루만지며 자유자재로 완성되어 가는구나.

無 題

尋仙未向碧山行	심선미향벽산행
住在人間足道情	주재인간족도정
明暗双双三万字	명암쌍쌍삼만자
撫摩石印自由成	무마석인자유성

제1구와 제2구에서는 신선을 찾으러 산에 갈 것 까지도 없이, 세상의 생활 속에서도 도(道)를 충분히 접할 수 있다는 표현으로 당시 쓰고 있던 소설 『명암』을 연상시키고 있다. 제3구는 그 『명암』의 제목과 관련되어 알려져 있는 구이다. 이 제3구와 제4구에 관해서는 이 날에 구메 마사오(久米正雄)와 아쿠타가와 류노스케(芥川龍之介)에게 보낸 서한에 자세히 적고 있다.

　나는 여전히 「명암(明暗)」을 오전 중에 쓰고 있습니다. 마음은 고통, 쾌락, 기계적(器械的), 이 세 가지를 겸하고 있습니다.(중략)그래도 매일 백회 가까이나 그런 일을 쓰고 있으면 크게 속료(俗了)된 기분이 되기 때문에 3, 4일 전부터 오후의 일과로 삼아 한시를 짓고 있습니다. 하루에 하나 정도입니다. 그리고 칠언 율시입니다. (중략)당신의 편지를 보니 석인(石印) 운운이라는 것이 있어서 하나 짓고 싶어져서 그것을 칠언절구(七言絶句)로 지었으니 그것을 보여드립니다.[64]

　라고 당시의 일과와 이 한시를 지은 동기를 기록하고 있다. 또 이 지면에 괄호를 하고, 「명암쌍쌍(明暗双双)」에 대한 해석 등을 첨가하고 있다.

　(명암쌍々이라는 것은 선가(禪家)에서 사용하는 숙어입니다. 삼만자는 적당히 쓴 것입니다. 원고지로 계산하면 신문 1회분이 1,800자 정도 됩니다. 그래서 100회로 어림잡으면 18만자가 됩니다. 그러나 명암쌍쌍(明暗双双) 18만자로는 많아서 평측(平仄)에 지장이 있어서 할 수 없이 삼만자(三万字)로 한 것을 양해바랍니다. 결국 자유롭게 된다고 하는 것은 조금 자화자찬 같지만, 이것도 자연스럽게 이루어지는 것이라 어쩔 수 없다고 생각해 주세요.)[65]

　여기서 「명암쌍쌍」이 선가에서 사용하는 단어라는 점과, 삼만자로 한 이유를 밝히고 있다. 선가에서 사용하는 숙어로서의 「명암쌍쌍」은

---

64) 『漱石全集』 제15권 p.575
65) 전게서 p.575

『벽암록』의 제51칙의 「설봉시심마(雪峰是什麼)」의 설두중현선사(雪竇重顯禪師)(980~1052) [송(頌)]에 있는 문구이다.

【頌】
末後句(말후구). 爲君說(위군설),
明暗雙雙底時節(명암쌍쌍저시절).[66]

마지막 한마디를 그대에게 말하노니
밝음과 어둠이 쌍쌍으로 어울리는 시절이구나.

소세키의 한시에 대한 생각은 소설 『풀베개』에서 나타내고 있듯이, 「내가 바라는 시(詩)는 그런 세속적인 인정을 고무하는 것 같은 것은 아니다. 속념(俗念)을 포기하고, 잠깐 동안이라도 속세를 벗어난 마음이 될 수 있는 시다.」[67]라는 한시관을 가지고 있었다. 이 태도로 「무아」, 「무심」의 경지를 어느 정도 체득하고 있던 만년의 소세키는 매일 한시에서 자신의 선의 세계를 펼치고 있다.

또 「초연히 출세간적으로 이해득실의 땀을 씻어 없앤 마음」[68]이 되어 그의 선정(禪定)을 한시에 담은 것이다. 소세키는 이 해 1916년(大正 5년)의 8월 14일 밤부터 11월21일 죽음의 자리에 눕기 전날까지 약 75수에 이르는 한시를 남기고 있다. 세간에 대한 그의 반조는 계속

66) 『碧巖錄全提唱』 제6권 전게서 p.54末後句. [已在言前. 將謂眞箇. 覿著則瞎.] 爲君說. [舌頭落也. 說不著. 有頭無尾. 有尾無頭.] 明暗双双底時節. [葛藤老漢. 如牛無角. 似虎有角. 彼此是恁麼.]
67) 夏目漱石(1966) 『草枕』 『漱石全集』 제2권 p.39
68) 전게서 p.393

해서 그의 한시에 묘사되고 있다. 다음은 1916년(大正 5년) 8월 23일
의 한시이다.

무 제

실없이 보낸 오십년의 세월
진세의 인연을 쫓아 늙어버렸구나.
지금은 단지 야반의 대나무 소리를 사랑하고
대중과 소나무를 심으며 백장의 선을 느끼건만.
어스름한 달빛 희미한 구름에 고기는 노님을 즐기고
낙화방초의 시절에 새는 높은 하늘을 생각 하는구나
기분 상쾌한 봄바람이 나날이 불어와
귀거래사 지어보고 싶지만 아직 밭을 살 수 없구나.

無　題

寂寞光陰五十年　　적막광음오십년
蕭條老去逐塵緣　　소조로거축진연
無他愛竹三更韻　　무타애죽삼경운
与衆栽松百丈禪　　여중재송백장선
淡月微雲魚樂道　　담월미운어락도
落花芳艸鳥思天　　낙화방초조사천
春城日日東風好　　춘성일일동풍호
欲賦歸來未買田　　욕부귀래미매전

이 시를 지었을 때의 소세키의 나이가 꼭 쉰 살이 된 시기였기 때문에 제1구와 제2구에는 그 세월을 한탄하고 있다. 제3구와 제4구에서는 세속의 인연은 모두 고사하고 오로지 자연과 함께 하고 있는 백장의 선을 읊고 있다.

제4구의 「여중재송백장선(与衆栽松百丈禪)」의 「백장(百丈)」은 백장회해선사(百丈懷海禪師: 720~814)이며 당(唐)의 선승으로 마조도일선사(馬祖道一禪師: 709~788)의 제자이면서 황벽희운선사(黃檗希運禪師: ?~850)의 스승이다. 『벽암록』제26칙의 「백장대웅봉(百丈大雄峰)」에, 한 승려가 백장회해선사에게 한 가지 질문을 하는 이야기가 있다.

【本則】
僧問百丈(승문백장) 如何是奇特事(여하시기특사)丈云 獨坐大雄峰(장운 독좌대웅봉) 僧礼拜(승예배) 丈便打(장편타)[69]

한 승려가 백장선사에게 물었다. 어떤 것이 아주 기특한 일입니까?
백장선사가 답했다. 홀로 대웅봉 앞에 앉는 것이다. 승려는 예배를 올리자, 백장선사는 즉시 후려쳤다.

라고 하는 이야기에서 비롯된 「백장독좌대웅봉」의 공안으로 전해지고 있다. 대웅봉은 백장선사가 살던 중국 강서성에 있는 백장산(百丈山)의 별명이다. 가장 기특한 일이 대웅봉 앞에 좌선하는 것이라는 가르침을 한 수행승에게 답해주는 장면이다.

---

69)『碧巖錄全提唱』제3권 전게서 p.371

「백장선(百丈禪)」은 「일일부작일일불식(一日不作一日不食)」으로
하루 일하지 않으면 하루 먹지 않는 정신에서 선원(禪院)의 자립 경
제를 주장한 백장선사의 독특한 선풍(禪風)을 말한다. 그래서 제4구
의 대중과 더불어 소나무를 심고 백장의 선을 맛본다고 하는 것은 그
러한 백장선사가 대중 승려들과 함께 스스로 소나무를 심거나 농사를
짓는 것을 일컫고 있다. 요시카와 코지로는 이 「재송(栽松)」을 「「임제
재송(臨濟栽松)」이라는 공안」[70]이라고 해석하고 있지만 조금 차이가
있다고 생각한다. 요컨대, 깨달음을 초탈한 사람의 분별심이 없는 자
재무애(自在無碍)인 선기(禪機)로서 백장선을 시에 도입하여 소세키
는 자신의 선경에 비유하여 읊고 있다고 생각한다.

소세키는 이러한 백장선사의 선풍의 눈으로, 제5구의 「어락도(魚樂
道)」, 제6구 「조사천(鳥思天)」의 구를 빌어 불법(佛法)의 여여한 경지
를 관하고 있다. 그렇게 관하면서 제7구, 제8구에서는 끊임없이 계속
해서 선 수행을 하고 있는데도 아직 세속의 망상을 쉬게 하고 돌아가
의지할 득도의 심전(心田)을 얻지 못했다고 하는 깨달음에 대한 갈망
과 소원을 읊고 있다.

---

70) 吉川幸次郎 『漱石詩注』 전게서 p.129

제4장 개오(開悟)

1. 인도(人道)와 천도(天道)의 도리

소세키의 「도(道)」에 대한 관심은 10대 소년시대의 한문장에서도 볼 수 있지만 20대에 들어와서는 이 「도」에 관한 단어를 한시에서 많이 사용하고 있다. 1891년(明治 24년) 7월 24일의 마사오카 시키(正岡子規)에게 보낸 엽서에 쓴 시 중에서 「치한오도비난사(痴漢悟道非難事)」 즉 어리석은 자가 도를 깨닫는 일은 어려운 일이 아니다, 라는 시구로 소세키는 오도(悟道)라는 말로 도를 처음 사용하고 있다.

소세키는 자신이 평소 마음에 품고 있던 도에 관하여 「선도(禪道)는 책자 안에 있는 것이 아니다.」「도는 가까이에 있는데, 도리어 이것을 멀리서 구한다.」 라고 시사하고 있는바와 같이 소세키는 수행의 중요성과 마음만 먹고 정진에 열중한다면 오도 즉, 깨달음의 도를 이룰 수 있다는 희망과 함께 자신의 결의를 보이고 있다. 이와 같은 표현은 소세키 나름대로의 개오(開悟)의 표현으로서 그 만의 선정을 읊은 것이라고 생각한다.

　1916년(大正 5년) 9월 2일의 한시에는 그 뜻을 연결시켜 선어(禪語)들을 사용하여 자신의 도(道)에 대한 겸손한 태도를 보이고 있다.

무　제

만목의 강산 꿈처럼 사라지고
손가락 끝 명월에 자신의 어리석음 알았네.
일찍이 돌부처에게 참배하고 무법을 듣기도 하고
분별없는 미치광이 놀음으로 세간 규범을 거스르기도 했거늘
흰머리에 나이 들어 은거하고 있는 지금
멀리 여행을 떠나던 젊은 시절부터
원래 용을 불러 내릴 만큼 도력은 없기에
문을 닫고 홀로 한적하게 시를 읊을 뿐이로다.

無　題

滿目江山夢裡移　　만목강산몽리이
指頭明月了吾痴　　지두명월료오치
曾參石仏聽無法　　증참석불청무법
慢作佯狂冒世規　　만작양광모세규
白首南軒歸臥日　　백수남헌귀와일
靑衫北斗遠征時　　청삼북두원정시
先生不解降龍術　　선생불해강룡술
閉戶空爲閑適詩　　폐호공위한적시

이 시는 소세키가 죽음을 맞이하는 해에 쓴 시로 청년 시절부터 끊임없이 자연을 찾아 여행을 하였으나 나이 들어 비로소 한가로이 세속을 떠나 초연한 자세가 된다고 하는 심경을 나타내고 있다. 이 시에서는 돌부처에게 무법(無法)을 듣는 높은 경지를 설하면서 선문을 접하고 난 뒤 모든 것이 꿈이라는 것, 지두명월(指頭明月)의 도리를 깨닫고 보니 참으로 그동안의 자신이 어리석었다는 것을 말하고 있다. 그러한 덕분에 경이로운 도력(道力)을 부릴 만큼 대도(大道)는 얻지 못했으나 나이가 들어버린 지금에는 홀로 문을 닫고 있어도 이제 불안하지 않을뿐더러 오히려 한가롭게 시상(詩想)에 잠길 수 있다는 수행도(修行度)를 나타내고 있다.

여기서 「滿目江山(만목강산)」의 구와 「무법(無法)」은 소설 『문』에서 소개되고 있는 선서(禪書) 『벽암록』에서 찾아 볼 수 있는 말이다. 『벽암록』은 선을 참구하는 자에게 필독서로 꼽히는 서적이기도 하다. 달을 보게 하려고 손가락으로 달을 가리키지만 달은 보지 않고 손가락 끝만 보기 때문에 달을 볼 수 없다는 선가(禪家)의 이야기를 들어 「지두명월료오치(指頭明月了吾痴)」라는 시구로 소세키는 자신의 수행정진의 진전을 시에 담아 표현하고 있다.

앞에서 거론한 시 이후 1916년(大正 5년) 9월 9일의 한시에는 상당한 수행의 발전이 보이는 시로서, 선사(禪寺)의 문을 들어오고 난 뒤의 감회와 더불어 심심(深心)한 표현을 하고 있다.

무 제

옛날에는 인간을 보고 지금은 하늘을 보매

인생의 진실은 색즉시공 공즉시색에 있거늘
백련은 아침을 열어 시승의 꿈을 깨우고
푸른 버들은 법연을 잇는 듯 길게 흔들리네.
도는 허명에 이르러 긴 말 끊어지고
연기는 자욱하게 돌아와 묘한 향을 전하네.
문을 들어와 보니 별 다른 일이 없기에
손수 꽃을 꺾어 조용히 불전에 공양드리노니.

無　題

曾見人間今見天　　증견인간금견천
醍醐上味色空邊　　제호상미색공변
白蓮曉破詩僧夢　　백련효파시승몽
翠柳長吹精舍緣　　취류장취정사연
道到虛明長語絶　　도도허명장어절
烟歸暖曖妙香伝　　연귀애태묘향전
入門還愛無他事　　입문환애무타사
手折幽花供仏前　　수절유화공불전

　이 시에서 느낄 수 있는 것은 세속에 묻혀 있을 때는 인간의 도(道)
만을 보고 있었지만 지금은 초속(超俗)의 경지에서 하늘을 보게 되었
다는 깨달음의 경지를 나타내고 있다는 점이다.
　제1구의 「증견인간금견천(曾見人間今見天)」이란 초속의 경지에서
하늘을 관하게 된 소세키 자신의 신념을 알리는 구로서, 실로 인간의
도와 천지(天地)의 도가 합일된 견해가 보인다. 제5구의 「도도허명장

어절(道到虛明長語絶)」은 인도(人道), 천도(天道)가 허명(虛明)에 이르면, 긴 말이나 문자가 끊어진다고 하는 것을 나타내고 있다. 이것은, 소세키 자신이 그런 허명한 본래면목를 감득하고 보니, 모든 언어와 문자가 필요 없게 된다고 하는 선지를 토로한 것이라고 할 수 있다.

이 구와 같은 의취는 『경덕전등록(景德伝灯錄)』 제30권 「신심명」에서 삼조승찬대사(三祖僧璨大師)의 게(偈)에서 찾을 수 있다.

多言多慮(다언다려)　轉不相応(전불상응)
絶言絶慮(절언절려)　無處不通(무처불통)[1]

말이 많고 생각이 많으면
더욱 상응치 못하고
말이 끊어지고 생각이 끊어지면
통하지 못할 곳이 없으리라.

「언(言)」과 「려(慮)」는 언어문자와 사량분별을 말하고 있으며, 그것들은 도에 이르는데 방해가 되는 것이라고 하는 교시(教示)이다.

이 시기의 소세키는 오랜 구도(求道)의 과정 끝에 허명한 본래면목을 현관(現觀)하게 되었고 논리와 분별이 끊어진 비사량처에 이르렀다고 하는 것을 시사하고 있다고 보여진다. 제7구, 제8구에서는, 그와 같이 본래면목을 현관한 것을 입문(入門)」이라고 표현하여, 또 달리 애착하는 것도 없어진 무분별 비사량을 말하고 있다. 그리하여 천도를 견득(見得)한 자신은 마음의 꽃인 유화(幽花)를 부처님 앞에 공

1) 『大正新脩大藏経』 제51권 『景德伝灯錄』 제30권 전게서 p.457

양하는 것 이외에는 달리 아무것도 할 것이 없으며 그런 무사(無事)인 견처를 요달(了達)했다는 것을 나타내 보인 것이라고 이해할 수 있다.

소세키의 작품 중에서 하늘(天)에 대한 개념이 단순히 일반적으로 생각하는 텅 비어 있는 허공(虛空)으로서의 하늘로부터 점차로 천도(天道)로 변하고 결국 하늘(天)과 사람(人)의 도(道)가 합일(合一)한다는 내용을 시구에 표현하기에 이른다. 즉, 하늘과 사람이 각각 다른 둘로 인식하고 있었던 것이지만 결코 둘이 아닌 도리를 알게 된 것이다.

대공(大空)이 하늘이고 허명하여 참으로 인심의 도와 합일하기까지 이르렀다. 이러한 천도의 사상은 1895년(明治 28년) 5월 28일의 시 제3구 「능릉일기경천도(稜稜逸氣輕天道)」의 시구에서 천도라는 단어가 처음 등장한다. 이 천도의 의미와 그 내용을 그저 동양 사상의 상식에서 말하는 대도(大道)로서의 의미로 사용했을 무렵과 비교하면 1916년(大正 5년) 9월 6일의 시에 이르러서는 상당한 차이가 있음을 알 수 있다. 소세키는, 「허명」이 마음 본체의 형상이라는 것을 알았고, 무심의 상태에서 인도와 천도가 불이(不二) 즉 둘이 아니라는 도리를 알게 되었다고 생각한다. 그리고 이런 선 수행의 견처가 점점 높아지는 것이 스스로 고맙게 생각되어 부처님 전에 공양을 올린다는 뜻을 표현했을 것이다.

실로 「무심」의 경지에서 보면 삼라만상 그 모두가 「무」아닌 것이 없다는 도리를 각지(覺知)하고 이후, 그 무(無)의 경지에서 모든 것을 관하고 자신의 한시에 표현하면서 자신의 선정(禪定)을 나타내 보이고 있다. 다음 한시는 무심(無心)에 이어서 무언(無言)의 경지를 표하고 있다.

무 제

절묘하고 교묘한 말이 귀신도 놀랄 정도라 해도
언설 문장으로는 결국 도는 충분히 이룰 수가 없구나.
말로 나타낼 수 없음을 깨닫고 그 근본인 묘체를 관해야 할 진저
시정도 이와 같아 의도적으로 만들어 내려 해서는 안 되는 것이러니.
가을하늘에 떠 있는 한 조각의 흰 구름
비 소리와 더불어 젖는 주변 방초의 푸르름
이러한 풍월은 있는 그대로 보아야 할 것이거늘
문자에 의하지 않는 곳에 비로소 청정한 참 도가 있구려.

無 題

絹黃婦幼鬼神驚   견황부유귀신경
饒舌何知遂八成   요설하지수팔성
欲証無言觀妙諦   욕증무언관묘체
休將作意促詩情   휴장작의촉시정
孤雲白處遙秋色   고운백처요추색
芳艸綠邊多雨聲   방초록변다우성
風月只須看直下   풍월지수간직하
不依文字道初淸   불의문자도초청

위의 시는 1916년(大正5년) 9월 10일에 지은 것이다. 제3구에서 무
언(無言)을 증득(證得)하고 싶다고 생각하면 묘체(妙諦)를 보라, 라
고 표현하고 있는 점에서 보면 유언(有言)보다도 무언에 그 법리(法

理)가 놓여져 있다는 것을 주지하고 있다. 유(有)와 무(無)에 관해서
는 유마거사(維摩居士)의 설법인『유마경(維摩経)』의「불이법문품
(不二法門品)」에서 대립하는 것에 대해 둘이 아님을 설명하고 있다.
그 내용은 현실세계에는 여러 사물이나 사상(事象)이 생기(生起)하
고 있지만, 그것들은 자타(自他), 남녀(男女), 노약(老若), 물심(物心:
色心), 생사(生死), 선악(善惡), 고락(苦樂), 미추(美醜) 등과 같이 상
대립하는 둘의 틀로 되어 있다. 그러나 그 둘은 각각 독립(獨立), 고정
(固定)의 실체인 아(我)로서 존재하고 있는 것이 아니라, 무아(無我),
공(空)을 바탕으로 근저에 불이(不二), 일체(一體)를 이루고 있다는
것이다. 즉, 「불이」는 「공」과 관련하여 색(色)과 공이 둘이 아니며 모
든 상대적인 것이 둘이 아니라는 의미이다. 소세키는 이 구에서 그러
한 「불이의 도리」를 시사하고 있다고 본다. 여기서 소세키가 한시에서
말하는 「묘체」도 유와 무가 둘이 아님을 말한 불교 도리의 하나인 점
에 주의해야 할 것이다.

제7구의 직하(直下)는 선어에서 분별을 일으키지 않는 그냥 그대로
라고 하는 뜻이고, 제8구에서 문자에 의하지 않아야 도가 비로소 청정
(淸靜)하게 된다고 하는 것은 역시 유마거사의 묵언설법(默言說法)을
연상시키는 구로, 도는 언어문자나 사량 분별을 가지고는 파악할 수
가 없는 것임을 읊고 있다. 즉 「불립문자(不立文字)」「직지인심견성성
불(直指人心見性成仏)」인 선가(禪家)의 도리를 진술한 구라고 생각
한다.

소세키가 시에서 표현하고 있는 불의문자(不依文字)와 같이 불도
에 대해 문자와 말로 표현하기 어려운 점에 있어서는『벽암록』제2칙
의「조주지도무난(趙州至道無難)」에 설하고 있는 내용에서 이해할 수

있다. 이 말은 앞에서 거론한 소세키의 도에 대한 생각을 이해하는데 필요할 것이다.

【本則】擧(거). 趙州示衆云(조주시중운). 至道無難(지도무난). 唯嫌揀擇(유혐간택). 纔有語言(재유어언). 是揀擇是明白(시간택시명백). 老僧不在明白裏(노승부재명백리). 是汝還(시여환) 護惜也無(호석야무). 時有僧問(시유승문), 旣不在明白裏(기부재명백리), 護惜箇什麼(호석개심마). 州云, 我亦不知(주운, 아역부지). 僧云, 和尙機不知(승운, 화상기부지), 爲什麼卻道(위심마각도), 不在明白裏(부재명백리). 州云, 問事卽得(주운, 문사즉득), 礼拜了退(예배료퇴).[2]

조주화상이 대중스님들에게 법문 하였다
지극한 도는 어렵지 않다. 오직 간택을 꺼릴 뿐이다.
말을 더하자면 간택함이 어렵고 명백함이 어렵다.
나는 명백함 가운데 있지 않다.
이 명백함에는 그대들이 찾아 돌아다닐 보호하고 아껴야 할 만한 것이 없다. 그 때에 한 승려가 물었다. 명백함에 도가 있지 않다면, 무엇을 보호하고 아껴야 할 것이 있습니까?
조주화상이 답하였다. 나 역시 모른다. 승려가 말했다
화상께서 모르신다면 어째서 명백한 가운데 있지 않다고 하십니까?
조주화상이 말했다. 답을 얻었을 테니, 인사나 하고 물러가게!

위의 내용을 「불도(佛道)의 요체(要諦)는 달리 어려운 것도 아무것

2) 山田無文(1989)『碧巖綠全提唱』제1권 禪文化硏究所 p.105

도 아니다. 요는, 존재하는 모든 것에 대한 시비증애(是非憎愛)의 생각 즉, 집착을 전혀 품지 않는 일이다. 불도의 요체라고 하는 것은 말로 좀처럼 표현할 수 없는 것으로 무리하게 표현하자면, 깨닫지 못하기도 하고 깨닫기도 한다고 말할 수 있다. 나는 깨달음조차 없는 것이다. 어떠하냐, 너희들은, 불도의 요체를 체득하고 보유하고 있느냐.」[3] 하고 설명하고 있다.

언어로 다 표현하지 못하는 것이기에 「무언(無言)」의 필요성을 설하고 있으며 깨달음조차 없다고 하여 깨달음 그 자체의 초탈을 말하고 있다. 실로 지고(至高)한 경지이다. 깨달음을 얻고자 하는 생각 그 자체도 또한 분별이고 집착이기 때문이다.

1916년(大正 5년) 9월 16일의 한시에서는 이러한 생에 대한 집착에서 벗어나 조용한 마음의 자유를 얻을 수 있다는 시취를 분명하게 나타내고 있다.

무 제

유유한 백운에 마음을 의지하면 마음도 비로소 조용해지고
홀로 내 그림자를 뒤돌아보며 나와 그림자 하나임을 깨닫게 되네.
사르르 사르르 물 흐르는 작은 시냇가에 고아하게 피는 꽃
조용한 창가를 적시며 내리는 이슬비.
부숴진 돌비석을 보려 하여 지팡이를 멈추어
다시 이끼 낀 돌다리를 건너 작은 새를 놀라게 하네.
텅 빈 산골짜기 사이의 난의 향기는 지금도 여전히

---

3) 山田無文(1989)『碧巖綠全提唱』제1권 禪文化研究所 p.105

군자의 자태에 일맥의 향풍을 보내고 있구나.

無 題

思白雲時心始降	사백운시심시강
顧虛影處意成双	고허영처의성쌍
幽花獨發涓涓水	유화독발연연수
細雨閑來寂寂窓	세우한래적적창
欲倚孤節看斷碣	욕의고공간단갈
還驚小鳥過苔矼	환경소조과태강
蕙蘭今尚在空谷	혜란금상재공곡
一脈風吹君子邦	일맥풍취군자방

이 시에서 심시강(心始降)은 분별심을 내려놓는다고 하는 의미이다. 심중(心中)에 기멸(起滅)하는 번뇌 망상은 생겼다가 흔적 없이 사라지는 백운과도 같다는 것을 알았다고 읊고 있다. 백운이 본무실체(本無實体)인 것처럼 망상도 허출몰(虛出沒)하는 것이라고 해석해 보면, 자연적으로 번뇌 망상으로부터 해방된다고 하는 선지(禪旨)를 말하고 있음을 알 수 있다. 제2구는 아무것도 실체가 없는 곳에서 생기는 허영(虛影)을 진실한 대상이라고 생각하고 그것에 의한 분별작용을 일으키면, 그곳에 상대적인 세계인 만상(万象)이 생긴다고 하는 의미이다. 이 구에서 말하는 쌍(双)은 상대적인 의미로 이해해도 좋다.

제3구의 유화(幽花)는 앞에서 거론한 1916년(大正 5년) 9월 9일의 시구 「수절유화공불전(手折幽花供仏前)」에 이어서 재차 도입하고 있

는 단어이다. 이 「유화」는 1911년(大正 원년)의 시구 중에서「유인무
일사(幽人無一事)」의 「유인(幽人)」과 그 의취를 같이하여, 소세키 자
신의 도가 어느 정도까지 달했음을 표현한 것으로 이해할 수 있다. 이
어 제4구에는 한가롭게 홀로 선경에서 소요하며 적적(寂寂)하게 유화
를 보는 소세키의 자세를 보이고 있다. 제5구와 제6구에서는 돌비석
을 보려고 작은 새를 놀라게 하기도 하고, 한가롭게 홀로 선경에서 조
용하게 색상세계의 상대적인 자연의 용도리(用道理)를 관조하는 것
을 읊고 있다. 인간이라고 하는 존재와 달리 자연에게는 번뇌와 망상
이 존재하지 않는 초월경이 있다. 소세키는 이 시기가 되어서야 참된
그 진리를 관(觀)하게 되었음을 내비치고 있다고 생각한다.

　이와 같은 번뇌 망상이 없는 자연에 대한 심경은 일찍이 지니고 있
다. 소설『풀베개』의 제10장에 「자연의 덕(德)은 높아서 진계(塵界)를
초월하여, 절대의 평등관을 무변제(無辺際)에 수립하고 있다.」[4]라고
적고 있는 것을 보더라도 알 수 있듯이 절대 평등한 경지를 자연으로
부터 얻으려고 하고 있었던 소세키의 의지가 나타나 있다. 또한, 제7
구에 있는 공곡(空谷)이라는 단어는『벽암록』제35칙「文殊前三三(문
수전삼삼)」의【평창(評唱)】에 나오는 선어로 무저문희선사(無著文喜
禪師: 359~470), 문수보살(文珠菩薩)과 문수보살 처소의 동자(童子)
가 나누는 문답에서 공곡의 의미를 찾아 볼 수 있다.

　　無著問童子云(무저문동자운), 適來道前三三後三三(적래도전삼삼후
　　삼삼), 是多少(시다소). 童子云, 大德(동자운, 대덕). 著応喏(저응야).

_____

4)『漱石全集』제2권 p.497

童子云, 是多少(동자운, 시다소). 又問, 此是何寺(우문, 차시하사). 童子
指金剛後面(동자지금강후면). 著回首(저회수). 化寺童子悉隱不見(화
사동자실은불견). 只是空谷(지시공곡). 彼處後來謂之金剛窟(피처후래
위지금강굴).[5]

무착은 동자에게 물었다
조금 전에 앞 삼삼, 뒤도 삼삼이라고 말하였는데 얼마나 되는가?
동자가 말하기를, 대덕이여. 무착이 대답을 하자 동자는 말하였다.
이것은 얼마나 됩니까? 무착은 또 물었다.
여기가 무슨 절인가?
동자가 금강역사의 뒤를 가리켰다. 무착이 머리를 돌리는 찰나에 동
자와 화현으로 나타난 절까지 모두 보이지 않고 오로지 텅 빈 산골짜기
만 있을 뿐이었다.
그곳을 후세에 금강굴이라고 불렀다.

이것은 무저문희선사(無著文喜禪師: 396~470)와 문수보살(文珠
菩薩)의 문답에 문수보살의 거처에 있는 동자도 가담한 문답이다. 여
기에서 말하고 있듯이 「공곡(空谷)」은 금강굴이다. 즉, 「유」에 있으면
서 「무」이며 절대 경계를 나타내는 비유로 위의 내용을 숙지하여 「본
래면목」의 다른 표현으로 소세키 역시 이 뜻을 인지하여 자신의 시에
사용했다고 생각된다.
그리고 마지막 구인 제8구에서는 이상과 같은 경지에서 상대세계
와 절대세계를 고요하고 한가롭게 바라보는 것이 군자의 경계라고 읊

---

5) 『碧巖錄前提唱』 제4권 전게서 p.246

고 있다. 「방(邦)」이라고 하는 것은 제1구에서 말한 「백운(白雲)」과 관련하여 소세키의 절대경을 나타내는 백운경(白雲境), 선경(仙境)의 의미로 읊었을 것이다. 속세의 상대적인 것 모두가 절대경지에서 온 한 소식이라는 것을 내보인 이 시는 생사이면을 초월한 경지에서 자연과 함께 여유롭게 느끼게 된 수행 과정을 명확히 하고 있다.

이 시 이후 1916년(大正 5년) 9월 26일에 쓴 한시에는 대도(大道)라는 단어로 시작되고 있음에 주목하고자 한다.

무 제

대도는 성인범부를 초월한다고 말들 하고 있지만
각성해 보니 비로소 석인과 같은 두려움이 깃들어
아침에는 실없이 베게머리에 의탁한 채 잔몽을 붙들고
저녁에는 멀리 범주를 비추이는 석양을 바라보네.
차를 마시고 난 뒤 여러 권의 당시를 읽노라니
정원 계수나무 위 새들은 다투어 노래하고
문 앞에 과객 없는 것은 지금도 옛날과 같아
홀로 추풍에 대할 옛 옷을 걸쳐볼까 하노라.

無 題

大道誰言絶聖凡　　대도수언절성범
覺醒始恐石入讒　　각성시공석입참
空留殘夢託孤枕　　공류잔몽탁고침
遠送斜陽入片帆　　원송사양입편범

數卷唐詩茶後榻　　수권당시다후탑
幾聲幽鳥桂前巖　　기성유조계전암
門無過客今如古　　문무과객금여고
獨對秋風看旧杉　　독대추풍간구삼

　이 시의 제1구와 제2구는 무념(無念)의 법을 읊고 있으며 대도는 성인(聖人)이라든가 범부(凡夫)라든가 하는 분별이 끊어진 것이라고 하지만 꿈에서 깨어나 보니 석인(石人)으로부터 꾸지람을 듣는 것이 처음으로 무서운 일이라는 것을 알았다, 라고 하는 뜻을 나타내고 있다. 석인이라고 하는 것은 분별이 없는 것, 결국 자연 그대로 무념무상으로 지내고 있는 도인(道人)을 비유하는 선어이다. 즉, 본지풍광(本地風光)으로서는 모두가 공(空)이고 무형무상이기 때문에 피아(彼我)도 없고 범부도 없고 선악(善惡)도 없다는 것을 깨달은 것이다. 그와 같은 진공(眞空) 속에서 세정(世情)의 인연에 의해 묘용을 나타내는 과정에서 석인처럼 무사무욕(無私無欲)의 심경으로 행동하는 것은 어렵다. 그것이 자유롭게 된다면 실로 무심지도인(無心之道人)일 것이라고 소세키는 자신의 견처를 밝히고 있다.

　제1구의 대도에 대해서「대도라고 말해도 멀리 높게 그리고 특별한 곳에 있는 것이 아니다. 있는 그대로를 비분별사량(非分別思量)으로 관철할 수가 있다면 그것이 대도이다」[6]라고 조주(趙州)선사는 설하

---

6)『碧巖錄全提唱』제6권 전게서 p.84
　　『碧巖錄』제52칙「趙州渡驢渡馬」【本則】의 評唱
　　又僧問, 如何是道. 州云, 墙外底. 僧云, 不問這箇道, 問大道. 州云, 大道透長安. 趙州偏用此機.

고 있다. 따라서 이 대도에는 성범(聖凡) 등의 상대성은 모두 초월한
다. 그리고 제3구 제4구에서는 깨달음조차 초월한 대도에 이르기까지
홀로 정진을 다해야 할 것을 읊고 있으며 그러하기 때문에 제5구에서
당시(唐詩)를 읽는다고 하는 것은 소세키가 애송하는 한산시(寒山詩)
등의 선시를 일컫고 있음을 알 수 있다. 선을 향한 정진의 끊임없는 실
행을 이해할 수 있다. 제6구 제7구 제8구는 일찍이 지은 십대의 시와
관련이 깊다. 즉, 제7구의 「문무과객금여고(門無過客今如古)」의 전후
의 구는 십대에 지은 시구 「일고일추인부답(一叩一推人不答), 경아료
란량문비(驚鴉撩亂掠門飛)」와 맥을 잇고 있기 때문이다. 아무도 대답
하지도 않는 선문(禪門) 앞에서 혼자 밀기도하고 두드리기도 했던 옛
객(客)이었건만 지금에 이르러 보니 그 객마저 원래 없다는 것을 깨닫
게 되어 홀로 추풍(秋風)을 대하며 옛 적삼을 입는다는 내용으로 이것
은 물론 소세키 자신의 도를 구하고자 한 옛 경험을 염두에 두고 쓴 시
구이다.

　소세키는 도(道)가 무심에 이르면 하늘(天)과 합일한다고 하는 것
을 알았고 그 하늘은 허명(虛明)하여 모든 묘용을 감추고 있는 천지장
(天地藏)인 것도 그의 한시에 표현되어 있다. 그리고 그 천도와 인도
가 둘이 아닌 것을 나타내고 마음의 본체가 「무(無)」라는 관념을 확립
하고 무념무상을 읊은 것이다. 다음 시에는 무념무상의 경지가 명백
하게 나타나 있다.

　　무　제

　　일생의 공과는 자신이 알고 있을 터

수많은 근심 걱정은 끝이 나질 아니하네.
찬바람이 새삼스레 성근 머리카락에 불어오고
무단히 북두성은 긴 눈썹을 비추이네.
선실 안에 독을 물고 죽는 깨달은 자도 있나하니
문 밖에 적을 쫓아 굶어 죽는 적자도 있구려.
이 가을 한가로워 적적할 것이라고 말하는 이 있겠지만
어찌 한가할까보냐 쉼 없이 떨어지는 단풍 잎 보노라면.

無 題

百年功過有吾知	백년공과유오지
百殺百愁亡了期	백살백수망료기
作意西風吹短髮	작의서풍취단발
無端北斗落長眉	무단북두락장미
室中仰毒眞人死	실중앙독진인사
門外追仇賊子飢	문외추구적자기
誰道閑庭秋索寞	수도한정추색막
忙看黃葉自離枝	망간황엽자리지

이 시는 1916년(大正 5년) 10월 4일에 지은 것으로 진인(眞人)이라
고 하는 단어를 처음 사용하고 있는 점에 주목하고자 한다. 제5구에
쓰고 있는 진인의 전거는 임제선사(臨濟禪師)의 문집인 『임제록(臨
濟錄)』의 「무위(無位)의 진인」[7]이라는 문구에서 그 의미를 찾을 수

---

7) 『鎭州臨濟慧照禪師語錄』『大正新脩大藏経』제48권 전게서 p.496
　　上堂云. 赤肉団上有一無位眞人. 常從汝等諸人面門出入. 未証據者看看. 時有僧出問.

있다.

진인은 중생도 아니고 부처도 아닌 의미로 도를 얻은 사람, 불법을 깨달은 사람의 의미이기도 하지만 법신의 의미이기도 하다. 이것은 제6구의 적자(賊子)와 대구(對句)가 되어 상대적인 의미로 쓰면서 절대적인 진인의 의미에 중점을 두고 있다.

「적자」는 망심(妄心)을 가리키는 단어로 『능엄경(楞嚴経)』 제1권에,

> 阿難(아난), 此是前塵虛妄相想(차시전진허망상상), 惑汝眞性(혹여진성), 由汝無始(유여무시), 至于今生(지우금생), 認賊爲子(인적위자), 失汝元常(실여원상), 故受輪轉(고수륜전).[8]

> 아난, 그 망심은 앞의 육진경계의 허망한 모습에 의해 일어난 상(想)으로, 너의 참 성품을 미혹하게 하고, 네가 시작 없는 옛적부터, 금생에 이르기까지, 도적을 오인하여 아들이라고 알고, 너의 본래부터 항상하는 마음을 잃어버렸기 때문에, 윤회를 받는 것이리니.

라고 설하고 있다.

이 시구에 관해서 요시카와 코지로는 「인간의 기괴한 사실(事實)을 말하려고 하는 구에 지나지 않는다. 「진인」은 선(禪)의 고승(高僧)일지도 모른다.」[9]라고 하고, 「문외추구적자기(門外追仇賊子飢)」에 대해

如何是無位眞人. 師下禪床把住云. 道道. 其僧擬議. 師托開云. 無位眞人是什麼乾屎橛. 便歸方丈.

8) 『楞嚴経』 『大正新脩大藏経』 제19권 전게서 p.108
9) 吉川幸次郎 『漱石詩集』 전게서 p.178

서는「마찬가지로 이상한 인간의 사태를 말하는 구임에 틀림없지만,
어떠한 사항을 말하려고 하는지, 미상(未詳).」[10]이라고 해설하고 있
다. 이것은 불교와 선의 세계에 대한 이해를 하지 못하고 해설한 것은
아닐까, 라고 생각되는 부분이다. 또, 사코 준이치로는「적자(賊子)」에
관해서 단지「악자(惡者)」[11]라고 해석하고 있으며, 나카무라 히로시는
「「적자(賊子)」는 반역자, 불효자, 또 선어의 적(賊)의 사용법에는 특
수한 용법도 있다.」[12]라고 해석하여 선어에 대한 의미를 언급하고는
있으나 구체적인 설명을 없다.

  그러나 필자는 어느 쪽이나 소세키의 시를 이해하는 데는 미치지
않는다고 생각한다. 따라서 이 시는 소세키에게 있어서 도의 경지에
대하여 어떠한 자신을 가지고 명쾌하게 깨닫고 있는가를 찾아 볼 수
있다. 진심의 본체를 증득하기 위해 정진해 왔지만 알고 보니까 깨달
음을 얻은 진심(眞心)도 미혹(迷惑)한 망심(妄心)도 그것을 완전하게
깨달은 진인(眞人)도 모두가 무념무상(無念無想)인 것. 그러하기 때
문에 실중(室中)에 독(毒)을 들이키고 진인이 죽으니, 라고 하여 선실
(禪室)의 진인마저 죽고 항상 마음 밖으로 내쫓으려고 한 적자(망심)
도 굶는 것이라고, 당당하게 토로하고 있다. 끊임없는 인간의 번뇌와
망상, 이들을 초탈하고 보면 모두가 텅 빈 공의 세계이며 여여한 것이
라는 것을 제7구 제8구에서 맺고 있다.

  이와 같이 만년의 소세키는 무념무상의 도리를 체득하고 난 후, 세
상의 모든 사물로부터 자유자재한 섭리를 알고 상대와 절대가 둘이

---

10) 전게서 p.178
11) 佐古純一郎『漱石詩集全釋』전게서 p.239
12) 中村宏『漱石漢詩の世界』전게서 p.296

아닌 도리. 불이(不二)의 도리를 그의 시구에 나타내 보이고 있다.

2. 오도(悟道)

「칙천거사(則天去私)」와 같은 의취를 나타낸 「도도무심천자합(道到無心天自合)」의 시구를 표현한 이후, 소세키는 천(天)의 관념을 한시에 갈파했다. 이러한 경향은, 소세키만의 개오처(開悟處)로서 독특한 선정을 노래한 것이라고 생각한다. 1916년(大正 5年) 10월 6일의 한시에는 그러한 뜻이 분명히 제시되어 있으며 그의 견처를 다져가는 모습을 살필 수 있다.

무 제

기독교 신자도 불교도도 유학자도 아니하니
단지 누추한 뒤안길 문인으로 스스로 즐기고 있을 뿐
예원을 둘러봐도 어떠한 향기도 잡을 수 없어
널리 천하 산천을 둘러 보며 다시 시 속을 배회 하네
서적을 태운 잿더미 속에 서적은 살아나고,
무법의 세계 속에 법 되살아남을 알았네
신인을 타살하매 그림자조차 없으니,
현우의 진면목 분명 허공에 현전하는 것이로고.

無 題

非耶非仏又非儒	비야비불우비유
窮巷賣文聊自娛	궁항매문료자오
採擷何香過芸苑	채힐하향과예원
徘徊幾碧在詩蕪	배회기벽재시무
焚書灰裏書知活	분서회리서지활
無法界中法解蘇	무법계중법해소
打殺神人亡影處	타살신인망영처
虛空歷歷現賢愚	허공력력현현우

라고 하여, 이 시는 천도(天道)의 하늘이 허공(虛空)임을 직설하고
있다. 일체만법이 무실(無實)하고 허망(虛妄)한 것을 철두철미하게
깨달은 후가 아니면 일체만법의 진상(眞相)을 파악할 수 없다고 말하
고 있다.

제5구, 제6구에서는, 서적을 불태워 없애더라도, 잿더미 속에는 진
서(眞書)가 살아 있고, 법계가 없는 무형상(無形象) 속에서 법계가 되
살아난다, 라고 분별 망상에서 나온 일체만법의 모든 것이 공성(空性)
임을 철저히 요득(了得)하고나서, 비로소 무분별지(無分別智)로부터
나오는 진체(眞體)를 관할 수가 있다고 하는 확언을 하고 있다. 제6
구의 「무법계중법계소(無法界中法界蘇)」의 법(法)은, 진리라는 의미
이지만, 『화엄경(華嚴經)』에 나오는 법신, 법성(法性), 법계(法界) 등
의 의미이기도 하다. 즉 불교 일반에서 말하는 진심, 진리의 성품, 진
리세계 등등의 뜻을 갖고 있지만, 이 시구에서 말하는 법은 무법계(無
法界)에서 생기는 세계의 의미로서 사용하고 있는 것 같다. 아마 무법

속에 법이 있고, 법속에 무법이 있는 도리를 나타냈다고 생각한다.

　제7구, 제8구는 신과 사람, 즉 성인(聖人)과 범인(凡人)을 전부 타살하고, 잔영조차 없는 곳에서 허공이 역력하고 분명하게 현인(賢人)과 우자(愚者)를 현출한다고 하는 내용이다. 신과 인간이라는 명자(名字)와 형상이 공(空) 그 자체이라는 것을 지득(知得)하면, 그것이 바로 타살신인이라고 하는 선지를 표현한 것이다. 그와 같이 외형적인 이름(名)과 모습(相)으로부터 초탈하면 내적인 진신(眞神)과 진인(眞人)인 허공성(虛空性)이 현우심(賢愚心)의 인연에 의해 묘용으로 현출된다는 것을 피력한 구이다. 허공인 천(天)이, 삼라만상의 출처이면서 실로 인간의 심원(心源)이며, 진심이라는 것을 깨닫고 그 본체가 무상무명(無相無名)인 도리를 표출한 것이다.

　이 시는 삼라만상이 개공무실(皆空無實)하다는 도리를 읊은 것으로, 진공(眞空)의 도리를 통해서 더 현상적으로 묘용을 전개한 본래면목을 허공이라는 말로 표현하고 있기 때문에, 이 허공은 소세키가 말하는 천(天) 또는 허명(虛明)과 같은 의미라고 생각한다. 그러므로 본래면목인 법신을 포용하는 의미도 지니고 있다. 실로, 소세키가 좌선 중, 심기일전(心機一轉)해서 본래무일물(本來無一物)인 무상진공(無相眞空)이, 만물의 본체인 사실이라는 것을 깨달은 개오송(開悟頌)이라고 말할 수 있다.

　이후 소세키는 오랜 세월 동안의 과제였던 본래면목의 공안에 대한 답으로서 직접적인 한시를 남기기에 이른다. 1916년(大正 5年) 10월 8일의 한시가 그것이다.

무　제

그림으로 그린 용에 함부로 눈동자를 점해서는 아니 될 것을
눈동자를 그린다면 화룡은 약동하여 요운을 부를 것이로고.
진짜 용은 본래 면목이 없거늘
비 검고 바람 하얀 깊은 계곡에 누워 있을 것이러니.
전신 어디를 찾아도 손톱도 어금니도 없는데
홀연히 부활하여 어하를 벗 삼고 있구나.

無　題

休向畫龍慢点睛	휴향화룡만점정
畫龍躍處妖雲橫	화룡약처요운횡
眞龍本來無面目	진룡본래무면목
雨黑風白臥空谷	우흑풍백와공곡
通身遍覓失爪牙	통신편멱실조아
忽然復活侶魚蝦	홀연부활려어하

　이 시의 내용면에서 소세키가 무언가를 암시하려고 한 의도적인 상
징으로 지은 시라고 생각된다. 형식으로는 소설 『명암(明暗)』 시대의
대부분의 시가 8구로 된 율시(律詩)로 되어 있는데 비해서 이 시는 보
기 드물게 6구로 구성되어 고시체(古詩体) 형태로 되어 있다는 점에
서 그 특징을 찾을 수 있기 때문이다.
　시의 제1구에 읊고 있는 「화룡만점정(畫龍慢点睛)」은 「화룡점정
(畫龍点睛)」이라는 고사(故事)에서 기인 된 것임을 알 수 있다. 하지

만 이 시를 짓기 1개월 반 정도 전인 8월 26일의 시구에도「점정홀지
파룡면(点睛忽地破龍眠)」이라 하여 점정을 쓰고 있으나 이 시구를 읊
었을 때에는 아직 용에 점정하지 않았으며 용이 하늘로 날아갈 수가
없다고 하는 분별이 남아 있었던 것으로 보인다. 그러나 위의 시를 읊
은 당시에는 굳이 점정하는 일조차 필요 없다는 도리를 깨달은 것이
다. 즉 진룡(眞龍)은 본래 무면목(無面目)이기 때문에 화룡(그림으로
그린 용에게)에 점정(點睛)할 필요가 없다는 깨달음을 얻은 것이다.

용을 그리고 점정하는 것에 비유하여 진짜 용은 본래 면목이 없으
며 그냥 텅 빈 계곡에 조용히 누워 있을 뿐으로 무서운 이빨도 날카로
운 발톱도 없다고 읊고 있다.

여기서 진룡은 진심을 비유한 것으로 본래 형상이 없기 때문에 그
것을 찾아 볼 장소도 면목도 없는데도 텅 빈 계곡(空谷)에 있으면서
능히 비바람(風雨)을 불러 일으켜 조화를 불러일으키고 있다. 이러한
진룡을 색상분(色相分)에서 찾을 수가 없는 것이다. 본래무일물(本來
無一物)이지만 인연에 따라 천만가지의 형상으로 응현(應現)하여 교
묘하게 묘용을 현출(顯出)한다고 하는 선지(禪旨)를 나타내고 있다고
생각한다. 이러한 필자의 논지는 요시카와 코지로가 한시의 의미를
명확히 밝히지 못하고「이 시의 함의(含意), 후고(後考)를 기린다.」[13]
라고 기술한 것에 대한 필자의 답이다.

소세키는 이미 선서(禪書) 등을 통해서 만법이 일즉일체(一卽一切)인
관계에 기인되어 있는 것을 알고 있었고 진심이 허명자조(虛明自照)[14]

---

13) 吉川幸次郎(1967)『漱石詩注』岩波書店 p.182
14) 中國禪宗의 二祖慧可의 弟子 中國伝灯第三祖僧大師의『信心銘』에「虛明自照/ 不
勞心力/ 非思量處/ 識情難測」이라고 있음. 나쓰메 소세키는 여기서「虛明烏道通」

하다는 사실도 각지(覺知)하고 있었던 것이다. 그러한 그가 1914년(大正 3年) 11월의 한시에서 「허명」을 말하고 선도를 체득한 이후, 2년이 경과한 1916년(大正 5年) 10월 8일의 한시에 자기 자신뿐만이 아니라 용을 포함한 만물이 제각기마다 갖추고 있다고 생각한 본래면목이 결국 한 물건(一物)도 없는 「본래무면목(本來無面目)」이라는 깨달음으로 확언하기에까지 이르게 된 것이라고 필자는 해석한다.

또한 1916년(大正 5年) 10월 6일의 한시와 같이 「허공력력현현우(虛空歷歷現賢愚)」라고 하여 면목의 묘체를 노래한 소세키의 개오처(改悟處)라고 해도 좋다고 본다. 본래부터 면목이라고 하는 것이 없음을 깨달아 「무면목」이라고 답한 것이라고 생각하기 때문이다. 「면목」은 상(相)이지만 그 「상」이 없는 무상(無相)이 진아(眞我)이기 때문에 면목이 있을 리가 없다고 하는 의미이다. 이것은 중국 5조 홍인선사(弘忍禪師)(620~675)의 「무불성(無仏性)」에도 비할 수 있는 획기적인 견소도득(見所道得)이라고 할 수 있을 것이다.

이 시를 필자는 소세키가 평생 숙원으로 품고 있었던 「본래면목」의 공안에 대한 답으로 진룡에 비유하여 소신을 밝힌 시구로 특히 주목한다. 소세키는 체(體)와 용(用)의 도리에도 구애되는 일 없이 실로 묘용을 관하게 된 것이다.

이와 같이 「본래면목」의 공안에 대한 답을 얻은 소세키는, 「체(体)」와 「용(用)」의 도리에도 구애되는 일 없이 실로 그 묘용을 관하게 되었을 것이며, 이 시는 1894년(明治 27년) 원각사에서 참선할 때 부여받은 공안 「부모미생이전본래면목」에 대한 답시라고 지적하고자 한다.

라고 하여 시구에 나타내고 있음.

청년시절부터 떨치지 못했던 커다란 숙제였던 「부모미생이전본래면목(父母未生以前本來面目)」의 공안을 잊지 않고 지니고 있었던 증명이기도 하고 수선사대환 이후 대발심하여 끊임없이 정진수행하며 50세가 된 만년에 이르러 오랜 세월 동안 깨달음을 향한 선수행의 결실을 얻게 되었다고 말할 수 있다. 다시 말해, 「진룡본래무면목(眞龍本來無面目)」은 소세키의 오도시(悟道詩)라고 말할 수 있는 것으로 이 시를 쓴 이후 소세키의 시의 품격이 크게 변화했다고 볼 수가 있다. 즉 소세키는 이러한 선경을 얻고 나서 이후 번뇌가 가득했던 세상사에 대해 초연하게 바라볼 수 있게 되었다는 점을 자신의 시를 통해 확연하고 담담하게 도를 표명하고 있다.

3. 만년의 선경(禪境)

소세키가 세상을 떠나게 되는 해인 1916년(大正 5年) 1월에 쓴『점두록(点頭錄)』에 조주(趙州)선사에 대한 글귀를 인용해서,

> 「「조주고불만년발심(趙州古仏晚年發心)」이라고 사람들에게 전해지고 있다. 60세가 되고 나서 처음으로 도(道)에 뜻을 둔 기특(奇特)한 마음을 가진 사람이다.(중략)수명은 자신이 정하는 것이 아니므로 본디부터 예측은 할 수 없다. 자신은 다병(多病)이지만, 조주(趙州)가 초발심(初發心)할 때보다도 아직 10년이나 젊다.」[15]

---

15)『漱石全集』제11권 p.469

라고 쓰고 있다. 이처럼 소세키는 50세가 된 정월(正月)부터 「조주
고불만년초발심」의 마음가짐과 더불어 불도에 대한 상당한 결의를 표
명하고 있음을 나타내고 있다.

조주(趙州)선사가 60세가 되고 나서 처음으로 도(道)에 뜻을 둔 것
을 예로 들면서, 자신은 다병(多病)이지만 조주(趙州)가 초발심(初發
心)할 때보다도 아직 10년이나 젊다는 것을 말하면서 도에 뜻을 두고
실천할 각오를 내보이고 있다.

따라서 이후에는 50세가 되어 비로소 도에 뜻을 새롭게 한 취지 및
그 수행을 어떻게 실천하고 있는지, 그의 문장 등에 어떠한 표현으로
되어 있는지에 대한 것을 비롯하여 심기일전의 일념으로 이룬 불도의
성과로서의 선경(禪境), 즉 깨달음의 달성 정도를 확연히 나타내고 있
다.

1916년(大正 5年) 10월 12일에 쓴 한시에는 그러한 깨달음의 경지
로서 회천행도(會天行道)의 선을 표명하고 있다.

무 제

췌탁에 의해 깨달음의 기연을 알았다오
병아리와 어미닭이 동시에 껍질을 쪼아 병아리가 나오는 것을,
바람이 있어 깃발이 펄럭이고 깃발이 펄럭여서 바람 있는 것을 알고
물 있어 달을 비추이고 달이 비추어져서 물 있음을 알았다오.
밝음의 차별상에서 보면 훌륭한 사람이 있을진대
어두움의 평등성에 서면 훌륭한 문장도 볼품없는 문장도 없거늘
대사를 잊어버리고 있다고 말을 할지는 모르지만

천(天)의 도를 회득하여 그 도를 행하는 것이 나의 선이로고.

無　題

途逢啐啄了機緣　　도봉쵀탁료기연
殼外殼中孰後先　　각외각중숙후선
一樣風幡相契處　　일양풍번상계처
同時水月結交邊　　동시수월결교변
空明打出英靈漢　　공명타출영령한
閑暗踢翻金玉篇　　한암척번금옥편
胆小休言遺大事　　단소휴언유대사
會天行道是吾禪　　회천행도시오선

　이 시는 나흘 전인, 10월 8일 지은 시구「진룡본래무면목(眞龍本來無面目)」과 관련되어 있으며 그의 개오경을 적나라하게 표현하고 있다. 실로「칙천거사(則天去私)」와 밀접한 관계가 있는 시취에 주목한다.
　제1구와 제2구의 내용으로서는「부모미생이전본래면목(父母未生以前本來面目)」이라는 공안의 인연에 따라서 정진하면서 시절 인연을 만나「쵀탁동시(啐啄同時)」[16]가 됐다는 것을『벽암록』에 근거하여 소세키 자신의 견처로 나타내고 있다. 이시의 해설에 관해서는 졸저

---

16) 山田無文(1986)『碧巖錄全提唱』제2권 禪文化硏究所 p.305
　　『碧巖錄』의 제16則「鏡淸啐啄機」에 전거가 있다.
　　【本則】擧. 僧問鏡淸. 學人啐. 請師啄. 淸云. 還得活也無. 僧云. 若不活. 遭人怪笑. 淸云. 也是草裏漢.

에서 언급한 바 있어서 생략하기로 한다.[17] 즉, 이 시에서 말하고자 하는 것은 「쵀탁(啐啄)」이 동시에 이뤄지듯이 「풍번(風幡)」과 「수월(水月)」역시 인연이 동시에 상응해야 함을 나타내고 있다. 인(因)과 연(緣)이 구족(具足)하지 않으면 삼라만상이 생길 수 없듯이 체(体)에서 만상(萬象)의 용(用)이 자재무애(自在無碍)하게 이루어지는 도리를 소세키는 표현하고 있다.

그러므로 모든 것이 인연으로 나타나는 것이지만, 그 형태가 달리되는 것 또한 당연한 것으로 공명(空明)한 식(識)은 유정(有情: 인간, 동물, 유정물)을 이루고 한암(閑暗)한 식(識)은 무정(無情: 물건, 산하대지 같은 무정물)을 이루는 것이다. 그리하여 소세키는 수행 끝에 선리(禪理)는 알았지만, 중생 제도 같은 대사(大事)는 간담이 작아 제대로 이룰 수 없어서 자신은 천도를 회득하여 그 천도를 실행함으로써 자신의 선도(禪道)로 하겠다고 표명하고 있다.

1916년(大正 5년) 11월의 초경에 소세키산방(漱石山房)의 목요회(木曜會)의 석상에서, 마쓰오카 유즈루(松岡讓), 아쿠타가와 류노스케(芥川龍之介), 구메 마사오(久米正雄), 대학생 한 명과 함께 인생에 있어서 가장 높은 태도가 어떠한 것인지에 대한 종교적 문답을 하게 된다.

이 장면에서 젊은 제자가 「불합리(不合理)하기 때문에 우리는 믿는다.」라고 하는 의미는 어떠한 것인지에 대해 질문한다. 이 질문에 대해 소세키는 다음과 같이 대답하여 당시의 「무심지도(無心之道)」를 표명하고 있다.

17) 陳明順(2017)『문학(文學)과 불교(佛敎)』지식과 교양 p.135

버드나무는 푸르고 꽃은 붉다 그것으로 족하지 아니한가. 있는 것을
있는 그대로 본다. 그것이 믿음이라고 하는 것이 아니겠는가.[18]

이 문답에서 분명 보이는 것은 소세키의 도(道)에 대한 확고(確固)
한 신념이다. 「있는 것을 있는 그대로 본다.」라고 하는 것은, 불교에
서 말하는 지극히 당연한 진리이고 또한 지극히 높은 경지이다. 그것
은 사량 분별이 없어진 여여한 선의 세계를 일컫고 있다. 무집착(無執
着), 무념무상(無念無想)의 견지에서 당시의 「무심지도(無心之道)」를
표명하고 있다.

사량 분별 면에서 생각해 보면 합리적이니까 믿을 수 있지만, 불합
리(不合理)하니까 믿는다는 등에 대한 논리 그 자체가 불합리하다고
하는 것이 젊은 제자들의 생각이었을 것이다. 그것에 대해 소세키는
자신의 선적(禪的), 자력적인 깨달음의 입장을 표하고 인생에 있어서
가장 높은 태도로서의 수행(修行)을 해야 할 것이라고 말하고 있다.

　「인간이라고 하는 것은, 상당한 수행(修行)을 쌓으면, 정신적으로 그 경
　지까지 도달하는 것은 어느 정도 가능하지만, 그러나 육체의 법칙이 좀처
　럼 정신적 깨달음의 전부를 용이(容易)하게 표현해 주지는 않는다네.」[19]

인간의 육체에 대한 애착(愛着) 집착은 좀처럼 떨쳐낼 수가 없다고
하지만 그것은 인간 본능의 힘이다. 그러나 그것을 무리하게 타파하
려고 하지 않고, 그것을 관(觀)하는 것도 수행이라고 하는 것을 소세

---

18) 松岡讓(1934)『漱石先生』「宗教的問答」岩波書店 p.102
19) 전게서 p.102

키는 자신(自信)을 가지고 말한다. 그것은 그가 오랜 시간 수행해 온 좌선관법의 체득일 것이다.

「그냥 순리에 따라 그것을 자재(自在)롭게 컨트롤하는 것이라고 할까. 그러기 위해 즉 수행이 필요한 것이라네. 그렇게 하는 것 자체가 일견 도피적(逃避的)으로 보이는 것이겠지만 사실 인생에 있어서 가장 높은 태도일 것이라고 생각한다네.」[20]

라고 하는 바와 같이 모인 제자들에게 인생에 있어서 도(道)를 알고 그 깨달음을 얻는 일이 가장 높은 태도라고 말하고 있다. 깨달음에 의해 본능을 지배하고, 무아(無我), 무심(無心)의 경지에 들어갈 수 있는 힘의 발현이 수행이고, 그것에 의해 가능하다고 단언하고 있다. 즉,「있는 것을 있는 그대로 본다.」,「지금의 나라면, 아마, 아아 그렇구나! 라고 말하고 그것을 평정하게 바라볼 수가 있을 것이라고 생각한다.」[21]라고 하는 등의 표현은 실로「무념무상」에 도달한 심경을 분명하게 하고 있다.

다음의 1916년(大正 5년) 10월 15일의 한시에는 그러한 소세키의 심경이 확실하게 나타나 있다.

　무　제

내 자신에게 보이지 않는 얼굴은 거울에 의해 접할 수 있으련만

20) 전게서 p.102
21) 전게서 p.102

나의 마음만은 볼 수가 없어 도에 이르지 못함이 한탄스럽기만 하네.
내일 아침 시장에서 소를 죽이는 객일지라도
오늘 산중에 도를 관하는 사람이로고
우여곡절 거쳐 비로소 하늘의 경지를 열어
겹겹의 산을 밟아 넘으니 또다시 새로운 길이 계속되네.
종횡곡절 높고 또한 낮음의 변화가 한이 없으나
이 모두가 허무이며 또한 이 모두가 참 진실이로구나.

無 題

吾面難親向鏡親	오면난친향경친
吾心不見獨嗟貧	오심불견독차빈
明朝市上屠牛客	명조시상도우객
今日山中觀道人	금일산중관도인
行盡邐迤天始闊	행진리이천시활
踏殘岎嵯地猶新	답잔합답지유신
縱橫曲折高還下	종횡곡절고환하
總是虛無總是眞	총시허무총시진

　시의 제1구에는, 자신의 얼굴은 자신은 알 수 없지만 거울을 통해서만이 그 얼굴을 볼 수 있다. 각각 가지고 있는 진면목은 눈에는 보이지 않지만, 그 묘용의 작용을 통해서 볼 수가 있다고 하는 의미로 이해할 수 있다. 제2구의 마음이 가난하다고 하는 것은, 자신의 마음은 형태가 없어 볼 수가 없기에 단지 가난하다는 것으로 표현하고 있다. 여기에서 가난하다고 하는 것은 물질적으로 육체적으로 빈궁하다든가 돈

이 없다는 것이 아니고, 마음이 비어있다고 하는 심공(心空)을 말하는
것으로 아무런 탐욕도 없다고 하는 의미로서 읊고 있지만 실은, 그렇
게 할 수 있다면 그것이야말로 자신의 마음을 관(觀)하는 것이라고 하
는 도리를 아울러 비유한 것이다.

이 시구는 소세키 자신의 마음에 분별과 망상이 없어지고 무념무상
의 경지가 되었다고 하는 선지(禪旨)를 내보이는 뜻이라고 생각한다.

제3구와 제4구는, 1916년(大正 5년) 9월 22일의 한시 「독역황우수
출관(獨役黃牛誰出關)」에 나타낸 황우(黃牛)와 관련해서 이해해 보
면 불교의 「십우도(十牛圖)」에서 깨달음에 도달한 경지에 들어갈 수
없는 표현으로 황우로 비유하는 것을 들 수 있다. 「십우도」에 관한 것
은 졸론에 논한바 있어 여기서는 생략하기로 한다.[22] 그러나 1916년
(大正 5년) 10월 15일의 이 시에 이르러서는 그 소(牛)를 도살하게 됨
을 나타내고 있다. 그리고 나서 도를 관하게 된다. 실로 소세키는 최후
의 집착까지 모두 방하했다고 하는 것을 천명하고 있다고 생각한다.

제5구, 제6구에는 끝까지 가보니 비로소 하늘이 광활하다는 것과
대지가 더 한층 새롭다고 하는 것을 관하고 깨달음에 이르게 되었다
고 하는 뜻을 나타내고 있다. 즉 정진(精進)한 결과, 천지가 광활한 것,
천지의 무한한 공능(功能)을 다시 새롭게 인식하게 된 기쁨의 심경을
나타내고 있다.

제7구, 제8구에서는, 만유개공(万有皆空)의 도리로서 허무(虛無)한
존재임을 깨닫고 일체를 방하해 보면, 무면목(無面目)의 진면목(眞面

---

22) 陳明順(2014) 「夏目漱石の作品に表れている「牛」の考察.-「十牛図」との關わりを
めぐって-」 「일본어 교육」 제70집 한국일본어교육학회

目)이 바로 진심이고 바로 허명한 공(空)인 것을 깨닫게 되었다는 것, 그리고 또, 그 진심인 허명천(虛明天)이 산천운물(山川雲物)의 모든 차별상을 표출하는 도리라는 것도 깨달았다고 하는 의미를 나타내고 있다.

요컨대 이 시는 모든 삶이 인연(因緣)에 의한 것이니까, 색상세계(色相世界)를 부정하는 일 없이, 그것을 대기대용(大機大用)으로 묘사하고, 이와 같은 모든 것들이 허무하면서 (본체의 입장에서 보면 모든 것이 자성(自性)이 없고 비어 있는 공(空)이므로 허무(虛無)이다) 동시에 모든 것이 진상(眞相)(작용의 입장에서 보면 모든 것이 묘용이므로 진성(眞性)의 대용(大用)이다)이라고 말하고 있기 때문에, 진(眞)과 가(仮), 유(有)와 무(無)가 둘이 아님을 말하고 있는 것이다.

따라서 모든 차별상 그 자체가 평등성인 진심에서 유출되므로 만유(萬有)가 진(眞), 그 자체라고 하는 견해를 나타내고 있다고 볼 수 있다. 이것은 반야심경(般若心經)의 색즉시공(色卽是空), 공즉시색(空卽是色)의 의미와 결부할 수 있다고 생각한다.

일체경계의 주관을 무(無)로 관할 수가 있을 것, 일체의 주관을 끊은 절대경에 달하면 그것은 실로 자아(自我)로부터 자유롭게 되는 가장 높은 경지이다. 소세키는 그 경지에 들어가기 위해서는 심기일전(心機一轉)할 필요가 있다고 생각했을 것이다. 그 전거로 1915년(大正 4년) 1월경부터 11월경까지라고 기록되어 있는 「단편(斷片)」에 그 의지를 내보이는 문구가 적혀있다.

심기일전(心機一轉), 외부의 자극에 의한다. 또 내부의 교착력(膠着力)에 의한다.
한 번 절대(絶對)의 경지에 달하고, 또 상대(相對)에 고개를 내민 자는 용이(容易)하게 심기일전이 가능하다.

　절대의 경지에 달하는 자는 심기일전할 수 있다.

　자유롭게 절대의 경지에 들어가는 자는 자유롭게 심기(心機)의 일전
(一轉)을 얻을 수 있다.[23]

　이 내용대로 소세키는 절대의 경지에서 자유롭게 상대의 세계를 바라볼 수 있게 되기를 원했을 것이다. 전술의 시구「총시허무총시진(總是虛無總是眞 : 이 모두가 허무이며 또한 이 모두가 참 진실이로구나.)」는 참으로 심기일전의 선지를 표명한 것으로 이해된다. 소세키는 계속해서 이 심기일전의 의취를 살리는 선정(禪定)을 밝히는 내용을 1916년(大正 5년) 10월 16일의 시에서도 표현하고 있다.

무　제

　인간 손을 뒤집으면 속계 이 또한 청산이로고
　아침 시장 군중 속에서도 한가한 것이거늘
　떠들썩한 웃음소리도 막막한 구름 같은 것이고
　시끄러운 소리도 졸졸 흘러가는 물소리 같구나.
　말을 타야함에 잘못하여 소에 올라타니 말은 울며 사라져버리고
　용의 이를 얻은 개는 되돌아 달려온다고 하나
　달을 안고 화로에 던져 붉은 불길이 일어도
　홀연히 달은 없고 푸른 파도는 만에 떠오를 뿐이구나.

---

23) 夏目漱石(1966)『漱石全集』제13권 p.778

無 題

人間翻手是靑山	인간번수시청산
朝入市塵白日閒	조입시전백일한
笑語何心雲漠漠	소어하심운막막
喧聲幾所水潺潺	훤성기소수잔잔
誤跨牛背馬鳴去	오과우배마명거
復得龍牙狗走還	복득룡아구주환
抱月投爐紅火熟	포월투로홍화숙
忽然亡月碧浮灣	홀연망월벽부만

　이 시는 마음의 작용에 따라 모든 견지(見地)가 다르다는 도리를 말하고 있다. 제1구, 제 2 구에서는 심기일전하면 상대가 절대가 되고 속계(俗界)가 초속계(超俗界)의 청산이 되는 것이다. 그리고 아무리 시끄러운 시장이라도 자신의 마음의 본체만 잃어버리지 않으면 여유롭고 한가로운 법이다. 이것을 깨닫는 것은 찰나(刹那)의 일이지만 깨닫기 전에는 어려운 일이다.

　제1구의 「손을 뒤집으면(翻手)」의 표현은 『나는 고양이로소이다(吾輩は猫である)』제7장에도 「겨우 눈에 들어갈지 들어가지 않을지, 잡으려 해도 잡히지 않는 벌레 때문에 정나미가 떨어졌다고 보인다. 손을 뒤집으면 비, 손을 다시 뒤집으면 구름이라고 하는 것은 이러한 일이다.」[24]라고 하여 잡으려 해도 잡히지 않는 벌레 때문에 일어나는 번뇌망상(煩惱妄想)을 표현하여 기술하고 있다.

---

24)『吾輩は猫である』『漱石全集』(1966) 제1권 p.266

그리고 이어서 제3구, 제4구에는 한 번 이 경지를 얻으면 웃음소리도 고함소리도 여여한 것이라고 읊고 있다. 그곳에는 아집(我執)도 집착도 없기 때문에 구름은 막막(漠漠)하고 물도 졸졸 흐르는 소리와 함께 유연(悠然)하게 흘러가는 것이다. 인간의 많은 일(多事), 그 모든 행동을 행하면서도 마음의 적적한 상태를 떠나지 않는다고 하는 선의 경지를 나타내고 있다.

제5구, 제6구에는 사량 분별이 끊임없는 인간과는 다른 동물의 자연스러운 상태를 들어, 순응해 가는 자연계의 섭리를 표현하고 있다. 제7구, 제8구의 달(月)은 불교, 선가(禪家)에서 비암비명(非暗非明)의 현상으로서 마음에 비유된다. 따라서 이 「달」을 두고 진심을 알아 선리를 깨닫고, 포월(抱月)하여 뜨거운 화로에 던진다고 하면 (이것은 이 세간이 괴로운 화탕지옥(火湯地獄)과 같아 열고(熱苦)가 홍화(紅火)처럼 타는 사바세계(娑婆世界)를 비유한 것), 홀연히 망월(亡月)(진심에 비유되는 달이 본래 없다는 것을 알았다고 하는 것)이 되어, 뜨거움에 괴로워하는 이 세상이 아닌 편안한 푸른 천상세계와 같은 것이다, 라고 하여 괴로움과 즐거움이 둘이 아니고(不二) 지옥과 천상이 둘이 아니라고 하는 의미를 묘사하고 있는 시구이다. 마음의 본체를 깨닫고 그것을 잃어버리는 일이 없다면 항상 적적성성(寂寂惺惺)한 경지에서 명백하게 나타낼 수 있는 것이다.

소세키는 앞의 시 제7구에서 「로홍화(爐紅火)」라는 말을 사용하고 있다. 이와 관련하여 이해할 수 있는 것으로 화택(火宅)을 들 수 있다. 이 세상이 뜨거운 화택이라고 한 것에 대해서는 소설 『산시로(三四郎)』에 「현세(現世)를 알지 못하니 불행이고, 화택을 벗어나니 행복이다」²⁵⁾라는 구절이 있고, 『풀베개(草枕)』에 「남과 싸우지 않으면 체면이 서지 않는다고 속세가 재촉하니, 화택의 괴로움은 벗어날 수 없다.」²⁶⁾라고 도입한 문장이 있다. 화택인 속세를 초탈하여 자유롭게 될 수가 있다면 절대경(絕對境)에 소요(逍遙)하는 것은 어려운 일이 아닌 것임을 말하고 있다.

이와 같이 소세키는 1915년(大正 4년) 「심기일전」의 각오를 나타내고 나서 그것을 한시를 통해서 절대경의 유연(悠然)한 풍광과 탈속(脫俗)의 경계를 구가(謳歌)하고 있다. 그것은 일체의 주관(主觀)을 무(無)로 하고 그의 선정(禪定)으로부터 생겨난 무심(無心), 무사(無私), 무아(無我)의 절대 경지를 얻기 위한 정진일 것이라고 생각한다. 그리고 이후 1916년(大正 5년) 죽음을 맞이하기까지 끊임없이 쓴 한시 중에 1916년(大正 5년) 10월 20일의 한시에는 50세까지의 인생의 여정(旅程)을 돌아보는 심정을 표현하고 있다.

무 제

반생동안 의기 높게 칼날을 쓰다듬었건만
늙고 쇠하여 홀로 천지간에 서 있구나.
사력으로 옛 성곽 고수하려는 자 누구인가
한 번 청풍이 관문을 부수어 버리면
준마는 진흙 속에 들어가 땅 속으로 사라지고
신령스러운 무소는 뿔을 꺾고 하늘 밖에서 돌아온다.

25) 『漱石全集』 제4권 p.86
26) 『草枕』 『漱石全集』 제2권 p.487

한수가 오늘 아침 북으로 향해 흘렀다 해도
노산은 의연하여 본래의 면목을 볼 뿐이로다.

無 題

半生意氣撫刀鐶	반생의기무도환
骨肉銷磨立大寰	골육소마립대환
死力何人防旧郭	사력하인방구곽
淸風一日破牢關	청풍일일파뢰관
入泥駿馬地中去	입니준마지중거
折角靈犀天外還	절각령서천외환
漢水今朝流北向	한수금조류북향
依然面目見廬山	의연면목견려산

이 시는 소세키의 수행정진 경과와 결과가 그대로 느껴지는 내용으로, 자신의 인생의 절반을 뼈 깎는 아픔으로 수행한 결과 절대경지를 알게 되었다는 것을 이야기하고 있다. 반평생 동안 가지고 있던 육신의 부귀영화에 대한 집착과 끝없이 일어나는 번뇌를 떨쳐버리고 깨달음을 얻은 기쁨을 나타내고 있는 시이다. 비로소 생사에 대해 초월할 수 있고 본래의 면목을 볼 수 있다는 소세키의 마음을 읊은 시로 세상을 떠나기 전의 심경이 잘 나타나 있다.

이 시는 연작 칠언율시의 제 60수이다. 제1구와 제2구는 소세키의 선 수행 정진의 경력이 느껴지는 구로서, 그 자신의 인생의 절반은 의기를 가지고 수행한 결과, 대우주에 서게 되었다고 하는 의미일 것이다.

제3구의 구곽(旧郭)이라는 것은 옛부터 육근(六根) 성곽(城郭), 즉

안이비설신의(眼耳鼻舌身意)인 육근이 긴 생애에 걸쳐서 사용해 온 성곽이라는 뜻이다. 색신에 있어서 부귀영화에 대한 집착, 분별망상을 벗어버리기 위해, 색성향미촉법(色聲香味觸法)등의 육진(六塵)의 경계에 끌리지 않으려고 사력(死力)을 다하여 구곽인 육감기관(六感器管)을 잘 다스려 온 결과, 제4구에서 그것을 성취했다는 것을 나타내고 있다.

제4구의 「뇌관(牢關)」은 육근의 문을 관문으로서 비유하고 있다. 즉, 육근인 구곽을 사력을 다하여 막으려고 했던 세속적인 분별망상은 청풍의 하루, 즉 맑고 고요한 일념으로 이룬 하루의 선정에서 그 육근문과 육진경계를 함께 타파할 수 있었다고 하는 의취이다. 그러므로 뇌관을 부수고 유루(有漏)의 경계에서 구곽을 방지하고 무루(無漏)가 되도록 노력한 것이 하루에 이룩했다는 것이다. 분별망상을 타파하는 선경을 말하고 있다.

제5구의 「입니준마(入泥駿馬)」라는 것은 번뇌 망상에서 벗어나지 못하는 사람은 탐(貪), 진(瞋), 치(痴)의 세 가지 독을 버리지 못하고, 근심만 가득한 상태임을 말한다. 제6구의 신령스런 뿔을 꺾은 무소가 그 뿔을 버리고 하늘 밖에서 유유자적하게 있다는 것은 뿔이라는 분별 망상의 기능, 그 작용을 포기하고 진심만 사용한다는 뜻이다. 즉, 아무리 뛰어난 인물이라 해도 세속적인 명리욕(名利欲)에 뛰어든다면 땅속으로 빠져들어 버린다. 그러나 신령스런 무소가 그 뿔을 내버리는 것과 같이, 분별심을 버리고 무분별한 무심도인(無心道人)처럼 명리의 삼독심(三毒心)을 버린다면, 자유롭게 바람직한 세상의 생활을 할 수 있을 것이라고 읊고 있다. 또한 이제 「본래면목」을 깨달았다고 해도, 그 깨달았다고 하는 지견이 있어서는 이 또한 분별이므로,

이 지견마저 버려야 하며 그렇게 되지 않으면 하늘 밖에서 유유자적 할 수 없다는 뜻으로 필자는 해석하고자 한다. 제7구에서 남으로 흐르는 물이 오늘 아침 갑자기 북쪽으로 흐른다는 것도, 현실에는 있을 수 없는 일이므로(본성이 무(無)임을 비유), 말로서는 존재 가능한 것을 (가상(假相)인 외형으로서는 존재함을 비유) 예로 들고 있다. 이것은 1916년(大正 5년) 10월 18일의 한시 제4구의 「노암아명금의요(鷺暗鴉明今意饒)」와 같은 의취로 표현하고 있다. 평상인은 모습 같은 외견적인 면만 보지만, 소세키 자신은 이제 내면적인 「본래면목」을 깨닫고 나서는 외부의 모습을 허명으로 본다고 하는 선적인 담연(湛然)한 풍광을 음미하고 있다. 이 제7구는 선어인 「북두면남간(北斗面南看)」과 상응하는 구로서 이해할 수 있다.

중국의 고봉원묘선사(高峰原妙禪師: 1238~1295)의 선시에 「해저니우함월주(海底泥牛含月走: 바다밑 진흙소는 달을 품고 달리고, 암전석호포아면(巖前石虎抱兒眠: 바위앞 돌호랑이 아기 안고 자고 있네. 철사찬입금강안(鐵蛇鑽入金剛眼: 쇠뱀은 금강안(金剛眼)의 눈을 뚫고 들어가고, 곤륜기상로학견(崑崙騎象鷺鶴牽: 곤륜산은 코끼리를 타고 백로와 학은 끄는구나.」라는 구가 있다. 바다 밑의 진흙소가 달을 품고 달린다는 것은 진흙소가 바다 속으로 들어가면 그 모양이 녹아 없어지는 것을 빗대어 이름이나 모습 그리고 말만 진흙소라는 것이 존재하지만 본성은 공무(空無)인 선리를 표현하고 있다. 소세키도 그런 의취로 이 시구를 지었을 것이라고 생각한다.

그러므로 제8구에서는 이와 같은 도를 얻고 보면, 달리 특이한 것이 없으며, 여전히 담담하게 노산을 볼뿐이라고 음미하고, 진심은 여여부동(如如不動)한 까닭에, 본성과 가상(假相)을 모두 초월하고 있음을 나타내고 있다. 여기에 여산(廬山)을 도입한 것은, 소식(蘇軾)의 잘 알려진 고사(故事)를 반영했을 것이다. 중국 송나라의 소식 소동파(蘇東坡)는 평소 노산의 안개비와 절강(浙江)의 조수가 보고 싶다고 생각하고 있다가 막상 그것을 보니 별로 다른 것도 없었다고 하는 내용을 「여산연우석강조(廬山烟雨浙江潮: 여산의 안개비와 절강의 조수를, 불도천반한미소(不到千般恨未消: 가 보지 못하고는 천 가지 한 녹이지 못한다 하여, 도득환래무별사(到得還來無別事: 가서 보고 돌아오니 별 다를 것 없어라, 여산연우석강조(廬山烟雨浙江潮: 여산의 안개비와 절강의 조수더라)」라고 그의 시에 표현하고 있다. 실로 마음의 평안은 온갖 것에 대한 집착을 버리고 일체를 있는 그대로 보는 것에서 나온다는 경계를 나타내고 있는 내용이다. 소세키는 이런 마음의 평안을 얻고 보니, 모든 게 그대로 있을 뿐이라는 여여한 경지를 소동파의 시에서 인용해서 표현했다고 본다. 「버드나무는 푸르고, 꽃은 붉고 그것으로 좋지 아니한가? 있는 것을 있는 그대로 본다.」라고 한 소세키의 「종교적 문답(宗敎的問答)」에서 이야기한 대로이다. 이는 세상의 모든 것에 연루되어 있는 망상을 타파한 선정의 체험담 같은 견해라고 생각된다.

「화홍류록(花紅柳綠)」처럼 눈에 비치는 것을 아무런 경계에도 걸리지 않고, 있는 그대로 보는 선의 도리를 표현한 선가의 말은 많다. 소세키의 다른 한시에도 부분적으로 볼 수 있으므로 그 전거를 살펴보자.

山是山水是水(산시산수시수), 長是長短是短(장시장단시단).

天是天地是地(천시천지시지).[27]

산은 산이요. 물은 물이로다. 장은 장이요, 단은 단이로다.
하늘은 하늘이요, 땅은 땅이로다.

水中元無月(수중원무월), 月在青天(월재청천). 如星在秤(여성재칭),
不在於槃(부재어반).[28]

물속에는 원래 달이 없고, 달은 하늘에 있듯이
저울 눈금은 저울대에 있지, 받침대에 있지 아니하다.

참으로 무심한 대오관이다. 소세키는 이런 경지를 원하고 구하고자
오랫동안 수행을 계속했을 것임에 틀림없다. 그리고 그 오래 지속한
선 수행의 경로를 표출하여 위의 시를 지었다고 생각한다.

3. 칙천거사(則天去私)와 개천개지시무심(蓋天蓋地是無心)

소세키는 1916년(大正 5년) 11월이 되고 나서는 칠언율시는 세 수
밖에 짓지 않았다. 그 당시 이 해 10월 23일부터 31일까지, 소세키의
자택에 두 명의 젊은 운수(雲水)가 머물고 있었던 사실에서 당시의 심

---

27) 『碧巖錄』 제2則 「趙州之道無難」 【評唱】 『碧巖錄全提唱』 제1권 전게서 p.133
28) 『碧巖錄』 제39則 「雲門花藥欄」 【評唱】 『碧巖錄全提唱』 제4권 전게서 p.453

경을 살펴 볼 수 있다. 소세키는 이 두 선승(禪僧)에 대해 선망(羨望)과 함께 경애심(敬愛心)을 갖고 있었던 것 같다. 선승이기에 다른 사람들과는 달리 사찰, 선 수행, 도 등의 이야기를 나눌 수 있었기 때문일 것이다. 그 선승의 한 명인 기무라 겐죠(鬼村元成)는 당시, 고베시(神戶市)에 있는 쇼후쿠지(祥福寺)의 운수승(雲水僧)으로, 소세키는 그에게 1914년(大正 3년) 4월 19일부터 20회 정도 서신을 보냈고, 또 한명의 선승인 도미자와 케이도(富澤敬道)에게는, 1915년(大正 4년) 1월 29일부터 5회의 서신을 보냈다. 도미자와 케이도는 기무라 겐죠와 같이 있는 쇼후쿠지의 운수로 기무라 겐죠보다는 선배로, 소세키는 선 관계에 관해서 서신을 많이 쓴 것으로 보인다.

  1915년(大正 4년) 4월 22일의 도미자와 케이도 앞으로 보낸 서한에는, 「저는 당신보다 몇 살 연상인지 모르겠지만 당신이 훌륭한 스승이 되었을 때 당신 제창(提唱)을 들을 때까지 살고 싶다고 바라고 있습니다. 그때 만약 죽으면 아무쪼록 저의 묘 앞에 불경이라도 올려주십시오. 또 사정이 허락하신다면 장례식 때 오셔서 인도를 해주십시오.....훌륭하신 스님의 독경이 가장 고맙다고 생각합니다.」[29]라고, 의지하는 마음으로 쓰고 있다. 물론 이 시기는 병으로 인한 죽음을 생각하고 있던 시기였으므로 장례식 때 불경의 독경을 부탁한 것으로 보인다. 생을 마무리하는 단계에서 소세키가 선승에게 보내는 마음이 절실하게 나타나 있는 편지 내용이다. 그리고 같은 편지에 「저는 선을 하시는 스님과 그다지 교제가 없습니다. 그러나 선을 하시는 스님을

---

29)『漱石全集』제15권 p.456

좋아합니다.」[30]라고 자신의 심정을 표하고 있다. 소세키는 이러한 선승에 대한 경애심으로 두 선승을 기분 좋게 자택에 머물게 했을 것이다.

소세키는 이 탈속의 두 스님이 머물렀던 것을 계기로 더욱 대오(大悟)의 대성(大成)에 대한 채찍을 자신에게 가했을 것이다. 1916년(大正 5년) 11월 10일 기무라 겐죠에게 감사의 서신을 받은 데에 대한 답으로 보낸 서신에 그런 심경을 볼 수 있다.

별로 잘 보살펴드리지도 못하고 그런 정중한 감사의 말씀을 들어서 송구스럽습니다. 그러나 그것이 인연(因緣)이 되어 수행 대성(大成)의 발심(發心)으로 변화한다면 저로서는 이 정도로 만족스러운 일은 없습니다. (중략)저는 제 나름대로 자신의 분수만큼 방침과 마음가짐을 다 잡아 도(道)를 닦을 작정입니다. 정신을 차리고 보니, 모두 미흡한 일 뿐입니다.[31]

소세키는 나름대로 지금까지 선 수행을 했고, 또 그 오경(悟境)에도 근접할 수 있었으나 역대의 선사 같은 대오의 경지에는 이르지 않았음을 스스로 잘 알고 있다. 이 서한 문말에 「이 다음에 뵐 때에는 좀 더 나은 인간이 되어 있고 싶습니다」[32]라는 의지를 보이고 있다. 좀 더 나은 인간이라고 하는 것은 말할 필요 없이 대오를 이루겠다는 의지로 소세키의 자신감을 피력한 것이 느껴진다.

소세키는 이제 어느 정도의 도에는 이르렀지만, 「제 나름대로 자신

---

30) 전게서 p.456
31) 전게서 p.692
32) 전게서 p.692

의 분수만큼 방침과 마음가짐을 하여 도를 닦을 작정」이라고 한 말에서 보면, 선승에 대해서 매우 겸손하게 표현한 점을 느낄 수 있다. 즉, 자신의 분수만큼 도를 닦은 정도 오득은 있었지만 선승의 앞이라 감히 자신의 선경을 내비치지 않은 것으로 보인다. 같은 해 11월 15일, 도미자와 케이도에게 보낸 편지에 다음과 같이 적고 있다

> 이상한 일을 말씀드립니다만 저는 오십이 되어 비로소 도(道)에 뜻을 두는 일을 알아차린 어리석은 자입니다.[33)]

이 내용은 단순하게 보면 오십세 이전에는 도에 뜻을 둔적이 없다고 보이겠지만, 실제로는 그렇지 않다는 것은 이미 살펴본 바와 같다. 과거 청년 시절부터 도에 뜻을 두고 정진해왔기 때문이다.

이 편지의 내용으로 미루어 짐작할 수 있는 것은 오십세가 되어 깨달음을 얻게 됐다는 소세키의 겸손 표현이라고 생각한다. 속세의 거사(居士) 신분으로 탈속의 선승에 대한 겸손의 예의를 나타내는 것이, 선 수행자로서의 태도이기 때문이다. 그리고 편지에 승려의 신분이 「저보다 얼마나 행복한지 모르겠습니다」[34)]라고 하여 일찍부터 출가하여 승려의 몸이 되어 선문에 들어 수행에 정진할 수 있는 것에 대한 부러움을 표하고 있다.

하지만, 소세키는 이미 자신의 한시에 표현한 것처럼 「골육소마립대환(骨肉銷磨立大寰)」의 경지에 이르러 자신의 도를 닦아, 「회천행도시오선(會天行道是吾禪)」의 선지를 표명한 바이다. 소세키는 선승

---

33) 전게서 p.604
34) 전게서 p.604

에게 이러한 서신을 보내기 이전인 1916년(大正 5년) 11월 6일에 고
미야 토요타카(小宮豊隆)에게 보낸 편지에 무사(無私)의 심경을 밝히
고 있다.

> 내가 무사(無私)라고 하는 의미는 어려운 것도 아무것도 아닙니다.
> 단지 태도에 무리가 없는 것입니다. 그러므로 좋은 소설은 모두 무사입
> 니다.[35)]

　대아(大我)가 명하는 대로, 태도에 무리가 없는 것, 그것이 「무사」
라는 것을 말하고 있다. 즉, 「칙천거사(則天去私)」의 「거사(去私)」와
상통하는 내용이다.
　이후, 소세키가 죽음에 이르기까지 더욱 분발하여 정진을 한 것은
의심할 여지가 없을 만큼, 높은 선의 경지를 읊은 한시를 남기고 있다.
실로 선시의 경지를 나타내고 있다.
　다음 한시에서는 도와 마음에 대해 소세키 자신의 깨달음의 경지를
표명하고 있다.

　무 제

> 참된 도는 자취 없어 묘연히 흔적 찾기 어려워
> 아무 걸림 없는 마음으로 고금을 거닐까 하노라..
> 벽산벽수 어디에 나라는 것이 있을까
> 천지간의 모든 것이 모두 무심인 것을

---

35) 전게서 p.601

어스레한 저녁 빛 속에 달은 풀을 떠나고
가을바람 소리는 숲을 울리며 오고 가고 있구나.
눈과 귀 보지 않고 듣지 않아 이 몸 있는 것조차 또한 잊어버리고
공중에 홀로 백운의 노래를 읊는구려.

無 題

眞蹤寂寞杳難尋	진종적막묘난심
欲抱虛懷步古今	욕포허회보고금
碧水碧山何有我	벽수벽산하유아
蓋天蓋地是無心	개천개지시무심
依稀暮色月離草	의희모색월리초
錯落秋聲風在林	착락추성풍재림
眼耳双忘身亦失	안이쌍망신역실
空中獨唱白雲吟	공중독창백운음

　1916년(大正 5년) 11월 20일 밤에 지은 이 시는 소세키의 마지막 한시이다. 연작 칠언율시 중에서 제64수이며 죽음을 맞이하기 직전에 읊은 소세키의 임종게(臨終偈)라고 말할 수 있을 정도로 원숙한 선경을 밝히고 있다.

　제1구 「진종(眞蹤)」은, 1916년(大正 5년) 10월 8일의 한시에서 볼 수 있는 「진룡(眞龍)」과 같은 의취로서 「본래면목」을 나타내고 있다고 생각한다. 제2구 「욕포허회보고금(欲抱虛懷步古今)」의 허회(虛懷)는 마음에 아무런 장애나 분별 등의 걸림이 없는 무심(無心)을 일컫는 말로, 무심인 마음 상태로 고금을 걷는다는 뜻이다. 「보고금(步

古今)」을 어떻게 해석하느냐에 따라서 의미가 달라진다고 생각되지만「보고금」은, 고금의 도와 문장을 편력(遍歷)한다고 하는 의미이기보다, 고금을 통하여 이 세상에 살아 있다고 하는 뜻으로 이해할 수 있다.

　제3구의「벽수벽산하유아(碧水碧山何有我)」는, 산과 물이 무아(無我)로서, 사심(私心)이 없다는 것을 천명한 것이며, 제4구의「개천개지시무심(蓋天蓋地是無心)」은, 문자 그대로 천지가 무심이라는 도리를 설파하고 있다. 이「개천개지」는, 일찍이 1906년(明治 39년) 10월 22일의 모리타 소헤이(森田草平)에게 보낸 편지에서도 찾아 볼 수가 있다.

　　사람이 만일 향상의 믿음을 품고 일을 할 때 신인(神人)을 초월하여 개천개지(蓋天蓋地)에 자아(自我)를 관(觀)하지요. 임금님의 위광(威光)이라도 이것만큼은 어떻게도 할 수 없소. 소세키는 싸움을 할 때마다 이 영역에 출입한다오. 하쿠요(白楊) 선생은 어떠하오.[36]

　라고 기록하고 있듯이 소세키는 개천개지에 자아를 관하는 것을, 대략 십년 후, 오십세가 되어 그 염원을 이룬 것이다. 이 개천개지는 『벽암록』제22칙의「설봉별비사(雪峰鼈鼻蛇)」의 [평창]에

　　頭云(두운). 他日若欲播揚大敎(타일약욕파양대교). ──從自己胸襟流出將來(일일종자기흉금류출장래). 与我蓋天蓋地去(여아개천개지

─────────────
36)『漱石全集』제14권 p.480

거). 峰於言下大悟(봉어언하대오).[37]

　　암두가 말했습니다. 그 후에 만약 큰 가르침을 펴고자 한다면, 일일
　이 자기의 가슴에서 흘러나와서, 나와 함께 하늘을 덮고 땅을 덮게 해
　야 한다. 설봉이 이 말 끝에 크게 깨달았다고 합니다.

　라고 하는 내용으로 「무위진인(無位眞人)」의 오경을 설하고 있는
내용에서 그 전거를 살펴볼 수 있다.
　제5구의 「의희모색월리초(依稀暮色月離草)」는 비명비암(非明非
暗)인 저녁 달빛은 풀을 떠나 초록색이 어슴푸레해진다는 의미로 비
명비암인 무심의 절대경계를 선적인 표현으로 나타낸 것이라고 필자
는 주목한다. 또 월리초(月離草)의 분위기에는 세속을 떠나는 소세키
의 암시가 느껴지기도 하는 구이다. 제6구의 「착락추성풍재림(錯落秋
聲風在林)」은 뒤섞인 가을의 소리는 숲 속에 불고 있는 바람을 통해서
들을 수 있다고 해서 무체무성(無体無聲)인 「본래면목」의 비유로 나
타냈을 것이다.
　제7구, 제8구의 「안이쌍망신역실(眼耳双忘身亦失)」과 「공중독창
백운음(空中獨唱白雲吟)」은 「심신구망(心身俱亡)」상태에서 「본래면
목」을 체로 하여, 백운과 같은 묘용을 표출하는 무애인(無礙人)의 풍
광을 음미한 것이다. 심신을 쌍망하고 맑은 거울 같은 물처럼 담담하
고 고요한 심경에 자신의 입처를 두고, 백운을 노래한다고 하는 인생
유희를 연출하여 진공(眞空)을 근본으로 한 묘용을 표명하고 있다.

---

37) 『碧巖錄全提唱』 제3권 전게서 p.178

즉, 「무용생사(用無生死)」를 찬탄한 것으로 소세키가 도의 마지막 단계까지 접근해 있었음을 증명하고 있다고 말해도 좋을 소세키의 게송이다.

요시카와 코오지로는 이 시에, 「이미 귀기(鬼氣)를 느낀다」라고 말하고 「이른바 시의 참(讖)을 이루는 것이다(예사(予死), 예언)」[38]이라고 해설하고 있지만, 불교적, 선적인 세계관, 진공을 근본으로 한 묘용의 세계를 이해하지 못할 때, 이 해석들은 단지 상황으로 밖에 비치지 않는 것 같다.

『경덕전등록』에서 영가진각대사(永嘉眞覺大師: 665~713)의 「증도가(証道歌)」를 보면,

心是根法是塵　　심시근법시진
兩種猶如鏡上痕　　양종유여경상흔
痕垢盡除光始現　　흔구진제광시현
心法双亡性卽眞　　심법쌍망성즉진[39]

마음이 뿌리이고 법은 티끌이니
그 둘은 마치 거울의 때와 같은지라
때가 다 없어지면 그 빛이 비로소 나타나고
마음과 법이 다 없어지면 성품이 곧 참될지로다.

라고 하는 게송이 있다. 마음과 몸(身) 모두 참(眞)이 아니라, 심신

38) 吉川幸次郎(1967)『漱石詩注』岩波新書 p.206
39)『景德伝灯録』제30권『大正新脩大藏経』제51권 大正新脩大藏経刊行會 p.460

을 여의고 나서 「본래면목」만이 영원불변의 참이며, 진아임을 말하고
있다. 따라서 소세키의 시구 「안이쌍망」은 눈과 귀가 없어지는 것이
아니라, 눈과 귀의 작용에 집착하지 않는 무심을 말하고 있는 것에 주
의해야 한다고 생각한다.

이 마지막 한시는, 소세키의 증도가(證道歌)라고 할 정도로, 자신의
오도(悟道)를 명확하게 하고 있다. 진여법계(眞如法界)의 무타무자
(無他無自)의 경지에서 공적영지(空寂靈知)한 「본래면목」과 심신을
방하하여 무심, 무아의 경계를 구가한 것이며, 소세키의 「칙천거사」를
단적으로 표현한 선시이다.

이상 고찰한 바와 같이 소세키는 청소년시절부터 관심을 가지고 있
던 깨달음에 대한 열의로 불교경전을 읽기도 하고 참선 실행을 하기
도 했으나 장년(長年)시절 영국 유학과 수선사대환을 겪으면서 바쁜
세상일에 불도(佛道)를 가까이 하지 못하는 시기를 보낸다. 그리고 만
년(晩年)에 들어와 세상사의 많은 일들과 생사(生死)의 경험을 하고
난 뒤 인생의 허무함을 느끼고 다시 불도의 깨달음에 대한 간절한 희
구(希求)를 하게 된다. 「인생에 있어서 도(道)를 알고 그 깨달음을 얻
는 일이 가장 높은 태도」[40]라고 말한 소세키는 만년에 접어들면서 인
간의 여러 번민과 괴로움, 죽음과 삶의 기쁨과 슬픔 등을 소설을 비롯
하여 한시 등에 표현하면서 당시의 감정을 시사해 왔다. 세속의 모든
번뇌, 인간의 집착심(執着心)에서 오는 욕심과 갈등, 그것으로부터 야
기되는 어리석음을 타파하고자 참선과 더불어 만년에는 한층 적극적
인 인생관을 정립하고 해탈(解脫)해야 함을 강조한 것이다.

---

40) 松岡讓(1934)『漱石先生』「宗教的問答」岩波文庫 p.102

그리고 소세키는 세상을 떠나기까지 1년도 채 남지 않는 이 시점부터 더욱 깨달음에 대한 의지를 굳건히 한다. 소세키가 남기고 있는 한시 등에서 알 수 있듯이 만년(晩年)의 그는 끊임없이 정진 수행하였으며 그 결과 드디어 오도(悟道)의 경지에 이르게 된다. 청년시절부터 안고 있었던 화두「부모미생이전본래면목」에 대해 1916년(大正 5年) 10월 8일의 한시에「진룡본래무면목(眞龍本來無面目)」이라는 표현으로「본래무면목」임을 깨달아 비로소 선경을 오득(悟得)하게 된 것이다. 이에 이어 죽음을 앞둔 마지막 시에「개천개지시무심(蓋天蓋地是無心)」라는 시구로 증도가로서의 선경을 밝히고 있다. 따라서 소세키가 이룬 이러한 깨달음을 위한 도의 결실은 그의 만년에 있어서 결코 간과할 수 없는 일이며 그의 작품세계와 그의 인생을 이해할 수 있는 중요한 문제라고 생각한다.

결어

오전 중에는 『명암』을 집필하고, 오후에는 한시를 짓는다고 밝힌 바와 같이, 만년의 소세키는 상대의 세계와 절대의 세계를 소요(逍遙)하면서 자신의 선경을 나타내고 있다. 즉, 다양한 인간의 끊임없는 번뇌 망상을 관하여, 그 심리를 철저히 묘사하고 있는 『명암』은 상대세계 그 자체이며, 「개천개지시무심(蓋天蓋地是無心)」의 관점에서 마음의 본체를 표출하는 한시의 세계 그것은 절대세계이다. 이처럼 소세키는 한시에서부터 쓰기 시작해서 소설로, 그리고 만년에는 양쪽을 병행하면서 초연하게, 양쪽의 세계를 함께 표현하고 있는 것이다.

소세키는 생사의 문제를 초월한 해탈경(解脫境)을 읊는 것이 시라고 믿고, 또 그 해탈경에 뜻을 두고, 마음의 본체란 무엇인가라는 문제에 관해서 그때그때의 심경을 묘출해온 것이다.

그리고 소설 『문』에서 나타내고 있는 「이 그림자는 본래 누구일까?」라고 하는 문제는 소세키 자신의 인생관 확립에 대한 강렬한 소망이 되어 그의 마음을 점령하고, 그 소망에 따라 실제로 선사(禪寺)까지 발걸음을 옮겨 선문(禪門)을 들어서게 되고 참선을 시도했다.

이러한 소망을 갖고 있었던 소세키는 이 문제 해결의 도(道)로서 「깨달음」에 뜻을 향하게 된 것이다. 참선의 체험으로, 소세키에게 주어진 공안인 「부모미생이전본래면목(父母未生以前本來面目)」에 대한 참구로서 「조주(趙州)의 무자(無字)」, 「정전백수자(庭前柏樹子)」, 「풍동번동(風動旛動)」등의 공안을 자신의 작품 세계에 도입하여 자신의 견해를 나타내면서 끊임없이 오랫동안 정진한 것이다. 그 결과, 만년에 이르러 「칙천거사(則天去私)」라는 자신의 견처를 내보이고, 그의 오달(悟達)을 거둔 것이다. 칙천거사는 「도도무심천자합(道到無心天自合)」으로서 하늘(天)과 무심지도(無心至道)의 합일, 소아(小我)를 떠나 대아(大我)인 하늘(天)이 명하는 대로 자신을 맡기고 있는 그대로 관할 수 있는 허심(虛心)의 경계를 선언한 소세키 특유의 사상이다. 그러한 하늘을 「허심력력현현우(虛心歷歷現賢愚)」로서 허공천(虛空天)을 무진장(無盡藏)인 허공장(虛空藏), 즉 여래장(如來藏)으로서 본래면목과 동일하게 보는 선지를 얻은 것이다.

본래 「천(天)」은 도가와 유가에서 상용하는 말이지만, 젊을 때, 도가서(道家書)와 유가서(儒家書)를 애독한 소세키는 이 천(天)에 선적인 경지를 의미 부여하게 된다. 자연으로서 천지를 가리키는 의미에서 도(道), 천도(天道)에 이르러, 선에서 말하는 진심(眞心), 본래면목(本來面目), 진아(眞我)와 같은 의미로 표출했다.

이러한 선지는 만년의 사상을 대표하는 칙천거사의 근본인 「회천행도시오선(會天行道是吾禪)」의 경지를 천명하고 있어, 필자는 참으로 소세키 고유의 선경, 오경(悟境)을 나타내 보였다고 주목한다. 그리고 무아(無我) 무사(無私)는 거사(去私)라는 표명으로서 칙천거사의 무심지도를 표현하고 있다.

대환 이후 「본래면목」의 구도에 적극적이고 절대적인 태도가 되어 천도에 도달한 마음(心)의 본체를 규명하게 된다. 깨달음을 향한 소세키의 선기(禪機)는 무심의 경계를 견득하고, 인도(人道)와 천도가 둘이 아니라는 불이(不二)의 도리로 그곳에 진정한 무아의 경지가 있다고 깨달은 것이다. 그리고 공안 「부모미생이전본래면목」에 대해서 「진룡본래무면목(眞龍本來無面目)」이라는 오경을 얻게 된다. 이러한 오달은 절대 즉 상대의 도리를 현관(現觀)하고, 이에 입각해서 그의 마지막 작품 『명암』에 그 진의(眞意)를 펴면서 인생관, 문학관 확립에 이른 것이다. 「도도명암(道無明暗), 명암시대사지의(明暗是代謝之義)」의 경계를 갈파한 것이다.

그리고 마지막 한시는, 소세키의 증도가라고 할 만큼, 자신의 오도(悟道)를 명확하게 천명하고 있다. 이 시는 공적영지인 본래면목과, 심신(心身)을 방하한 무심, 무아의 경계를 구가한 것이며, 무위진인(無位眞人)으로 소세키의 칙천거사를 단적으로 표현한 것이다.

칙천거사로서 자신의 깨달음의 도를 거둔 소세키는 선가의 사고의 도리인 진여법계, 무타무자에 즉한 경지를 죽음 직전의 시에 「벽수벽산하유아(碧水碧山何有我), 개천개지시무심(蓋天蓋地是無心)」이라고 천명하고 있다. 이는 소세키의 생애에서 지속한 선 수행의 결실이면서, 소세키의 증도(證道)에 대한 오도송(悟道頌)이라고 할 수 있다.

이상과 같이 고찰한 바, 소년시절부터 만년까지 관철되어 있던 소세키 사상의 근본으로서의 선을 이해하지 않으면 진정한 소세키를 알 수 없으며, 그의 작품 또한 완전히 이해할 수 없을 것이라고 필자는 감히 이 책을 통하여 주지하고자 한다.

222

참/고/문/헌

- 飯田利行(1994)『漱石詩集』柏書房
　　　　(1987)『漱石・天の掟物語』國書刊行會
　　　　(1981)「『明暗』解析の鍵を握る漢詩」國文學解釋と鑑賞
- 石崎 等(2002)『21世紀へのことば 夏目漱石』神奈川近代文學館
　　　　(1975)「夏目漱石・修善寺の大患(夏目漱石の軌跡〈特集〉)」『國文學解釋と鑑賞』Vol.40 No.2
- 石原千秋(2010)『漱石はどう讀まれてきたか』新潮選書
- 伊藤古鑑(1967)『六祖法宝壇経』其中堂
- 井上百合子(1990)『夏目漱石試論』河出書房新社
- 今西順吉(1988)『漱石文學の思想』第1部 筑摩書房
- 今西順吉(1992)『漱石文學の思想』第2部 筑摩書房
- 今野達外2人(1994)『日本文學と佛教』岩波書店
- 入矢仙介(1989)『近代文學としての明治漢詩』研文出版
- 入矢義高(1978)『良寛』「日本の禪語録」20 講談社
- 岩本裕(1988)『日本仏教語辞典』平凡社
- 江藤淳(1970)『漱石とその時代』第1部 新潮社
- 江藤淳(1970)『漱石とその時代』第2部 新潮社
- 江藤淳(1984)『江藤淳文學集成・夏目漱石論集』河出書房新社
- 大岡昇平(1988)『小說家夏目漱石』筑摩書房
- 大久保純一郎(1973)「漱石の立場と禪意識」1, 2, 3
- 岡崎義惠(1968)『漱石と則天去私』宝文館出版株式會社

• 岡三郎(1979)「漱石の漢詩「古別離」と「雜興」の比較文學的研究」
  青山學院大學文學部紀要
• 越智治雄(1971)『漱石私論』角川書店
• 海野 弘 (2001)「『吾輩は猫である』ノート」『漱石研究』第14号 翰
  林書房 p.38
• 片岡懋編(1988)『夏目漱石とその周辺』新典社
• 片岡良一(1962)『夏目漱石の作品』厚文社書店
• 柄谷行人(1992)『漱石論集成』第三文明社
• 駒尺喜美(1987)『漱石という人』思想の科學社
• 『國譯一切経』(1957) 大東出版社
• 小宮豊隆(1953)『夏目漱石』1 岩波書店
  _____(1953)『夏目漱石』2 岩波書店
  _____(1953)『夏目漱石』3 岩波書店
• 小森陽一・石原千秋 編集(2001)『漱石研究』第14号 翰林書房
• 金岡秀友・柳川啓一監修(1989)『仏教文化事典』佼成出版社
• 齋藤順二(1984)『夏目漱石漢詩考』教育出版センタ
• 佐橋法龍(1980)『禪・公案と坐禪の世界』實業之日本社
• 佐藤泰正(1986)『夏目漱石論』筑摩書房
• 佐古純一郎(1990)『漱石論究』朝文社
  _____(1990)『夏目漱石の文學』朝文社
  _____(1983)『漱石詩集全釋』二松學舍大學出版部
  _____(1978)『夏目漱石論』審美社
• 瀬沼茂樹(1970)『夏目漱石』東京大學出版會
• 大正新脩大藏経刊行會(1928)『景德伝灯録』『大正新脩大藏経』

_____(1928)『華嚴経』『大正新脩大藏経』

_____(1928)『大智度論』『大正新脩大藏経』

_____(1928)『碧巖錄』『大正新脩大藏経』

_____(1928)『臨濟錄』『大正新脩大藏経』

_____(1928)『楞嚴経』『大正新脩大藏経』

_____(1928)『無門關』『大正新脩大藏経』

_____(1928)『法華経』『大正新脩大藏経』

_____(1928)『鎭州臨濟慧照禪師語錄』『大正新脩
大藏経』

• 竹盛天雄編(1982)『夏目漱石必携』學灯社

• 陳明順(2017)『문학(文學)과 불교(佛敎)』지식과 교양

_____(2015)『나쓰메 소세키의 선(禪)과 그림』인문사

_____(2014)「夏目漱石の作品に表れている「牛」の考察.-「十牛図」との關わりをめぐって-」「일본어교육」제70집 한국일본어교육학회

_____(2007)「漱石の「則天去私」考」「일어일문학」36집 대한일어일문학회

_____(2006)「漱石の作品に表れている佛教語の考察」「국문학답사」국문학답사연구(日本)

_____(2005)「나쓰메 소세키와 중국」『한국일본 근대문학회-연구와 비평-』한국일본근대문학회

_____(2001)「漱石の「父母未生以前本來面目」考」「근대학연구」2집 한국일본근대학회

• 鳥井正晴・藤井淑禎編(1991)『漱石作品論集成』全12卷 櫻楓社

- 中村元外編(1989)『仏教辞典』岩波書店
- 中村 宏(1983)『漱石漢詩の世界』第一書房
- 夏目鏡子(1928)『漱石の思ひ出』松岡讓筆録 改造社
- 夏目漱石(1994)『漱石全集』岩波書店
  ＿＿＿＿(1966)『漱石全集』岩波書店
- 夏目純一(1975)「父の病氣」文芸讀本『夏目漱石』河出書房新社
- 平岡敏夫(1989)『日本文學研究大成・夏目漱石』図書刊行會
  ＿＿＿＿(1989)『日本文學研究大成・夏目漱石』図書刊行會
- 平岡敏夫編(1991)『夏目漱石研究資料集成』全11卷 日本図書センタ
- 福原麟太郎(1978)『夏目漱石』『國文學 解釋と鑑賞』
- 文芸讀本(1975)『夏目漱石』河出書房新社
- 正宗白鳥(1928)「夏目漱石論」『中央公論』6月号『日本文學研究資料叢書』有精堂
- 松岡讓(1966)『漱石の漢詩』朝日新聞社
- 松岡讓(1934)『漱石先生』「宗教的問答」岩波書店
- 宮井一郎(1982)『夏目漱石』上卷 図書刊行會
  ＿＿＿＿(1982)『夏目漱石』下卷 図書刊行會
- 三好行雄編(1990)『別冊國文學・夏目漱石事典』學灯社
  ＿＿＿＿(1984)『鑑賞日本現代文學・夏目漱石』角川書店
- 村岡勇(1968)『漱石資料ー文學論ノ ト』岩波書店
- 森田草平(1976)『夏目漱石』筑摩書房
- 森田喜郎(1995)『夏目漱石論』和泉書院
- 矢島裕紀彦(1999)『心を癒す漱石からの手紙』「病氣に倒れると

人はなにを思うのか」青春出版社

• 山田無文(1989)『碧巖録全提唱』全10巻 禪文化研究所

• 吉川幸次郎(1967)『漱石詩注』岩波新書

• 吉川久(1972)『夏目漱石』仏乃世界社

• 吉田六郎(1970)『漱石文學の心理的探究』勁草書房

• 和田利男(1976)『子規と漱石』めるくまる社

　　　　　(1974)『漱石の詩と俳句』めるくまる社

• 渡部昇一(1974)『漱石と漢詩』英潮社

찾/아/보/기

저자 | 진 명 순 (陳明順)

日本東京大正大學 大學院에서 日本近代文學과 佛教, 禅 연구를 하여 碩士와 博士學位를 取得, 현재 와이즈유(영산대학교) 외국어학부 교수로 재직하고 있다. 와이즈유(영산대학교) 국제학부 학부장, 한국일본근대학회 회장, 대한일어일문학회 편집위원장 동아시아 불교문화학회 등등 각 학회의 이사 역임하고 있다. 수상으로는 日韓佛教 文化學術賞을 비롯하여 国內學会學術賞, 書道 작품 수상 및 書道 敎範資格證(日本)을 취득, 釜山大學校大學院 美術碩士學位 取得, 한국화전공으로 다수 수상한 바 있으며 불교TV의 「산중대담 뜰앞의 잣나무」, 불교라디오의 「이 한권의 책」 등의 방송 경력이 있다.

주요저서로는 『漱石漢詩と禅の思想』(일한불교문화학술상), 『나쓰메 소세키(夏目漱石)의 선(禅)과 그림(画)』(대한민국 학술원 우수학술도서선정), 『夏目漱石の小說世界』, 『일본근현대문학과 애니메이션』, 『문학(文學)과 불교(佛教)』 등 다수의 저서가 있으며, 논문으로는 「夏目漱石と禅」을 비롯하여 「夏目漱石의 晩年의 佛道」까지 40여 편에 이른다.

나쓰메 소세키(夏目漱石)
문학과 선경(禪境)

초판 인쇄 | 2019년 1월 25일
초판 발행 | 2019년 1월 25일

지 은 이 진명순(陳明順)

책 임 편 집 윤수경

발 행 처 도서출판 지식과교양
등 록 번 호 제2010-19호
주 소 서울시 도봉구 삼양로142길 7-6(쌍문동) 백상 102호
전 화 (02) 900-4520 (대표) / 편집부 (02) 996-0041
팩 스 (02) 996-0043
전 자 우 편 kncbook@hanmail.net

ISBN 978-89-6764-137-5 93830   정가 17,000원

이 연구는 2018년 영산대학교 교내연구비의 지원을 받아 수행되었음.